科幻小说

赡养人类

刘慈欣 著

中国華僑出版社
·北京·

图书在版编目（CIP）数据

赡养人类 / 刘慈欣著 . – 北京 : 中国华侨出版社 , 2016.6（2025 年 8 月重印）
ISBN 978-7-5113-6083-0

Ⅰ . ①赡… Ⅱ . ①刘… Ⅲ . ①科学幻想小说－小说集－中国－当代 Ⅳ . ① I247.7

中国版本图书馆 CIP 数据核字（2016）第 119450 号

赡养人类

著　　者：刘慈欣
责任编辑：高文喆
封面设计：青空工作室
经　　销：新华书店
开　　本：700mm×980mm　1/16　印张：18.25　字数：287 千字
印　　刷：河北鹏润印刷有限公司
版　　次：2016 年 7 月第 1 版
印　　次：2025 年 8 月第 35 次印刷
书　　号：ISBN 978-7-5113-6083-0
定　　价：42.80 元

中国华侨出版社 北京市朝阳区西坝河东里 77 号楼底商 5 号　邮编：100028
发行部：（010）82068999　传真：（010）82069000

写给女儿的信：200 年后的世界（代序）

亲爱的女儿：

你好！这是一封你可能永远收不到的信，我将把这封信保存到银行的保险箱中，在服务合同里，我委托他们在我去世后的第 200 年把信给你。不过我还是相信，你收到信的可能性更大一些。

现在你打开了信，是吗？这时纸一定是比较罕见的东西了，这时用笔写的字一定消失已久。当你看着这张信纸上的字时，爸爸早已消逝在时间的漫漫长河中，有 200 多年了。我不知道人的记忆在两个多世纪的岁月中将如何变化，经过这么长的时间，我甚至不敢奢望你还记得我的样子。

但如果你在看这封信，我至少有一个预言实现了：在你们这一代，人类征服了死亡。在我写这封信的时候已经有人指出：第一个永生的人其实已经出生了，当时我是相信这话的少数人之一。

我不知道你们是怎么做到的，也许你们修改了人类的基因，关掉了其中的衰老和死亡的开关，或者你们的记忆可以数字化后上传或下载，躯体只是意识的承载体之一，衰老后可以再换一个……我还可以想出其他很多种可能，但有一点可以肯定：不管你们的生命已经飞跃到什么样的形态，你还是你，甚至，在你所拥有的漫长未来面前，你此时仍然感觉自己是个孩子。

你能收到这封信，还说明了一个重要的事实：银行对这封信的保管业务一直在正常运行，这两个多世纪中社会的发展没有重大的断裂，这是最令人欣慰的一件事。如果真是这样，那我其他的预言大概也都成了现实。在你出生后不久，在我新出版的一本科幻小说的扉页上，我写下了“送给我的女儿，她将生活在一个好玩儿的世界”，我相信你那时的世界一定很好玩儿。

你是在哪儿看我的信的？在家里吗？我很想知道窗外是什么样子。对了，应该不需要从窗子向外看，在这个超信息时代，一切物体都能变成显示屏，包括你家的四壁，你可以随时让四壁消失，置身于任何景致中……

你可能已经觉得我可笑了，就像一个清朝的人试图描述21世纪一样可笑。但你要知道，世界是在加速发展的，21世纪以后，200多年的技术进步相当于以前的2000多年，甚至更长的时间，所以我不是像清朝人，而是像春秋战国的人想象21世纪那样想象你的时代，在这种情况下，想象力与现实相比将显得极度贫乏。但作为一个写科幻小说的人，我想再努力一下，也许能使自己的想象与你所处的神话般的现实沾一点边。

好吧，也许你根本没在看信，信拿在别人手里，那人在远方，是他（她）在看我的信，但你在感觉上同自己在看一样，你能够触摸到信纸的质地，也能嗅到那两个多世纪后残存的已经淡到似有似无的墨香……因为在你的时代，互联网上联结的已经不是电脑，而是人脑了。信息时代发展到极致，必然实现人脑的直接联网。

你的孩子不用像你现在这样辛苦地写作业了，传统意义上的教育已经不存在，每个人都可以在联入网络的瞬间轻易拥有知识和经验。但与人脑互联网带来的新世界相比，这可能只是一件微不足道的事。那将是一个怎样的世界，我真的无法想象了，还是回到我比较容易把握的话题上来吧。

说到孩子，你是和自己的孩子一起看这封信吗？在那个长生的世界里，还会有孩子吗？我想会有的，那时，人类的生存空间应该已经不是问题，太阳系中有极其丰富的资源，如果地球最终可以养活1000亿人，这些资源则可以维持10万个地球，你们一定早已在地球之外建立新世界了。

你家的周围应该很空旷，远处稀疏的建筑点缀在绿色的大自然中。城市化可能只是一个历史阶段，信息网络的发展将使城市变得越来越分散，最终消失，人们将再次与大自然融为一体，但网络上的虚拟城市将更加庞大和密集，如果你愿意，随时都可以置身于时尚的中心。

那时的天空是什么样子？天空是人类所面对的最恒久不变的景致，但我相信那时你们的天空已经有了变化，空中除了日月星辰，还能看到一些别的东西，地球应该多出了一条稀疏的星环，地球上所有的能源和重工业都已经迁移到太空中，那些飘浮的工厂和企业构成了星环。从地面上看，那些组成星环的东西有些能看出形状，像垂在天空上的精致的项链坠，那是太空城，我甚至能想出它们的名字：新北京、新上海和新纽约……

也许你现在已经不在地球上了，你就在一座太空城中，或者在更远的地方。我能想象你在一座火星上的城市中，那城市处于一个巨大的透明防护罩里，城外是一望无际的红色沙漠。你看着防护罩外的夜空，看着夜空中一颗蓝色的星星，你是从那里来的，200多年前我们一家也在那里生活过。

你的职业是什么？你所在的时代应该只有少数人还在工作，而他们工作的目的已经与谋生无关。但我也知道，那时仍然存在着许多需要人去做的工作，有些甚至十分艰险。比如火星，其环境不可能在两个多世纪中地球化，在火星的荒漠中开拓和建设肯定是艰巨的任务。同时，在水星灼热的矿区，在金星的硫酸雨中，在危险的小行星带，在木卫二冰冻的海洋上，甚至在太阳系的外围，在海王星轨道之外寒冷寂静的太空中，都有无数人在工作着。你当然有权选择自己的生活，但如果你是他们中的一员，我会为你而骄傲。

在你们的时代，我相信有一个一直在想象中存在的最伟大的工作或使命已经成为现实，它的艰巨和危险，它所需要的献身精神，在人类历史上是史无前例的，那就是恒星际的宇宙航行。

我相信在你看到这封信的时候，第一艘飞向其他恒星的飞船已经在途中，还有更多的飞船即将启航，对于飞船上的探索者来说，这都是单程航行，虽然他们都有很长的寿命，但航程更加漫长，可能以千年甚至万年来计算。我不想让你生活在一艘永远航行中的飞船上，但我相信这样的使命对你是有吸引力的，因为你是我的女儿。

你在那时过得快乐吗？我知道，每个时代都有自己的烦恼，我无法想象你们时代的烦恼是什么，却能够知道你们不会再为什么而烦恼。首先，你不用再为生计奔忙和操劳，在那时，“贫穷”已经是一个古老而陌生的字眼；你们已经掌握了生命的奥秘，不会再被疾病所困扰；你们的世界也不会再有战争和不公正……但我相信烦恼依然存在，甚至存在巨大的危机，我想象不出是什么，就像春秋战国的人想象不出地球温室效应一样。这里，我只想提一下我最担心的事情。

你们遇到 TA 们了吗？

你知道我指的是什么吗？人类与 TA 们的相遇可能在 10 万年后都不会发生，也可能就发生在明天，这是人类所面临的最不确定的因素。我写过一部关于人类与 TA 们的科幻小说，那部书一定早已被遗忘，但我相信你还记得，所以你一定能理解，关于未来，这是我最想知道的一件事。你们已经与 TA 们相遇了吗？虽然我早已听不到你的回答，但还是请你告诉我一声吧，只回答“是”或“不是”就行。

亲爱的女儿，现在夜已经深了，你在自己的房间里熟睡，这一年你 13 岁。听着窗外初夏的雨声，我又想起了你出生的那一刻，你一生出来就睁开了眼睛，那双清澈的小眼睛好奇地打量着这个世界，让我的心都融化了，那是 21 世纪第一年的 5 月 31 日，儿童节的前夜。现在，爸爸在时间之河的另一端，在 200 年前的这个雨夜，祝你像孩子一样永远快乐！

爸爸

目 录
contents

地 火

父亲的生命已走到了尽头，他用尽力气呼吸，比他在井下扛起二百多斤的铁支架时用的力气大得多。他的脸惨白，双目突出，嘴唇因窒息而呈深紫色，仿佛一条无形的绞索正在脖子上慢慢绞紧。他那艰辛一生的所有纯朴的希望和梦想都已消失，现在他生命的全部渴望就是多吸进一点点空气。但父亲的肺，就像所有患三期矽肺病的矿工的肺一样，成了一块由网状纤维连在一起的黑色的灰块，再也无法把吸进去的氧气输送到血液中。组成那个灰块的煤粉是父亲在二十五年中从井下一点点吸入的，是他这一生采出的煤中极小极小的一部分。

刘欣跪在病床边，父亲气管发出的尖啸声一下下割着他的心。突然，他感觉到这尖啸声中有些杂音，他意识到这是父亲在说话。

"什么，爸爸？！你说什么呀爸爸？！"

父亲突出的双眼死盯着儿子，那垂死呼吸中的杂音更急促地重复着……

刘欣又声嘶力竭地叫着。

杂音没有了，呼吸也变小了，最后成了一下一下轻轻地抽搐，然后一切都停止了，父亲那双已无生命的眼睛焦急地看着儿子，仿佛急切想知道他是否听懂了自己最后的话。

刘欣进入了一种恍惚状态，他不知道妈妈是怎样晕倒在病床前，也不知道护士是怎样从父亲鼻孔中取走输氧管的，他只听到那段杂音在脑海中回响，每个音节都刻在他的记忆中，像刻在唱片上一样准确。后来的几个月，他一直都处在这种恍惚状态中，那杂音日日夜夜在脑海中折磨着他，最后他觉得自己也窒息了，不让他呼吸的就是那段杂音，他要想活下去，就必须弄明白它的含义！直到有一天，也是久病的妈妈对他说，他已大了，该撑起这个家了，别去念高中了，去矿上接爸爸的班吧。他恍惚着拿起父亲的饭盒，走出家门，在一九七八年冬天的寒风中向矿上走去，向父亲的二号井走去。他看到了黑黑的井口，好像一只眼睛看着他，通向深处的一串防爆灯是那只眼睛的瞳仁，那是父亲的眼睛。那杂音急促地在他脑海中响起，最后变成一声惊雷，他猛然听懂了父亲最后的话：

“不要下井……”

二十五年后

刘欣觉得自己的奔驰车在这里很不协调，很扎眼。现在矿上建起了一些高楼，路边的饭店和商店也多了起来，但一切都笼罩在一种灰色的不景气之中。

车到了矿务局，刘欣看到局办公楼前的广场上黑压压地坐了一大片人。刘欣穿过坐着的人群向办公楼走去，在这些身着工作服和便宜背心的人中，西装革履的他再次感到了自己同周围一切的不协调。人们无言地看着他走过，无数的目光像钢针一样穿透了他身上的两千美元一套的名牌西装，令他浑身发麻。

在局办公楼前的大台阶上，他遇到了李民生，他的中学同学，现在是地质处的主任工程师。这人还是二十年前那副瘦猴样，脸上又多了一副憔悴的倦容，抱着的那卷图纸似乎是很沉重的负担。

“矿上有半年发不出工资了，工人们在静坐。”寒暄后，李民生指着办公楼前的人群说，同时上下打量着他，那目光像看一个异类。

“有了大秦铁路，前两年国家又煤炭限产，还是没好转？”

“有过一段好转，后来又不行了，这行业就这么个东西，我看谁也没办法。”

李民生长叹了一口气，转身走去，好像刘欣身上有什么东西使他想快些离开，但刘欣拉住了他。

“帮我一个忙。”

李民生苦笑着说：“十多年前在市一中，你饭都吃不饱，还不肯要我们偷偷放在你书包里的饭票，可现在，你是最不需要谁帮忙的时候了。”

“不，我需要，能不能找到地下一小块煤层，很小就行，贮量不要超过三万吨，关键，这块煤层要尽量孤立，同其他煤层间的联系越少越好。”

“这个……应该行吧。”

“我需要这煤层和周围详细的地质资料，越详细越好。”

“这个也行。”

“那我们晚上细谈。”刘欣说。李民生转身又要走，刘欣再次拉住了他，“你不想知道我打算干什么？”

“我现在只对自己的生存感兴趣，同他们一样。”他朝静坐的人群偏了一下头，转身走了。

沿着被岁月磨蚀的楼梯拾级而上，刘欣看到楼内的高墙上沉积的煤粉像一幅幅巨型的描绘雨云和山脉的水墨画。那幅《毛主席去安源》的巨幅油画还挂在那里，画很干净，没有煤粉，但画框和画面都显示出了岁月的沧桑。画中人那深邃沉静的目光在二十多年后又一次落到刘欣的身上，他终于有了回家的感觉。

来到二楼，局长办公室还在二十年前那个地方，那两扇大门后来包了皮革，后来皮革又破了。推门进去，刘欣看到局长正伏在办公桌上看一张很大的图纸，白了一半的头发对着门口。走近了看到那是一张某个矿的掘进进尺图，局长似乎没有注意窗外楼下静坐的人群。

“你是部里那个项目的负责人吧？”局长问，他只是抬了一下头，然后仍低下头去看图纸。

“是的，这是个很长远的项目。”

“啊，我们尽力配合吧，但眼前的情况你也看到了。”局长抬起头来把手伸向他，刘欣又看到了李民生脸上的那种憔悴的倦容。握住局长的手时，刘欣感觉到有两根变形的手指，那是早年一次井下工伤造成的。

“你去找负责科研的张副局长，或去找赵总工程师也行，我没空，真对不起了，等你们有一定结果后我们再谈。”局长说完又把注意力集中到图纸上去了。

“您认识我父亲，您曾是他队里的技术员。”刘欣说出了他父亲的名字。

局长点点头：“好工人，好队长。”

“您对现在煤炭工业的形势怎么看？”刘欣突然问，他觉得只有尖锐地切入正题才能引起这人的注意。

“什么怎么看？”局长头也没抬地问。

“煤炭工业是典型的传统工业、落后工业和夕阳工业，它劳动密集，工人的工作条件恶劣，产出效率低，产品运输要占用巨量运力……煤炭工业曾是英国工业的一个重要组成部分，但英国在十年前就关闭了所有的煤矿！”

“我们关不了。”局长说，仍未抬头。

“是的，但我们要改变！彻底改变煤炭工业的生产方式！否则，我们永远无法走出现在这种困境，”刘欣快步走到窗前，指着窗外的人群，“煤矿工人，千千万万的煤矿工人，他们的命运难以有根本的改变！我这次来……”

“你下过井吗？”局长打断他。

“没有。”一阵沉默后刘欣又说，“父亲死前不让我下。”

“你做到了。”局长说。他伏在图纸上，看不到他的表情和目光，刘欣刚才那种针刺的感觉又回到身上来了。他觉得很热，这个季节，他的西装和领带只适合有空调的房间，这里没有空调。

“您听我说，我有一个目标，一个梦，这梦在我父亲死的时候就有了。为了我的那个梦，那个目标，我上了大学，又出国读了博士……我要彻底改变煤炭工业的生产方式，改变煤矿工人的命运。”

“简单些，我没空儿。”局长把手向后指了一下，刘欣不知他是不是指的窗外那静坐的人群。

“只要一小会儿，我尽量简单些说。煤炭工业的生产方式是：在极差的工作环境中，用密集的劳动、很低的效率，把煤从地下挖出来，然后占用大量铁路、公路和船舶的运力，把煤运输到使用地点，然后再把煤送到煤气发生器中，产生煤气；或送入发电厂，经磨煤机研碎后送进锅炉燃烧……”

“简单些，直截了当些。”

“我的想法是：把煤矿变成一个巨大的煤气发生器，使煤层中的煤在地下就变为可燃气体，然后用开采石油或天然气地面钻井的方式开采这些可燃气体，并通过专用管道把这些气体输送到使用点。用煤量最大的火力发电厂的锅炉也可以燃烧煤气。这样，矿井将消失，煤炭工业将变成一个同现在完全两样的崭新的现代化工业！”

“你觉得自己的想法很新鲜？”

刘欣不觉得自己的想法新鲜，同时他也知道，局长，矿业学院二十世纪六十年代的高才生，国内最权威的采煤专家之一，也不会觉得这个新鲜。局长当然知道，煤的地下气化在几十年前就是一个世界性的研究课题，这几十年中，数不清的研究所和跨国公司开发出了数不清的煤气催化剂，但至今煤的地下气化仍是一个梦，一个人类做了将近一个世纪的梦，原因很简单：那些催化剂的价格远大于它们产生的煤气。

“您听着：我不用催化剂做，也可以做到煤的地下气化！”

“怎么个做法呢？”局长终于推开了眼前的图纸，似乎很专心地听刘欣说下去，这给了他一个很大的鼓舞。

“把地下的煤点着！”

一阵长时间的沉默，局长直直地看着刘欣，同时点上一支烟，兴奋地示意他说下去。但刘欣的热度一下子跌了下来，他已经看出了局长热情和兴奋的实质——在他这日日夜夜艰难而枯燥的工作中，他终于找到了一个短暂的放松消遣的机会：一个可笑的傻瓜来免费表演了。刘欣只好硬着头皮说下去。

“开采是通过在地面向煤层的一系列钻孔实现的，钻孔用现有的油田钻机就可实现。这些钻孔有以下用途：一、向煤层中布放大量的传感器；二、点燃地下煤层；三、向煤层中注水或水蒸气；四、向煤层中通入助燃空气；五、导出气化煤。

“地下煤层被点燃并同水蒸气接触后，将发生以下反应：碳同水生成一氧化碳和氢气，碳同水生成二氧化碳和氢气，然后碳同二氧化碳生成一氧化碳，一氧化碳同水又生成二氧化碳和氢气。最后的结果将产生一种类似于水煤气的可燃气体，其中的可燃成分是百分之五十的氢气和百分之三十的一氧化碳，这就是我们得到的气化煤。

“传感器将煤层中各点的燃烧情况和一氧化碳等可燃气体的产生情况通过次声波信号传回地面，这些信号汇总到计算机中，生成一个煤层燃烧场的模型，根据这个模型，我们就可从地面通过钻孔控制燃烧场的范围和深度，并控制其燃烧的程度。具体的方法是通过钻孔注水抑制燃烧，或注入高压空气或水蒸气加剧燃烧，这一切都是在计算机根据燃烧场模型的变化自动进行的，使整个燃烧场处于最佳的水煤混合不完全燃烧状态，保持最高的产气量。您最关心的当然是燃烧范围的控制，我们可以在燃烧蔓延的方向上打一排钻孔，注入高压水，形成地下水墙阻断燃烧；在火势较猛的地方，还可采用大坝施工中的水泥高压灌浆帷幕来阻断燃烧……您在听我说吗？”

窗外传来一阵喧闹声，吸引了局长的注意力。刘欣知道，他的话在局长脑海中产生的画面肯定和自己梦想中的不一样，局长当然清楚点燃地下煤层意味着什么。现在，地球上各大洲都有很多燃烧着的煤矿，中国就有几座。

去年，刘欣在新疆第一次见到了地火。在那里，极目望去，大地和丘陵寸草不生，空气中涌动着充满硫黄味的热浪，这热浪使周围的一切像在水中一样晃动，仿佛整个世界都被放在烤架上。入夜，刘欣看到大地上一道道幽幽的红光，这红光是从地上无数裂缝中透出的。刘欣走近一道裂缝探身向里看去，立刻倒吸了一口冷气，这像是地狱的入口。那红光从很深处透上来，幽暗幽暗的，但能感到它强烈的热力。再抬头看看夜幕下这透出道道红光的大地，刘欣一时觉得地球像一块被薄薄地层包裹着的火炭！

陪他来的是一个强壮的叫阿古力的维吾尔族汉子，他是中国唯一一支专业煤层灭火队的队长。刘欣这次来的目的就是要把他招聘到自己的实验室中。

“离开这里我还有些舍不得，”阿古力用生硬的汉话说，“我从小就看着这些地火长大，它在我眼中成了世界必不可少的一部分，像太阳、星星一样。”

“你是说，从你出生时这火就烧着？！”

“不，刘博士，这火从清朝时就烧着！”

当时刘欣呆立着，在这黑夜中的滚滚热浪里打了个寒战。

阿古力接着说：“我答应去帮你，还不如说是去阻止你。听我的话刘博士，这不是闹着玩的，你在干魔鬼的事呢！”

…………

这时窗外的喧闹声更大了，局长站起身来向外走去，同时对刘欣说：“年轻人，我真希望部里用投在这个项目上的那六千万干些别的，你已看到，需要干的事太多了，回见。”

刘欣跟在局长身后来到办公楼外面，看到静坐的人更多了，一位领导在对群众喊话，刘欣没听清他说什么，他的注意力被人群一角的情景吸引了。他看到了那里有一大片轮椅，这个年代，人们不会在别的地方见到这么多的轮椅集中在一块儿，后面，轮椅还在源源不断地出现，每个轮椅上都坐着一位因工伤截肢的矿工……

刘欣感到透不过气来，他扯下领带，低着头急步穿过人群，钻进自己的汽车。他无目标地开车乱转，脑子一片空白。不知转了多长时间，他刹住车，发现自己来到了一座小山顶上。他小时候常到这里来，从这儿可以俯瞰整个矿山，他呆呆地站在那儿，又不知过了多长时间。

“都看到些什么？”一个声音响起，刘欣回头一看，李民生不知什么时候站在他身后。

“那是我们的学校。”刘欣向远方指了一下，那是一所很大的中学和小学在一起的矿山学校，校园内的大操场格外醒目，在那儿，他们埋葬了自己的童年和少年。

“你自以为记得过去的每一件事。”李民生在旁边的一块石头上坐下来，有气无力地说。

“我记得。”

“那个初秋的下午，太阳灰蒙蒙的，我们在操场上踢足球，突然大家都停下来，呆呆地盯着教学楼上的大喇叭……记得吗？”

“喇叭里传出哀乐，过了一会儿张建军光着脚跑过来说，毛主席死了……”

“我们狠揍了他一顿，他哭叫着说那是真的，向毛主席保证是真的，我们没人相信，扭着他往派出所送……”

“但我们的脚步渐渐慢下来，校门外也响着哀乐，仿佛天地间都充满了这种黑色的声音……”

“以后这二十多年中，这哀乐一直在我脑海里响着。最近，在这哀乐声中，尼采光着脚跑过来说，上帝死了，”李民生惨然一笑，“我信了。”

刘欣猛地转身盯着他童年的朋友，“你怎么变成这个样子？我不认识你了！”

李民生猛地站起身，也盯着刘欣，同时用一只手指着山下黑灰色的世界，“那矿山怎么变成这个样子？你还认识它吗？！”他又颓然坐下，“那个时代，我们的父辈是多么骄傲的一群人，伟大的煤矿工人是多么骄傲的一群人！就说我父亲吧，他是八级工，一个月能挣一百二十元！毛泽东时代的一百二十元啊！”

刘欣沉默了一会儿，想转移话题：“家里人都好吗？你爱人，她叫……什么珊来着？”

李民生又苦笑了一下：“现在连我都几乎忘记她叫什么了。去年，她对我说去出差，对单位说请休年假，扔下我和女儿，不见了踪影。两个多月后她来了一封信，信是从加拿大寄来的，她说再也不愿和一个煤黑子一起葬送人生了。”

“有没有搞错，你是高级工程师啊！”

“都一样，”李民生对着下面的矿山画了一个大圈，“在她们眼里都一样，煤黑子。啊，还记得我们是怎样立志当工程师的吗？”

“那年创高产，我们去给父亲送饭，那是我们第一次下井。在那黑乎乎的地方，我问父亲和叔叔们，你们怎么知道煤层在哪儿？怎么知道巷道向哪个方向挖？特别是，你们在深深的地下从两个方向挖洞，怎么能准准地碰到一块儿？”

“你父亲说，孩子，谁都不知道，只有工程师知道。我们上井后，他指着几个把安全帽拿在手中围着图纸看的人说，看，他们就是工程师。当时在我们的眼中，那些人就是不一样，至少，他们脖子上的毛巾白了许多……

“现在我们实现了儿时的愿望，当然说不上什么辉煌，总得尽责任做些什么，要不岂不是自己背叛自己？”

“闭嘴吧！”李民生愤怒地站了起来，“我一直在尽责任，一直在做着什么，倒是你，成天就生活在梦中！你真的认为你能让煤矿工人从矿井深处走出来？能让这矿山变成气田？就算你的那套理论和试验都成功，又能怎么样？你计算过那玩意儿的成本吗？还有，你用什么来铺设几万公里的输气管道？要知道，我们现在连煤的铁路运费都付不起了！”

“为什么不从长远看？几年、几十年以后……”

“见鬼去吧！我们现在连几天以后的日子都没着落呢！我说过，你是靠做梦过日子的，从小就是！当然，在北京六铺炕那幢安静的旧大楼（注：国家煤炭设计院所在地）中你这梦自可以做。我不行，我在现实中！”

李民生转身要走，“哦，我来是告诉你，局长已安排我们处配合你们的试验，工作是工作，我会尽力的。三天后我给你试验煤层的位置和详细资料。”说完他头也不回地走了。

刘欣呆呆地看着他出生并度过了童年和少年时代的矿山，他看到了竖井高大的井架，井架顶端巨大的卷扬轮正转动着，把看不见的大罐笼送入深深的井下；他看到一排排轨道电车从他父亲工作过的井口出入；他看到选煤楼下，一列火车正从一长排数不清的煤斗下缓缓开出；他看到了电影院和球场，在那里他度过了童年最美好的时光；他看到了矿工澡堂高大的建筑，只有在煤矿才有这样大的澡堂，在那宽大澡池被煤粉染黑的水中，他居然学会了游泳！是的，在这远离大海和大河的地方，他是在那儿学会游泳的！他的目光移向远方，看到了高大的矸石山，那是上百年来从采出的煤中拣出的黑石堆成的山，看上去比周围的山都高大，矸石中的硫黄因雨水而发热，正冒出一阵阵青烟……这里的一切都被岁月罩上了一层煤粉，整个矿山呈黑灰色，这是刘欣童年的颜色，这是他生命的颜色。他闭上双眼，听着下面矿山发出的声音，时光在这里仿佛停止了流动。

啊，爸爸的矿山，我的矿山……

这是离矿山不远的一个山谷，白天可以看到矿山的烟雾和蒸气从山后升起，夜里可以看到矿山灿烂的灯火在天空中映出的光晕，矿山的汽笛声也清晰可闻。现在，刘欣、李民生和阿古力站在山谷的中央，看到这里很荒凉，远处山脚下有一个牧羊人赶着一群瘦山羊慢慢走过。这个山谷下面，就是刘欣要做地下气化煤开采试验的那片孤立的小煤层，这是李民生和地质处的工程师们花了一个月的时间，从地质处资料室那堆积如山的地质资料中找到的。

“这里离主采区较远，所以地质资料不太详细。”李民生说。

“我看过你们的资料，从现有资料上看，试验煤层距大煤层至少有二百米，还是可以的。我们要开始干了！”刘欣兴奋地说。

“你不是搞煤矿地质专业的，对这方面的实际情况了解更少，我劝你还是慎重一些。再考虑考虑吧！”

“不是什么考虑，现在试验根本不能开始！”阿古力说，“我也看过资料，太粗了！勘探钻孔间距太大，还都是六十年代初搞的。应该重新进行勘探，必须确切证明这片煤层是孤立的，试验才能开始。我和李工搞了一个勘探方案。”

“按这个方案完成勘探需要多长时间？还要追加多少投资？”

李民生说：“按地质处现有的力量，时间至少一个月；投资没细算过，估计……怎么也得二百万左右吧。”

“我们既没时间也没钱干这事儿。”

“那就向部里请示！”阿古力说。

“部里？部里早就有一帮浑蛋想搞掉这个项目了！上面急于看到结果，我再回去要求延长时间和追加预算，岂不是自投罗网！直觉告诉我不会有太大问题的，就算我们冒个小险吧。”

“直觉？冒险？！把这两个东西用到这件事上？！刘博士，你知道这是在什么上面动火吗？这还是小险？！”

“我已经决定了！”刘欣断然地把手一劈，独自向前走去。

“李工，你怎么不制止这个疯子？我们可是达成过一致看法的！”阿古力对李民生质问道。

“我只做自己该做的。”李民生冷冷地说。

山谷里有三百多人在工作，他们中除了物理学家、化学家、地质学家和采矿工程师外，还有一些意想不到的专业人员：有阿古力率领的一支十多人的煤层灭火队，还有来自仁丘油田的两个完整的石油钻井班，以及几名负责建立地下防火帷幕的水工建筑工程师和工人。这个工地上，除了几台高大的钻机和成堆的钻杆外，还可以看到成堆的袋装水泥和搅拌机，高压泥浆泵轰鸣着将水泥浆注入地层中，还有成排的高压水泵和空气泵，以及蛛丝般错综复杂的各色管道……

工程已进行了两个月，他们已在地下建立了一圈总长两千多米的灌浆帷幕，把这片小煤层围了起来。这本是一项水电工程中的技术，用于大坝基础的防渗，刘欣想到用它建立地下的防火墙，高压注入的水泥浆在地层中凝固，形成一道地火难以穿透的严密屏障。在防火帷幕包围的区域中，钻机打出了近百个深孔，每个都直达煤层。每个孔口都连接着一根管道，这根管道又分成三根支管，连接到不同的高压泵上，可分别向煤层中注入水、水蒸气和压缩空气。

最后的一项工作是放“地老鼠”，这是人们对燃烧场传感器的称呼。这种由刘欣设计的神奇玩意儿并不像老鼠，倒很像一枚小炮弹。它有二十厘米长，头部有钻头，尾部有驱动轮，当它被放进钻孔中时，它能凭借钻头和驱动轮在地层中钻进移动上百米，自动移到指定位置。能在高温高压下工作，在煤层被点燃后，它用可穿透地层的次声波通信把所在位置的各种参数传给主控计算机。现在，他们已在这片煤层中放入了上千个“地老鼠”，其中有一半放置在防火帷幕之外，以监测可能透过帷幕的地火。

在一顶宽大的帐篷中，刘欣站在一面投影屏幕前，屏幕上显示出防火帷幕圈，计算机根据收到的信号用闪烁光点标出了所有“地老鼠”的位置，它们密密地分布着，整个屏幕看上去像一幅天文星图。

一切都已就绪，两根粗大的点火电极被人从帷幕圈中央的一个钻孔中放下去，电极的电线直接通到刘欣所在的大帐篷中，接到一个有红色大按钮的开关上。这时所有的工作人员都各就各位，兴奋地等待着。

“你最好再考虑一下，刘博士，你干的事太可怕了，你不知道地火的厉害！”阿古力对刘欣说。

“好了阿古力，从你到我这儿来的第一天，就到处散布恐慌情绪，还告我的状，一直告到煤炭部。但公平地说，你在这个工程中是做了很大贡献的，没有你这一年的工作，我不敢贸然试验。”

“刘博士，别把地下的魔鬼放出来！”

“你觉得我们现在还能放弃？”刘欣笑着摇摇头，然后转向站在旁边的李民生。

李民生说：“根据你的吩咐，我们第六遍检查了所有的地质资料，没有问题。昨天晚上我们还在某些敏感处又加了一层帷幕。”他指了指屏幕上帷幕圈外的几个小线段。

刘欣走到点火电极的开关前，把手指放到红色按钮上时，停了一下，闭上双眼，像在祈祷。他的嘴动了动，只有离他最近的李民生听清了他说的两个字。

“爸爸……”

红色按钮按下了，没有任何声音和闪光，山谷还是原来的山谷，但在地下深处，在上万伏的电压下，点火电极在煤层中迸发出雪亮的高温电弧。投影屏幕上，放置点火电极的位置出现了一个小红点，红点很快扩大，像滴在宣纸上的一滴红墨水。刘欣动了一下鼠标，屏幕上换了一个画面，显示出计算机根据“地老鼠”发回的信息生成的燃烧场模型，那是一个洋葱状的不断扩大的球体，洋葱的每一层代表一个等温层。高压空气泵在轰鸣，助燃空气从多个钻孔汹涌地注入煤层，燃烧场像一个被吹起的气球一样扩大着……一小时后，控制计算机启动了高压水泵，屏幕上的燃烧场像被针刺破了的气球一样，形状变得扭曲复杂起来，但体积并没有缩小。

刘欣走出了帐篷，外面太阳已落下山，各种机器的轰鸣声在黑下来的山谷中回荡。三百多人都聚集在外面，他们围着一个直立的喷口，那喷口有一个油桶般粗。人们为刘欣让开一条路，他走上了喷口下的小平台。平台上已有两个工人，其中一人看到刘欣到来，便开始旋动喷口的开关轮，另一位用打火机点燃了一个火把，把它递给刘欣。随着开关轮的旋动，喷口中响起了一阵气流的嘶鸣声，这嘶鸣声急剧增大，像一个喉咙嘶哑的巨人在山谷中怒吼。在四周，三百张紧张期待的脸在火把的光亮中时隐时现。刘欣又闭上双眼，再次默念了那两个字：

“爸爸……”

然后他把火把伸向喷口，点燃了人类第一口燃烧气化煤井。

“轰”的一声，一根巨大的火柱腾空而起，猛蹿至十几米高。那火柱紧接喷口的底部呈透明的纯蓝色，向上很快变成刺眼的黄色，再向上渐渐变红。它在半空中发出低沉强劲的呼声，连离得最远的人都能感觉到它汹涌的热力。周围的群山被它的光芒照得通亮，远远望去，黄土高原上出现了一盏灿烂的天灯！

人群中走出一个头发花白的人，他是局长，他握住刘欣的手说：“接受我这个思想僵化的落伍者的祝贺吧，你搞成了！不过，我还是希望尽快把它灭掉。”

“您到现在还不相信我？！它不能灭掉，我要让它一直燃着，让全国和全世界都看看！”

“全国和全世界已经看到了，”局长指了指身后蜂拥而上的电视记者，“但你要知道，试验煤层和周围大煤层的最近距离不到二百米。”

“可在这些危险的位置，我们连打了三道防火帷幕，还有好几台高速钻机随时处于待命状态，绝对没有问题的！”

“我不知道，只是很担心。你们是部里的工程师，我无权干涉，但任何一项新技术，不管看上去多成功，都有潜在的危险。这几十年中在煤炭行业这种危险我见了不少，这可能是我思想僵化的原因吧，我真的很担心……不过，”局长再次把手伸给了刘欣，“我还是谢谢你，你让我看到了煤炭工业的希望，”他又凝望了火柱一会儿，“你父亲会很高兴的！”

以后的两天，又点燃了两个喷口，使火柱达到了三根。这时，试验煤层的产气量按标准供气压力计算已达每小时五十万立方米，相当于上百台大型煤气发生炉。

对地下煤层燃烧场的调节全部由计算机完成，燃烧场的面积严格控制在帷幕圈总面积的三分之二，且界限稳定。应矿方的要求，多次做了燃烧场控制试验，刘欣在计算机上用鼠标画一个圈圈住燃烧场，然后按住鼠标把这个圈缩小。随着外面高压泵轰鸣声的改变，在一个小时内，实际燃烧场的面积退到缩小的圈内。同时，在距离大煤层较近的危险方向上，又增加了两道长二百多米的防火帷幕。

刘欣没有太多的事可做，他把所有的时间都花在接受记者采访和对外联络上。国内外的许多大公司蜂拥而至，对这个项目提出了庞大的投资资金和合作意向，其中包括像杜邦和埃克森这样的巨头。

第三天，一个煤层灭火队员找到刘欣，说他们队长要累垮了。这两天阿古力带领灭火队发疯似的一遍遍地搞地下灭火演习。他还自作主张，租用国家遥感中心的一颗卫星监视这一地区的地表温度。他自己已连着三夜没睡觉，晚上在帷幕圈外面远远近近地转，一转就是一夜。

刘欣找到阿古力，看到这个强壮的汉子消瘦了许多，双眼红红的。

“我睡不着，”他说，“一合眼就做噩梦，看到大地上到处喷着这样的火柱子，像一个火的森林……”

刘欣说：“租用遥感卫星是一笔很大的开销，虽然我觉得没必要，但既然已做了，我尊重你的决定。阿古力，我以后还是很需要你的，虽然我觉得你的煤层灭火队不会有太多的事可做，但再安全的地方也是需要消防队的。你太累了，先回北京去休息几天吧。”

“我现在离开？！你疯了！”

“你在地火上面长大，对它形成了一种根深蒂固的恐惧感。现在，我们还控制不了新疆煤矿地火那么大的燃烧场，但我们很快就能做到的！我打算在新疆建立第一个投入商业化运营的气化煤田，到时候，那里的地火将在我们的控制中，你家乡的土地将布满美丽的葡萄园。”

“刘博士，我很敬重你，这也是我跟你干的原因，但你总是高估自己。对于地火，你还只是孩子呢！”阿古力苦笑着，摇着头走了。

灾难是在第五天降临的。当时天刚亮，刘欣被推醒，看到面前站着阿古力，他气喘吁吁，双眼发直，像得了热病，裤腿都被露水打湿了。他把一张激光打印机打出的照片举到刘欣眼前，举得那么近，快挡住他的双眼了。那是一幅卫星发回的红外假彩色温度遥感照片，像一幅色彩斑斓的抽象画，刘欣看不懂，迷惑地望着他。

“走！”阿古力大吼一声，拉着刘欣的手冲出帐篷。

刘欣跟着他向山谷北面的一座山上攀去，一路上，刘欣越来越迷惑。首先，这是最安全的一个方向，在这个方向上，试验煤层距大煤层有上千米远；其次，阿古力现在领他走得也太远了，他们已接近山顶，帷幕圈远在下面，在这儿能出什么事呢。到达山顶后，刘欣喘息着正要质问，却见阿古力把手指向山另一边更远的地方。刘欣放心地笑了，笑阿古力神经过敏。向阿古力所指的方向望去，矿山尽收眼底，在矿山和这座山之间，有一段平缓的山坡，在山坡的低处有一块绿色的草地，阿古力指的就是那块草地。放眼望去，矿山和草地像平时一样平静，但顺着阿古力手指的方向看了好一会儿后，刘欣终于发现了草地有些异样：在草地上出现了一个圆，圆内的绿色比周围略深一些，不仔细看根本无法察觉。刘欣的心猛然抽紧了，他和阿古力向山下跑去，向草地上那个暗绿色的圆跑去。

跑到那里后，刘欣跪到草地上看圆内的草，并把它们同圆外的相比较，发现这些草已蔫软，并倒伏在地，像被热水泼过一样。刘欣把手按到草地上，明显地感觉到了来自地下的热力，在圆区域的中心，有一股蒸气在刚刚出现的阳光中升起……

经过一上午的紧急钻探，又施放了上千个“地老鼠”，刘欣终于确定了一个噩梦般的事实：大煤层着火了。燃烧的范围一时还无法确定，因为“地老鼠”在地下的行进速度只有每小时十几米，但大煤层比试验煤层深得多，它的燃烧热量已透至地表，说明已燃烧了相当长的时间，火场已很大了。

事情有些奇怪，在燃烧的大煤层和试验煤层之间的一千米土壤和岩石带完好无损，地火是在这上千米隔离带的两边烧起来的，以至于有人提出大煤层的火同试验煤层没有什么关系。但这只是个安慰，连提出这个意见的人自己也不太相信这个说法。随着勘探的深入，事情终于在深夜搞清楚了。

从试验煤层中伸出了八条狭窄的煤带，这些煤带最窄处只有半米，很难察觉。其中五条煤带被防火帷幕截断，而有三条煤带呈向下的走向，刚刚爬过了帷幕的底部。这三条“煤蛇”中的两条中途中断了，但有一条一直通向千米外的大煤层。这些煤带实际是被煤填充的地层裂缝，这些裂缝都与地表相通，为燃烧提供了良好的供氧，于是，那条煤带成了连接试验煤层和大煤层的一根导火索。

这三条煤带都没有在李民生提供的地质资料上标明。事实上，这种狭长的煤带在煤矿地质上是极其罕见的，大自然开了一个残酷的玩笑。

“我没有办法，孩子得了尿毒症，要不停地做透析，这个工种项目的酬金对我太重要了！所以我没有尽全力阻止你……”李民生脸色苍白，回避着刘欣的目光。

现在，他们和阿古力三人站在隔开两片地火的那座山峰上，这又是一个早晨，矿山和山峰之间的草地已全部变成了深绿色，而昨天他们看到的那个圆形区域现在已成了焦黄色！蒸气在山下迷漫，矿山已看不清楚了。

阿古力对刘欣说：“我在新疆的煤矿灭火队带着大批设备已乘专机到达太原，

很快就到这里了。全国其他地区的力量也在向这儿集中。从现在的情况看，火势很凶，蔓延飞快！”

刘欣默默地看着阿古力，好大一会儿才低声问：“还有救吗？”

阿古力轻轻地摇摇头。

“你就告诉我，还有多大的希望？如果封堵供氧通道，或注水灭火……”

阿古力又摇摇头：“我有生以来一直在干那事，可地火还是烧毁了我的家乡。我说过，在地火面前，你只是个孩子。你不知道地火是什么，在那深深的地下，它比毒蛇更光滑，比幽灵更莫测，它想去哪儿，凡人是拦不住的。这里地下巨量的优质无烟煤，是这魔鬼渴望了上亿年的东西，现在你把它放出来了，它将拥有无穷的能量和力量，这里的地火将比新疆的大百倍！”

刘欣抓住这个维吾尔族汉子的双肩绝望地摇晃着：“告诉我还有多大希望？！求求你说真话！”

“百分之零。”阿古力轻轻地说，“刘博士，你此生很难赎清自己的罪了。”

在局大楼里召开了紧急会议，与会的除了矿务局主要领导和五个矿的矿长外，还有包括市长在内的市政府的一群忧心忡忡的官员。会上首先成立了危机指挥中心，中心总指挥由局长担任，刘欣和李民生都是领导小组的成员。

“我和李工将尽自己最大的努力做好工作，但还是请大家明白，我们现在都是罪犯。”刘欣说。

李民生在一边低头坐着，一言不发。

“现在还不是讨论责任的时候，只干，别多想。”局长看着刘欣说，“知道最后这五个字是谁说的吗？你父亲。那时我是他队里的技术员，有一次为了达到当班的产量指标，我不顾他的警告，擅自扩大了采掘范围，结果造成工作面大量进水，队里二十几个人被水困在巷道的一角。当时大家的头灯都灭了，也不敢用打火机，一怕瓦斯，二怕消耗氧气，因为水已把这里全封死了。黑得伸手不见五指，你父亲这时告诉我，他记得上面是另一条巷道，顶板好像不太厚。然后我就听到他用镐挖顶板，我们几个也都摸到镐跟着他在黑暗中挖了起来。氧气越来越少，开始感到胸闷头晕，还有那黑暗，那是地面上的人见不到的绝对黑暗，只有镐头撞击顶板的火星在闪动。当时对我来说，活着真是一种折磨，是你父亲支撑着我，他在黑暗中反复对我说那五个字：‘只干，别多想。’不知挖了多长时间，当我就要在窒息中昏迷时，顶板被挖塌了一个洞，上面巷道防爆灯的光亮透射进来……后来你父亲告诉我，他根本不知道顶板有多厚，但那时人只能是：只干，别多想。这么多年，这五个字在我的脑子中越刻越深，现在我替你父亲把它传给你了。”

会上，从全国各地紧急赶到的专家们很快制定了灭火方案。可供选择的方式不多，只有三个：一、隔绝地下火场的氧气；二、用灌浆帷幕切断火路；三、通过向地下火场大量注水灭火。这三个行动同时进行，但第一个方法早就证明难以奏效，因为通向地下的供氧通道极难定位，就是找到了，也很难堵死；第二个方法只对浅煤层火场有效，且速度太慢，赶不上地下火势的迅速蔓延；最有希望的是第三个灭火方法了。

消息仍然被封锁，灭火工作在悄悄进行。从仁丘油田紧急调来的大功率钻机在人们好奇的目光中穿过煤城的公路，军队在进入矿山，天空出现了盘旋的直升机……一种不安的情绪笼罩着矿山，各种谣言开始像野火一样蔓延。

大型钻机在地下火场的火头上一字排开，钻孔完成后，上百台高压水泵开始向冒出青烟和热浪的井孔中注水。注水量是巨大的，以致矿山和城市生活区全部断水，这使得社会的不安和骚动进一步加剧。但注水结果令人鼓舞，在指挥中心的大屏幕上，红色火场的前锋面出现了一个个以钻孔为中心的暗色圆圈，标志着注水在急剧降低火场温度。如果这一排圆圈连接起来，就有希望截断火势的蔓延。

但这使人稍稍安慰的局势并没有持续多长时间。在高大的钻塔旁边，来自油田的钻井队队长找到了刘欣。

“刘博士，有三分之二的井位不能再钻了！”他在钻机和高压泵的轰鸣声中大喊。

“你开什么玩笑？！我们现在必须在火场上大量增加注水孔！”

“不行！那些井位的井压都在急剧增大，再钻下去要井喷的！”

“你胡说！这儿不是油田，地下没有高压油气层，怎么会井喷？！”

“你懂什么？！我要停钻撤人了！”

刘欣愤怒地抓住队长满是油污的衣领，“不行！我命令你钻下去！不会有井喷的！听到了吗？不会！”

话音未落，钻塔方向传来了一声巨响，两人转头望去，只见沉重的钻孔封瓦成两半飞了出来，一股黄黑色的浊流嘶鸣着从井口喷出，浊流中，折断的钻杆七零八落地飞出。在人们的惊叫声中，那股浊流的色调渐渐变浅，这是由于其中泥沙含量减少的缘故。后来它变成了雪白色，人们明白了这是注入地下的水被地火加热后变成的高压蒸气。刘欣看到了司钻的尸体被挂在钻塔高高的顶端，在白色蒸气的冲击下疯狂地摇晃，时隐时现。而钻台上的另外三个工人已不见踪影！

更恐怖的一幕出现了，那条白色的巨龙的头部脱离了地面，渐渐升起，最后白色蒸气全部升到了钻塔以上，仿佛横空出世的一个白发魔鬼，而这魔鬼同地面的井口之间，除了破损的井架之外竟空无一物！只能听到那可怕的啸声，以至于几个年轻工人以为井喷停了，犹豫地向钻台迈步，但刘欣死死抓住了他们中的两个，高喊：“不要命了！过热蒸气！”

在场的工程师们很快明白了眼前这奇景的含义，但让其他人理解并不容易。同人们的常识相反，水蒸气是看不到的，人们看到的白色只是水蒸气在空气中冷凝后结成的微小水珠。而水在高温高压下会形成可怕的过热蒸气，其温度高达四百至五百摄氏度！它不会很快冷凝，所以现在只能在钻塔上方看到它显形。这样的蒸气平常只在火力发电厂的高压汽轮机中存在，它一旦从高压输汽管中喷出（这样的事故不止一次发生），可以在短时间内穿透一堵砖墙！人们惊恐地看到，刚才潮湿的井架在无形的过热蒸气中很快被烤干了，几根悬在空中的粗橡胶管像蜡做的一样被融化了。这魔鬼蒸气冲击井架，发出让人头皮发麻的巨响……

地下注水已不可能了，即使可能，注入地下火场中的水的助燃作用已大于灭火作用。

危机指挥中心的全体成员来到距地火前沿最近的三矿四号井井口前。

“火场已逼近这个矿的采掘区，”阿古力说，“如果火头到达采掘区，矿井巷道将成为地火强有力的供氧通道，那时地火火势将猛增许多倍……情况就是这样。”他打住了话头，不安地望着局长和三矿的矿长，他知道采煤人最忌讳的是什么。

“现在井下情况怎么样？”局长不动声色地问。

“八个井的采煤和掘进工作都在正常进行，这主要是为了安定着想。”矿长回答。

“全部停产，井下人员立即撤出，然后……”局长停了下来，沉默了两三秒钟。

人们觉得这两三秒很长很长。

“封井。”局长终于说出了那两个最让采煤人心碎的字。

“不！不行！！！”李民生失声叫道，然后才发现自己还没想好理由，“封井……封井……社会马上就会乱起来，还有……”

“好了。”局长轻轻挥了一下手，他的目光说出了一切：我知道你的感觉，我也一样，大家都一样。

李民生抱头蹲到地上，他的双肩在颤抖，但哭不出声来。矿山的领导者和工程师们面对井口默默地站着，宽阔的井口像一只巨大的眼睛看着他们，就像二十多年前看着童年的刘欣一样。

他们在为这座百年老矿志哀。

不知过了多长时间，局总工程师低声打破沉默，“井下的设备，看看能弄出多少就弄出多少。”

“那么，”矿长说，“组织爆破队吧。”

局长点点头，“时间很紧，你们先干，我同时向部里请示。”

局党委书记说：“不能用工兵吗？用矿工组成的爆破队……怕要出问题。”

“考虑过，”矿长说，“但现在到达的工兵只有一个排，即使干一个井人力也远远不够，再说他们也不熟悉井下爆破作业。”

…………

距火场最近的四号井最先停产，当井下矿工一批批乘电轨车上到井口时，发现上百人的爆破队正围在一堆钻杆旁边等待着什么。人们围上去打听，但爆破队的矿工们也不知道自己要干什么，他们只是接到命令带着钻孔设备集合。突然，人们的注意力都被吸引到一个方向，一个车队正在朝井口开来，第一辆卡车上坐满了持枪的武警士兵，跳下车来为后面的卡车围出了一块停车场。后面有十一辆卡车，它们停下后，篷布很快被掀开，露出了码放整齐的黄色木箱，矿工们惊呆了，他们知道那是什么。

整整十卡车，是每箱二十四公斤装的硝酸铵二号矿井炸药，总重约有五十吨。最后一辆较小的卡车上有几捆用于绑药条的竹条，还堆着一大堆黑色塑料袋，矿工们知道那里面装的是电雷管。

刘欣和李民生刚从一辆车的驾驶室里跳下来，就看到刚任命的爆破队队长，一个长着络腮胡的壮汉，手里拿着一卷图纸迎面走来。

“李工，这是让我们干什么？”队长问，同时展开图纸。

李民生指点着图纸，手微微发抖，“三条爆破带，每条长三十五米，具体位置在下面那张图上。爆孔分一百五十毫米和七十五毫米两种，装药量分别是每米二十八公斤和每米十四公斤，爆孔密度……”

“我问你要我们干什么？！”

在队长那喷火的双眼的逼视下，李民生无声地低下了头。

“弟兄们，他们要炸毁主巷道！”队长转身冲人群高喊。矿工人群中一阵骚动，接着如一堵墙一样围逼上来，武警士兵组成半圆形阻止人群靠近卡车，但在那势不可当的黑色人海的挤压下，警戒线弯曲变形，很快就要被冲破了。这一切都是在阴沉无声中发生的，只听到脚步的摩擦声和拉枪栓的声响。在最后关头，人群停止了涌动，矿工们看到局长和矿长出现在一辆卡车的踏板上。

“我十五岁就在这口井干了，你们要毁了它？！”一个老矿工高喊，他脸上那刀刻般的皱纹在厚厚的煤灰下也很清晰。

“炸了井，往后的日子怎么过？！”

“为什么炸井？！”

“现在矿上的日子已经很难了，你们还折腾什么？！”

…………

人群炸开了，愤怒的声浪一阵高过一阵，在那落满煤灰的黑脸的海洋中，白色的牙齿十分醒目。局长冷静地等待着，人群在愤怒的声浪中又骚动起来，在即将再次失去控制时，他才开始说话。

“大家往那儿看——”他手向井口旁边的一个小山丘指去。他的声音不高，但却使愤怒的人群立刻安静下来，所有的人朝他指的方向看去。

那座小山丘顶上立着一根黑色的煤柱子，有两米多高，粗细不一。有一圈落满煤尘的石栏杆圈着那根煤柱。

“大家都管那东西叫老炭柱，但你们知道吗，它立起来的时候并不是一根柱子，而是一块四四方方的大煤块。那是一百多年前，清朝的张之洞总督在建矿典礼时立起的。它是让这一百多年的风风雨雨蚀成一根柱子了。这一百多年，我们这个矿山经历了多少风风雨雨，多少大灾大难，谁还能记得清呢？这时间不短啊同志们，四五辈人啊！这么长时间，我们总该记下些什么，总该学会些什么。如果实在什么也记不下，什么也学不会，总该记下和学会一样东西，那就是——”局长对着黑色的人海挥起双手，“天，塌不下来！”

人群在空气中凝固了，似乎连呼吸都已停止。

“中国的产业工人，中国的无产阶级，没有比我们的历史更长了，没有比我们经历的风雨和灾难更多了，煤矿工人的天塌了吗？没有！我们这么多人现在能站在这儿看那老煤柱，就是证明。我们的天塌不了！过去塌不了，将来也塌不了！！！

“说到难，有什么稀罕啊同志们，我们煤矿工人什么时候容易过？从老祖宗辈算起，我们什么时候有过容易日子啊！你们再掰着指头算算，中国的，世界的，工业有多少种，工人有多少种，哪种比我们更难？！没有，真的没有。难有什么稀罕？不难才怪，因为我们不但要顶起天，还要撑起地啊！怕难，我们早断子绝孙了！

“但社会和科学都在发展，很多有才能的人在为我们想办法，这办法现在想出来了，我们有希望完全改变自己的生活，我们要走出黑暗的矿井，在太阳底下，在蓝天底下采煤了！煤矿工人，将成为最让人羡慕的工作！这希望刚刚出现，不信，就去看看南山沟那几根冲天的大火柱！但正是这个努力，引发了一场灾难，关于这个，我们会对大家有个详细的交代。现在大家只需明白，这可能是煤矿工人的最后一难了，这是为我们美好明天付出的代价，就让我们抱成一团渡过这一难吧。我还是那句话，多少辈人都过来了，天塌不下来！”

人群默默地散去后，刘欣对局长说：“你和我父亲，认识你们两人，我死而无憾。”

“只干，别多想。”局长拍拍刘欣的肩膀，又在那里攥了一下。

四号井主巷道爆破工程开始一天后，刘欣和李民生并肩走在主巷道里，他们的脚步发出空洞的回响。他们正在走过第一爆破带，昏暗的顶灯下，可以看到高高的巷道顶上密密地布满了爆孔，引爆电线如彩色的瀑布从上面泻下来，在地上堆成一堆。

李民生说：“以前我总觉得自己讨厌矿井，恨矿井，恨它吞掉了自己的青春。但现在才知道，我已同它融为一体了，恨也罢，爱也罢，它就是我的青春了。”

“我们不要太折磨自己了，”刘欣说，“我们毕竟干成了一些事，不算烈士，就算阵亡吧。”

他们沉默下来，同时意识到，他们谈到了死。

这时阿古力从后面气喘吁吁地跑过来，“李工，你看！”他指着巷道顶说。他指的是几根粗大的帆布管子，那是井下通风用管，现在它们瘪下来了。

“天啊，什么时候停的通风？！”李民生大惊失色。

“两个小时了。”

李民生用对讲机很快叫来了矿通风科科长和两名通风工程师。

“没法恢复通风了，李工，下面的通风设备：鼓风机、马达、防爆开关，甚至部分管路，都拆了呀！”通风科长说。

“你他妈的浑蛋！谁让你们拆的，你他妈找死啊！”李民生一反常态，破口大骂起来。

“李工，这是怎么讲话嘛！谁让拆的？封井前尽可能多地转移井下设备可是局里的意思，停产安排会你我都是参加了的！我们的人没日没夜干了两天，拆上来的设备有上百万元，就落你这一顿臭骂？！再说井都封了，还通什么风！”

李民生长叹一口气，直到现在事情的真相还没有公布，因而出现了这样的协调问题。

“这有什么？”通风科的人走后刘欣问，“通风不该停吗？这样不是还可以减少向地下输送的氧气流量？”

“刘博士，你真是个理论的巨人、行动的矮子，一接触到实际，你就什么都不懂了，真像李工说的，你只会做梦！”阿古力说。煤层失火以来，他对刘欣一直没有客气过。

李民生解释：“这里的煤层是瓦斯高发区，通风一停，瓦斯在井下很快聚集，地火到达时可能引起大爆炸，其威力有可能把封住的井口炸开，至少可能炸出新的供氧通道。不行，必须再增加一条爆破带！”

“可，李工，上面第二条爆破带才只干到一半，第三条还没开工，地火距南面的采区已很近了，把原计划的三条做完都怕来不及啊！”

“我……”刘欣小心地说，“我有个想法不知行不行？”

“哈，这可是……用你们的话怎么说，破天荒了！”阿古力冷笑着说，“刘博士还有拿不准的事儿？刘博士还有需要问别人才能决定的事儿？”

“我是说，现在这最深处的一条爆破带已做好，能不能先引爆这一条，这样一旦井下发生爆炸，至少还有一道屏障。”

“要行早这么做了。”李民生说，“爆破规模很大，引爆后巷道里的有毒气体和粉尘长时间散不去，会让后面的施工无法进行。”

地火的蔓延速度比预想的快，施工领导小组决定只打两条爆破带就引爆，尽快从井下撤出施工人员。天快黑时，大家正在离井口不远的生产楼中，围着一张图纸研究如何利用一条支巷最短距离引出起爆线，李民生突然说：“听！”

一声低沉的响声隐隐约约从地下传上来，像大地在打嗝。几秒钟后又一声。

“是瓦斯爆炸，地火已到采区了！”阿古力紧张地说。

“不是说还有一段距离吗？”

没人回答，刘欣的地老鼠探测器已用完，现有落后的探测手段很难准确把握地火的位置和推进速度。

“快撤人！”

李民生拿起对讲机，但任凭他大喊，没有回答。

“我上井前看张队长干活时怕碰坏对讲机，把它和导线放一块儿了，下面几十台钻机同时干，声儿很大！”一个爆破队的矿工说。

李民生跳起来冲出生产楼，安全帽也没戴，叫了一辆电轨车，以最快速度向井下开去。当电轨车在井口消失前的一瞬间，追出来的刘欣看到李民生在向他招手，还在向他笑，他很长时间没笑过了。

地下又传来几阵打嗝声，然后平静下来。

“刚才的一阵爆炸，能不能把井下的瓦斯消耗掉？”刘欣问身边的一名工程师，对方惊奇地看了他一眼。

“消耗？笑话，它只会把煤层中更多的瓦斯释放出来！”

一声冲天巨响，仿佛地球在脚下爆炸！井口淹没于一片红色火焰之中。气浪把刘欣高高抛起，世界在他眼中疯狂地旋转，同他一起飞落的是纷乱的石块和枕木，刘欣还看到了电轨车的一节车厢从井口的火焰中飞出来，像一粒被吐出的果核。刘欣被重重地摔到地上，碎石在他身边纷纷掉下，他觉得每一块碎石上都有血……刘欣又听到了几声沉闷的巨响，那是井下炸药被引爆的声音。失去知觉前，他看到井口的火焰消失了，代之以滚滚的浓烟……

一年以后

刘欣仿佛行走在地狱中。整个天空都是黑色的烟云，太阳是一个刚刚能看见的暗红色圆盘。由于尘粒摩擦产生的静电，烟云中不时出现幽幽的闪电，每次闪电出现时，地火之上的矿山就在青光中凸显出来，那图景一次次像用烙铁烙在他的脑海中。烟尘是从矿山的一个个井口中冒出的，每个井口都吐出一根烟柱，那烟柱的底部映着地火狰狞的暗红光，向上渐渐变成黑色，如天地间一条条扭动的怪蛇。

公路是滚烫的，沥青路面融化了，每走一步几乎要撕下刘欣的鞋底。路上挤满了难民和车辆，闷热的空气充满了硫黄味，还不时有雪花状的灰末从空中落下，每个人都戴着呼吸面罩，身上落满了白灰。道路拥挤不堪，全副武装的士兵在维持秩序，一架直升机穿行在烟云中，在空中用高音喇叭劝告人们不要惊慌……疏散迁民在冬天就开始了，本计划在一年时间内完成，但现在地火势头突然变猛，只得紧急加快进程。一切都乱了，法院对刘欣的开庭一再推迟，以至于今天早上他所在的候审间一时没人看管了，他迷迷糊糊地走了出来。

公路以外的地面干燥开裂，裂纹又被厚厚的灰尘填满，脚踏上去扬起团团尘雾。一个小池塘，冒出滚滚蒸气，黑色的水面上浮满了鱼和青蛙的尸体。现在是盛夏，可见不到一点绿色，地面上的草全部枯黄了，埋在灰尘中。树也都是死的，有些还冒出青烟，已变成木炭的枝丫像怪手一样伸向昏暗的天空。所有的建筑都已人去楼空，有些浓烟从窗子中冒出。刘欣看到了老鼠，它们被地火的热力从穴中赶出，数量惊人，大群大群地涌向路面……随着刘欣向矿山深处走去，越来越感受到地火的热力，这热力从他的脚踝沿身体升腾上来。空气更加闷热污浊，即使戴上面罩也难以呼吸。地火的热量在地面上并不均匀，刘欣本能地避开灼热的地面，能走的路越来越少了。地火热力突出的区域，建筑燃起了大火，一片火海中不时响起建筑物倒塌的声音……刘欣已走到了井区，他走过一个竖井，那竖井已变成了地火的烟道，高大的井架被烧得通红，热流冲击井架发出让人头皮发麻的尖啸声，滚滚热浪让他不得不远远绕行。选煤楼被浓烟吞没了，后面的煤山已燃烧了多日，成了发出红光和火苗的一块巨大的火炭……

这里已看不到一个人了，刘欣的脚已烫得起了皮，身上的汗已几乎流干，艰难的呼吸使他到了休克的边缘，但他的意识是清楚的，他用生命最后的能量向最后的目标走去。那个井口喷出的地火的红色光芒在召唤着他，他到了，他笑了。

刘欣转身朝井口对面的生产楼走去，还好，虽然从顶层的窗中冒出浓烟，但楼还没有着火。他走进开着的楼门，向旁边拐入一间宽大的班前更衣室。井口有地火从窗外照进来，使这里充满了朦胧的红光，一切都在地火的红光中跃动，包括那一排衣箱。刘欣沿着这排衣箱走去，仔细地辨认着上面的号码，很快他找到了要找的那个。关于这衣箱他想起了儿时的一件事：那时父亲刚调到这个采煤队当队长，这是最野的一个队，出了名地难带。那些野小子根本不把父亲放在眼里，本来嘛，看他在班前会上那可怜样儿，怯生生地让人把一个掉了的衣箱门钉上去，当然没人理他，小伙子们只顾在边上甩扑克、说脏话，父亲只好说那你们给我找几个钉子我自己钉吧，有人扔给他几个钉子。父亲说再找个锤吧，这次真没人理他了。但接着，小伙子们突然鸦雀无声，他们目瞪口呆地看着父亲用大拇指把那些钉子一根根轻松地按进木头中去！事情有了改变，小伙子们很快站成一排，敬畏地听着父亲的班前讲话……现在这箱子没锁，刘欣拉开后发现里面的衣物居然还在！他又笑了，心里想象着这二十多年用过父亲衣箱的那些矿工的模样。他把里面的衣服取出来，首先穿上厚厚的工作裤，再穿上同样厚的工作衣，这套衣服上涂满了厚厚的油腻的煤灰，发出一股浓烈的、刘欣并非不熟悉的汗味和油味，这味道使他真正镇静下来，并处于一种类似于幸福的状态中。他接着穿上胶靴，然后拿起安全帽，把放在衣箱最里面的矿灯拿出来，用袖子擦干灯上的灰，把它卡到帽檐上。他又找电池，但没有，只好另开了一个衣箱，有。他把那块笨重的矿灯电池用皮带系到腰间，突然想到电池还没充电，毕竟矿上完全停产一年了。但他记得灯房的位置，就在更衣室对面，他小时候不止一次在那儿看到灯房的女工们把冒着白烟的硫酸喷到电池上充电。但现在不行了，灯房笼罩在硫酸的黄烟之中。他庄重地戴上有矿灯的安全帽，走到一面布满灰尘的镜子面前，在那红光闪动的镜子中，他看到了父亲。

“爸爸，我替您下井了。”刘欣笑着说，转身走出楼，向喷着地火的井口大步走去。

后来有一名直升机驾驶员回忆说，他当时低空飞过二号井，在那一带做最后的巡视，好像看到井口有一个人影，那人影在井内地火的红光中呈一个黑色的剪影，他好像在向井下走去，一转眼，那井口又只有火光，别的什么都看不见了。

一百二十年后
（一个初中生的日记）

过去的人真笨，过去的人真难。

知道我上面的印象是怎么来的吗？今天我参观了煤炭博物馆，但给我印象最深的是一件事：

居然有固体的煤炭！

我们首先穿上了一身奇怪的衣服，那衣服有一个头盔，头盔上有一盏灯，那灯通过一根导线同挂在我们腰间的一个很重的长方形物体连着，我原以为那是一台电脑（也太大了些），谁想到那竟是这盏灯的电池！这么大的电池，能驱动一辆高速赛车的，却只用来点亮这盏小小的灯。我们还穿上了高高的雨靴，老师告诉我们，这是早期矿工的井下服装。有人问井下是什么意思，老师说你们很快就会知道的。

我们上了一辆行驶在小铁轨上的铁车，有点像早期的火车，但小得多，上方有一根电线为车供电。车开动起来，很快钻进一个黑黑的洞口中。里面真黑，只有上方不时掠过一盏暗暗的小灯，我们头上的灯发出的光很弱，只能看清周围人的脸。风很大，在我们耳边呼啸，我们好像在向一个深渊坠下去。艾娜尖叫起来，讨厌，她就会这样叫。

“同学们，我们下井了！”老师说。

不知过了多长时间，车停了，我们由这个较为宽大的隧洞进入了它的一个分支，这个洞又窄又小，要不是戴着头盔，我的脑袋早就碰起好几个包了。我们头灯的光圈来回晃着，但什么都看不清楚，艾娜和几个女孩子又叫着说害怕。

过了一会儿，我们眼前的空间开阔了一些，这个空间有许多根柱子支撑着顶部。在对面，我又看到许多光点，也是我们头盔上的这种灯发出的。走近一看，发现那里有许多人在工作，他们有的在用一种钻杆很长的钻机在洞壁上打孔，那钻机不知是用什么驱动的，声音让人头皮发麻；有的在用铁锹把什么看不清楚的黑色东西铲到轨道车上和传送皮带上，不时有一阵尘埃扬起，把他们隐没其中，许多头灯在尘埃中划出一道道光柱……

“同学们，我们现在所在的地方叫采煤工作面，你们看到的是早期矿工工作的景象。”

有几个矿工向我们这个方向走来，我知道他们都是全息影像，没有让路，几个矿工的身体和我互相穿过，我把他们看得很清楚，对看到的很吃惊。

“老师，那时的中国煤矿全部雇用黑人吗？”

“为了回答这个问题，我们将真实地体验一下当时采煤工作面的空气。注意，只是体验，所以请大家从右衣袋中拿出呼吸面罩戴上。”

我们戴好面罩后，又听到老师的声音：“孩子们注意，这是真实的，不是全息影像！”

一片黑尘飘过来，我们的头灯也散射出了道道光柱，我惊奇地看着光柱中密密的尘粒在纷飞闪亮。这时艾娜又惊叫起来，像合唱队的领唱，好几个女孩子也跟着她大叫起来。再后来，竟有男孩的声音加入进来！我扭头想笑他们，但看到他们的脸时自己也叫出声来，所有人也都成了黑人，只有呼吸面罩盖住的一小部分是白的。这时我又听到一声尖叫，立刻汗毛直立——这是老师在叫！

“天啊，斯亚！你没戴面罩！！！”

斯亚真没戴面罩，他同那些全息矿工一样，成了最地道的黑人。“您在历史课上反复强调，学这门课的关键在于对过去时代的感觉，我想真正感觉一下。”他说着，黑脸上白牙一闪一闪的。

警报声不知从什么地方响起，不到一分钟，一辆水滴状微形悬浮车无声地停到我们中间，这种现代东西出现在这里真是煞风景。从车上下来两个医护人员，现在真正的煤尘已被完全吸收，只剩下全息的还飘浮在周围，所以医生在穿过“煤尘”时雪白的服装一尘不染。他们拉住斯亚往车里走。

“孩子，”一个医生盯着他说，“你的肺已受到很严重的损伤，至少要住院一个星期，我们会通知你家长的。”

“等等！”斯亚叫道，手里抖动着那个精致的全隔绝内循环面罩，“一百多年前的矿工也戴这东西吗？”

“不要说废话，快去医院！你这孩子也太不像话了！”老师气急败坏地说。

“我和先辈同样是人，为什么……”

斯亚没说完就被硬塞进了车里。

“这是博物馆第一次出这样的事故，您要对此事负责的！”一个医生上车前指着老师严肃地说。悬浮车同来时一样无声地开走了。

我们继续参观，老师说：“井下的每一项工作都充满危险，且需消耗巨大的体力。随便举个例子：这些铁支柱，在这个工作面的开采工作完成后，都要回收，这项工作叫放顶。”

我们看到一个矿工用铁锤击打支架中部的一个铁销，使支架折为两段取下，然后把它扛走了。我和一个男孩试着搬已躺在地上的一个支架，才知道它重得要命。“放顶是一项很危险的工作，因为在撤走支架的过程中，工作面顶板随时都会塌落……”

这时我们头顶发出不祥的摩擦声，我抬起头来，在矿灯的光圈中看到头顶刚撤走支架的那部分岩石正在张开一个口子，我没来得及反应它就塌了下来，大块岩石的全息影像穿透了我的身体落到地上，发出一声巨响，尘埃腾起遮住了一切。

“这个井下事故叫作冒顶。”老师的声音在旁边响起，“大家注意，伤人的岩石不只是来自上部……”

话音未落，我们旁边的一面岩壁竟垂直着向我们扑来，这一大面岩壁冲出相当的距离才化为一堆岩石砸下来，好像有一个巨大的手掌从地层中把它推出来一样。岩石的全息影像把我们埋没了，一声巨响后我们的头灯全灭了，在一片黑暗中，在女孩们的尖叫声中，我又听到老师的声音。

“这个井下事故叫瓦斯突出。瓦斯是一种气体，它被封闭在岩层中，有巨大的气压。刚才我们看到的景象，就是工作面的岩壁抵挡不住这种压力，被它推出的情景。”

所有人的头灯又亮了，大家长出一口气。这时我听到了一个奇怪的声音，有时高亢，如万马奔腾；有时低沉，好像几个巨人在耳语。

“孩子们注意，洪水来了！”

正当我们迷惑之际，不远处的一个巷道口喷出了一道粗大汹涌的洪流，整个工作面很快淹没在水中。我们看着浑浊的水升到膝盖上，然后又没过了腰部，水面反射着头灯的光芒，在顶上的岩石上映出一片模糊的亮纹。水面上漂浮着被煤粉染黑的枕木，还有矿工的安全帽和饭盒……当水到达我的下巴时，我本能地长吸一口气，然后我全身没在水中了，只能看到自己头灯的光柱照出的一片混沌的昏黄和下方不时升上来的一串串水泡。

“井下的洪水有多种来源，可能是地下水，也可能是矿井打通了地面的水源，但它比地面洪水对人生命的威胁大得多。”老师的声音在水下响着。

水的全息影像在瞬间消失了，周围的一切又恢复了原样。这时我看到了一个奇怪的东西，像一个肚子鼓鼓的大铁蛤蟆，很大很重，我指给老师看。

“那是防爆开关，因为井下的瓦斯是可燃气体，防爆开关可避免一般开关产生的电火花。这关系到我们就要看到的最可怕的井下危险……”

又一声巨响，但同前两次不一样，似乎是从我们体内发出，冲破我们的耳膜来到外面，来自四方的强大的冲击压缩着我的每一个细胞，在一股灼人的热浪中，我们都被淹没在一片红色的光晕里，这光晕是周围的空气发出的，充满了井下的每一寸空间。红光迅速消失，一切都陷入无边的黑暗中……

“很少有人真正看到瓦斯爆炸，因为这时井下的人很难生还。”老师的声音像幽灵般在黑暗中回荡。

“过去的人来这样可怕的地方，到底为了什么？”艾娜问。

“为了它。”老师举起一块黑石头，在我们头灯的光柱中，它的无数小平面闪闪发光。就这样，我第一次看到了固体的煤炭。

“孩子们，我们刚才看到的是二十世纪中叶的煤矿，后来，出现了一些新的机械和技术，比如液压支架和切割煤层的大型机器等，这些设备在那个世纪的后二十年进入矿井，使井下的工作条件有了一些改善，但煤矿仍是一个工作环境恶劣、充满危险的地方，直到……”

以后的事情就索然无味了，老师给我们讲气化煤的历史，说这项技术是在八十年前全面投入应用的，那时，世界石油即将告罄，各大国为争夺仅有的油田陈兵中东，世界大战一触即发，是气化煤技术拯救了世界……这我们都知道，没意思。

我们接着参观现代煤矿，有什么稀奇的，不就是我们每天看到的从地下接出并通向远方的许多大管子。不过这次我倒是第一次进入了那座中控大楼，看到了燃烧场的全息图，真大！还看了看监测地下燃烧场的中微子传感器和引力波雷达，还有激光钻机……也没意思。

老师在回顾这座煤矿的历史时，说一百多年前这里被失控的地火烧毁过，那火烧了十八年才扑灭。那段时期，我们这座美丽的城市草木生烟，日月无光，人民流离失所。失火的原因有多种说法，有人说是一次地下武器试验造成的，也有人说与当时的绿色和平组织有关。

我们不必留恋所谓过去的好时光，那个时候生活充满艰难、危险和迷惘。我们也不必为今天的时代过分沮丧，因为今天也总有一天会被人们称作过去的好时光。

过去的人真笨，过去的人真难。

鲸 歌

沃纳大叔站在船头，望着大西洋平静的海面沉思着。他很少沉思，总是不用思考就知道怎样做。并不用思考就去做，现在看来事情确实变难了。

沃纳大叔完全不是媒体所描述的那种恶魔形象，而是一副圣诞老人的样子。除了那双犀利的眼睛外，他那圆胖的脸上总是露着甜蜜而豪爽的笑容。他从不亲自带武器，只是上衣口袋中装着一把精致的小刀，他用它既削水果又杀人，干这两件事时，他的脸上都露着笑容。

沃纳大叔的这艘三千吨的豪华游艇上，除了他的八十名手下和两个皮肤黝黑的南美女郎外，还有二十五吨的高纯度海洛因，这是他在南美丛林中的提炼厂两年的产品。两个月前，哥伦比亚政府军包围了提炼厂，为了抢出这批货，他的弟弟和三十多个手下在枪战中身亡。他急需这批货换回的钱，他要再建一个提炼厂，这次可能建在玻利维亚，甚至亚洲金三角，以使自己苦心经营了一生的毒品帝国维持下去。但直到现在，已在海上漂泊了一个多月，货一克都没能运进美国大陆。从海关进入根本不可能，自从中微子探测器发明以来，毒品是绝对藏不住的。一年前他们曾把海洛因铸在每块十几吨重的进口钢坯的中心，但还是被轻而易举地查了出来。后来，沃纳大叔想了一个很绝妙的办法：用一架轻型飞机，通常是便宜的赛斯纳型，载着大约五十公斤的货从迈阿密飞入，一过海岸，飞行员就身上绑着货跳伞。这样虽然损失了一架小飞机，但那五十公斤货还是有很大赚头的。这曾经是一个似乎战无不胜的办法，但后来美国人建起了由卫星和地面雷达构成的庞大的空中监视系统，这系统甚至能发现并跟踪跳伞的飞行员，以至于大叔的那些英勇的小伙子还没着地就发现警察在地面上等着他们。后来大叔又试着用小艇运货上岸，结果更糟：海岸警卫队的快艇全部装着中微子探测器，只要在三千米之内对小艇扫描，就能发现它上面的毒品。沃纳大叔甚至想到了用微型潜艇，但美国人完善了冷战时期的水下监测网，潜艇在距海岸很远时就被发现了。

现在，沃纳大叔束手无策了，他恨科学家，是他们造成了这一切。但从另一方面想，科学家也同样能帮助自己。于是，他让在美国读书的小儿子做这方面的努力，告诉他不要舍不得钱。今天上午，小沃纳从另一艘船上了游艇，告诉父亲他找到了要找的人，“他是个天才，爸爸，是我在加州理工认识的。”

沃纳的鼻子轻蔑地动了动，“哼，天才？你在加州理工已浪费了三年时间，并没有成为天才，天才真那么好找吗？”

“可他真是天才，爸爸！”

沃纳转身坐在游艇前甲板的一张躺椅上，掏出那把精致的小刀削着一个菠萝。那两个南美女郎走过来在他肉乎乎的肩膀上按摩着。小沃纳领来的人一直远远地站在船舷边看大海，这时走过来。他看上去瘦得惊人，脖子是一根细棍，细得很难让人相信能支撑得住他那大得不成比例的头，这使他看起来多少有些异类的感觉。

“戴维·霍普金斯博士，海洋生物学家。”小沃纳介绍说。

“听说您能帮我们的忙，先生。”沃纳脸上带着他那圣诞老人的笑说。

“是的，我能帮您把货运上海岸。”霍普金斯面无表情地说。

“用什么？”沃纳懒洋洋地问。

“鲸。”霍普金斯简短地回答。这时小沃纳挥了一下手，他的两个人抬来一件奇怪的东西。这是一个透明的小舱体，用类似透明塑料的某种材料做成，呈流线型，高一米，长两米，舱体的空间同小汽车里差不多大，里面有两个座位，座位前有带着一个微型屏幕的简单仪表盘，座位后面还有一定的空间，显然是为了放货用的。

“这个舱体能装两个人和约一吨的货。”霍普金斯说。

“那么这玩意儿如何在水下走五百海里到达迈阿密海岸呢？”

“鲸把它含在嘴里。”

沃纳狂笑起来，他那由细尖变粗放的笑声用来表达几乎所有的感情：高兴、愤怒、怀疑、绝望、恐惧、悲哀……每次的大笑都一样，代表什么只有他自己知道。“妙极了孩子，那么我得付给那头鲸鱼多少钱，它才能按我们说的方向游到我们要去的地点呢？”

“鲸不是鱼，它是海洋哺乳动物。您只需把钱付给我，我已在那头鲸的大脑中安放了生物电极，在它的大脑中还有一台计算机接收外部信号，并把它翻译成鲸的脑电波信号，这样在外部可以控制鲸的一切活动，就用这个装置。”霍普金斯从口袋中拿出了一个电视遥控器模样的东西。

沃纳更剧烈地狂笑起来，“哈哈哈哈……这孩子一定看过《木偶奇遇记》，哈哈……啊……哈哈……”他笑得弯下了腰，喘不过气来，手里的菠萝掉在地上。“哈哈……那个木偶，哦，皮诺曹，同一个老头儿让一头大鱼吃到肚子里……哈哈……”

“爸爸，您听他说下去，他的办法真能行！”小沃纳请求道。

“啊哈哈哈……皮诺曹和那个老头儿在鱼肚子里过了很长时间，他们还在那里面……哈哈哈哈……在那里面点蜡烛……哈哈哈哈……”

沃纳突然止住了笑，他的狂笑消失之快，就像电灯关掉电源那样，可圣诞老人的微笑还留着。他问身后的一个女郎：“皮诺曹说谎后，怎么来着？”

“鼻子变长了。”女郎回答说。

沃纳站起来，一手拿着削菠萝的小刀，一手托起霍普金斯的下巴，研究着他的鼻子，后者平静地看着他。“你们看他的鼻子在变长吗？”他微笑着问女郎们。

“在变长，大叔！”她们中的一个娇滴滴地说，显然看别人在沃纳大叔手下倒霉是她们的一种乐趣。

“那我们帮帮他。”沃纳说着，他的儿子来不及阻拦，那把锋利的小刀就把霍普金斯的鼻子尖切下一块。血流了出来，但霍普金斯仍是那么平静，沃纳放开他的下巴后，他仍垂手站在那儿任血向下流，仿佛鼻子不是长在他脑袋上。

“把这个天才放到这玩意儿里面，扔到海里去。”沃纳轻轻地挥了一下手。当两个南美大汉把霍普金斯塞进透明小舱后，沃纳把那个遥控器拾起来，从小舱的门递给霍普金斯，就像圣诞老人递给孩子一个玩具那样亲切，“拿着，叫来你那宝贝鲸鱼，哈哈哈……”他又狂笑起来。当小舱在海中溅起高高的水花时，他收敛笑容，显出少有的严肃。

“你迟早得死在这上面。”他对儿子说。

透明小舱在海面上随波起伏，像一个气泡那样脆弱而无助。

突然，游艇上的两个女郎惊叫起来，在距船舷二百多米处，海面涌起了一个巨大的水包，那水包以惊人的速度移动着，很快从正中分开化为两道巨浪，一条黑色的山脊在巨浪中出现了。

“这是一头蓝鲸，长四十八米，霍普金斯叫它波赛冬，希腊神话中海神的名字。”小沃纳伏在父亲耳边说。

山脊在距小舱几十米处消失了，接着它巨大的尾巴在海面竖立起来，像一面黑色的巨帆。很快，蓝鲸的巨头在小舱不远处出现，巨头张开大嘴，一下把小舱吞了进去，就像普通的鱼吃一块面包屑一样。然后，蓝鲸绕着游艇游了起来，那座生命的小山在海面庄严地移动，激起的巨浪冲击着游艇，发出轰轰的巨响。在这景象面前，即使像沃纳这样目空一切的人也感到了一种敬畏，那是人见到了神的感觉，这是大海神力的化身，是大自然神力的化身。蓝鲸绕着游艇游了一圈后，转向径直朝游艇冲来，它的巨头在船边伸出海面，船上的人清楚地看到它那粘着蚌壳的礁石般粗糙的皮肤，这时他们才真正体会到蓝鲸的巨大。接着蓝鲸张开了大嘴，把小舱吐了出来，小舱沿着一条几乎水平的线掠过船舷，滚落在甲板上。舱门打开，霍普金斯爬了出来，他鼻子上流出的血已把胸前的衣服湿了一片，但除此之外安然无恙。

“还不快叫医生来，没看到皮诺曹博士受伤了吗？！”沃纳大叫起来，好像霍普金斯的伤同他无关似的。

“我叫戴维·霍普金斯。”霍普金斯庄严地说。

“我就叫你皮诺曹。”沃纳又露出他那圣诞老人的笑。

几个小时后，沃纳和霍普金斯钻进了透明小舱。装在防水袋中的一吨海洛因放在座位后面。沃纳决定亲自去，他需要冒险来激活他血管中已凝滞的血液，这无疑是他一生中最刺激的一次旅行。小舱被游艇上的水手用缆绳轻轻地放到海面上，然后游艇慢慢地驶离小舱。

小舱里的两个人立刻感到了海的颠簸，小舱有二分之一露出水面，大西洋的落日照进舱里。霍普金斯按动遥控器上的几个键，召唤蓝鲸。他们听到远处海水低沉的搅动声，这声音越来越大，蓝鲸的大嘴出现在海面上，向他们压过来。小舱好像被飞速吸进一个黑洞中，光亮的空间迅速缩小，变成一条线，最后消失了，一切都陷入黑暗中，只听到咔的一声巨响，那是蓝鲸的巨牙合拢的撞击声。接着是一阵电梯下降时的失重感，表明蓝鲸在向深海潜去。

“妙极了皮诺曹……哈哈哈……”沃纳在黑暗中又狂笑起来，表示或掩盖他的恐惧。

“我们点上蜡烛吧，先生。”霍普金斯说，他的声音听起来快乐自在，这是他的世界了。沃纳意识到了这点，恐惧又加深了一层。这时，小舱里一盏灯亮了起来，灯在小舱的顶部，发出蓝幽幽的冷光。

沃纳首先看到的是小舱外面的一排白色的柱子，那些柱子有一人多高，从底部向头部渐渐变尖，上下交错组成了一道栅栏。他很快意识到这是蓝鲸的牙齿。小舱似乎放在一片柔软的泥沼上，那泥沼的表面还在不停地蠕动。上方像一个拱顶，可以看到一道道由巨大骨骼构成的拱梁。“泥沼地面”和上方的拱梁都向后倾斜，到达一个黑色的大洞口，那洞口也在不断地变换着形状。沃纳又开始神经质地大笑了，他知道那洞口是蓝鲸的嗓子眼儿。周围飘着一层湿雾，在灯的蓝光下，他们仿佛置身于神话里的魔洞中。

小舱里的小屏幕上显示出一幅巴哈马群岛和迈阿密海区的海图，霍普金斯开始用遥控器“驾驶”蓝鲸，海图上一条航迹开始露头，它精确地指向迈阿密海岸沃纳要去的地方。“航程开始了，波赛冬的速度很快，我们五个小时左右就能到达。”霍普金斯说。

“我们在这里不会闷死吧？”沃纳尽量不显出他的担心。

“当然不会，我说过鲸是哺乳动物，它也呼吸氧气，我们周围有足够的氧气，通过一个过滤装置我们就可以维持正常的呼吸。”

“皮诺曹，你真是个魔鬼！你怎么做到这一切的？比如说，你怎样把控制电极和计算机放进这个大家伙的脑子中的？”

“一个人是做不到的。首先需要麻醉它，所用的麻醉剂有五百公斤。这是一个耗资几十亿元的军事科研项目，我曾是这个项目的负责人。波赛冬是美国海军的财产，在冷战时期用来向华约国家的海岸输送间谍和特种部队。我还主持过一些别的项目，比如，在海豚或鲨鱼的大脑中埋入电极，然后在它们身上绑上炸弹，使它们变成可控制的鱼雷。我为这个国家做了很多事情，可后来，国防预算削减了，他们就把我一脚踢出来。我在离开研究院的时候，把波赛冬也一起带走了。这些年来，我和它游遍了各个大洋……”

“那么，皮诺曹，你用你的波赛冬干现在这件事，有没有道德上的……嗯……困扰呢？当然你会觉得我谈道德很可笑，但我在南美的提炼厂里有很多化学家和工程师，他们常常有这种困扰。”

“我一点没有，先生。人类用这些天真的动物为他们肮脏的战争服务，这已经是最大的不道德了。我为国家和军队做出了巨大的贡献，有资格得到我想要的东西，既然社会不给，只好自己来拿。”

“哈哈哈哈……对，只好自己拿！哈哈哈……”沃纳笑着，突然止住，“听，这是什么声音？！”

“是波赛冬的喷水声，它在呼吸。小舱里装有一个灵敏的声呐，能放大外面的所有声音。听……”

一阵嗡嗡声，夹杂着水击声，由小变大，然后又变小，渐渐消失。

“这是一艘万吨级的油轮。”

突然，前面两排巨牙缓缓动了起来，海水汹涌地涌了进来，发出轰轰的巨响，小舱很快被浸在水中。霍普金斯按动一个按键，小屏幕上的海图消失了，代之以复杂的波形，这是蓝鲸的脑电波。“哦，波赛冬发现了鱼群，它要吃饭了。”

蓝鲸的嘴张开了一个大口，小舱面对着深海漆黑的无底深渊。突然，鱼群出现了，它们蜂拥着进入了大口，猛烈地冲撞着小舱。小舱中两个人面前，全是在灯光中闪着耀眼银光的鱼群，它们并不知道自己的命运，觉得这只是一个大珊瑚洞而已。“咔”的一声巨响，透过纷飞的鱼群，可隐约看到巨牙合拢了，但蓝鲸巨大的嘴唇还开着，这时响起一阵水流的尖啸声，鱼群突然倒退，退到巨牙的栅栏时被堵住。沃纳很快意识到这是鲸嘴里的海水在向外排，巨大的气压在把同鱼群一起冲入的海水压出去。他惊奇地看到，在鲸嘴产生的巨大压力下，水面垂直着从小舱边移过去。很快，鲸嘴里的海水排空了，吸入的鱼群变成乱蹦乱跳的一堆，堆在巨牙的栅栏前。小舱下的柔软的“地面”开始蠕动，“地面”上形成了一排排飞快移动的波纹，鱼堆随着这起伏的波纹向后移去。当沃纳明白了这是在干什么时，恐惧使他从头冷到了脚。

“放心，波赛冬不会把我们咽下去的。”霍普金斯明白沃纳恐惧的原因，“他能识别出我们，就像您吃瓜子能识别出皮和仁一样。小舱对它进食会有一定的影响，但它已习惯了。有时候鱼群很大，它在吃前可暂时把小舱吐出来。”

沃纳松了一口气，他还想狂笑，可已没有力气了。他呆呆地看着鱼堆慢慢地移过了纹丝不动的小舱，移向后面那黑暗的大洞。当两三吨重的鱼在蓝鲸巨大的喉咙里消失时，响起了一阵山崩似的声音。

沃纳呆呆地沉默着，就这样过了很长时间。霍普金斯突然推了推他：

“听音乐吗？”说着他放大了声呐扬声器的音量。

沃纳听到了一阵低沉的隆隆声，他不解地看着霍普金斯。

“这是波赛冬在唱歌，这是鲸歌。”

渐渐地，沃纳从这低沉的时断时续的轰鸣声中听出了某种节奏，甚至又听出了旋律……

“它干什么，求偶吗？”

“不全是。海洋科学家们研究鲸歌有很长时间了，至今无法明了其含义。”

“可能根本没有什么含义。”

“恰恰相反，含义太深了，深到人类无法理解。科学家们认为这是一种音乐语言，但同时表达了许多人类语言难以表达的东西。”

鲸歌在响着，这是大海的灵魂在歌唱。鲸歌中，上古的闪电击打着原始的海洋，生命如萤火在混沌的海水中闪现；鲸歌中，生命睁着好奇而畏惧的眼睛，用带着鳞片的脚，第一次从大海踏上火山还没熄灭的陆地；鲸歌中，恐龙帝国在寒冷中灭亡，时光飞逝，沧海桑田，智慧如小草，在冰川过后的初暖中萌生；鲸歌中，文明幽灵般出现在各个大陆，亚特兰蒂斯在闪光和巨响中沉入海底……一次次海战，鲜血染红了大海；数不清的帝国诞生了，又灭亡了，一切的一切都是过眼云烟……蓝鲸用它那古老得无法想象的记忆唱着生命之歌，全然没有感觉到它含在嘴中的渺小的罪恶……

蓝鲸于午夜到达迈阿密海岸，以后的一切都惊人地顺利。为避免搁浅，蓝鲸在距海岸二百多米处停了下来。今夜月亮很好，沃纳和霍普金斯可清楚地看到岸上的棕榈树丛。接货的人有八个，都穿着轻便潜水服，很顺利地把这一吨货运到了岸上，并爽快地付了沃纳报出的最高价，还许诺以后有多少要多少。他们很惊奇这两个人和那个透明小舱能穿过严密的海上防线，甚至一开始不知他们是人是鬼（这时霍普金斯已操纵波赛冬远远游开了）。半小时后，接货人已走远，霍普金斯唤回了蓝鲸，带着满满两手提箱美元现钞，他们踏上了归程。

“好极了，皮诺曹！”沃纳兴高采烈地说，“这次的收入全归你，以后的收入我们再按比例分成。你已经是一个千万富翁了，皮诺曹！哈哈哈……我们还要跑二十多趟才能把二十多吨的货都出手。”

“可能用不了那么多趟，我觉得经过一些改进，我们一次可带两到三吨。”

“哈哈哈哈……好极了，皮诺曹！”

在海下平静的航程中，沃纳睡着了。不知过了多长时间，他被霍普金斯推醒，他看看小屏幕上的海图和航迹，发现航程已走了三分之二，似乎没有什么异常。霍普金斯让他注意听，他听到了一艘海面航船的声音，在以前的航程中这已司空见惯，他不解地看看霍普金斯。但接着听下去，他知道事情不对，与以前不同，这次声音的大小没有变化。

那条船在跟着蓝鲸。

“多长时间了？”沃纳问。

“有半个小时了，这期间我变换了几次航向。”

“怎么会呢？海岸警卫队的巡逻艇不会对一头鲸进行中微子扫描的。”

“扫描又怎样，鲸上现在并没有毒品。”

“而且，要想收拾我们，在迈阿密海岸最方便，为什么要等到这时？”沃纳迷惑不解地看看屏幕上的海图，他们已越过了佛罗里达海峡，现在接近古巴海岸。

“波赛冬要换气了，我们不得不浮上海面，只十几秒钟就行了。”霍普金斯拿起了遥控器，沃纳慢慢地点点头，霍普金斯按动遥控器，他们感到一阵超重，蓝鲸上浮了。很快，他们听到了一阵浪声，鲸在海面上了。

突然，声呐中传来了一声闷响，小舱里感觉到一阵振动。接着又一声同样的闷响，这次蓝鲸的振动变得疯狂起来，小舱在鲸嘴里来回滚动，几次重重地撞在巨牙上，发出了一阵破裂声，两个人几乎被撞昏过去。

“那船向我们开炮了！”霍普金斯惊叫道。他用遥控器极力稳住了蓝鲸，然后发出了下潜的指令，但蓝鲸没有执行这个指令，仍在海面上无目标地狂奔。霍普金斯感到了一阵颤抖，那颤抖发自蓝鲸庞大的身躯，这是疼痛的颤抖。

“我们快出去，不然就晚了！”沃纳大叫。

霍普金斯发出了吐出小舱的指令，这次蓝鲸执行了，小舱从它的嘴里以惊人的速度冲了出去，并很快浮上了海面。朝阳已在大西洋上升起，阳光使他们一时眯起了双眼。但他们很快发现自己的双脚浸在水中，刚才在鲸牙上的猛烈撞击已把小舱撞出了几个破口，海水涌了进来。整个小舱已严重变形，他们拼尽了全力也没能拉开舱门逃生。他们开始用一切可找到的东西堵住破口，甚至用上了手提箱中那一捆捆的钞票，但没有用，海水继续涌了进来，很快小舱中的水就有齐胸深了。在小舱下沉前的一刻，霍普金斯看到了那艘船，那是一艘很大的船；他还看到了船头的那门形状奇怪的炮，看到了炮口火光一闪，看到了那发箭状的带绳子的炮弹击中了挣扎着的蓝鲸的脊背。蓝鲸用最后的力气在海面翻起了巨浪，它的鲜血已使一大片海面变成了红色……小舱下沉了，在蓝鲸茫茫的红色的血雾中沉下去。

“我们死在谁手里？”当水已淹到下巴时，沃纳问。

“捕鲸船。”霍普金斯回答。

沃纳最后一次狂笑起来。

“国际公约早在五年前就全面禁止捕鲸了！这群狗娘养的！！！”霍普金斯破口大骂。

沃纳继续狂笑着，“哈哈哈哈……他们不讲道德……哈哈哈哈……社会不给他们……哈哈哈哈……他们自己来拿……哈哈……自己来拿……”

海水淹没了小舱中的一切，在残存的意识中，霍普金斯和沃纳听到了蓝鲸波赛冬又唱起了凝重的鲸歌，那生命最后的歌声穿透血色的海水，在大西洋中久久地回荡、回荡……

镜 子

随着探索的深入，人们发现量子效应只是物质之海表面的涟漪，是物质更深层规律扰动的影子。当这些规律渐渐明朗时，在量子力学中飘忽不定的实在图像再次稳定下来，确定值重新代替了概率，新的宇宙模型中，本认为已经消失了的因果链再次浮现并清晰起来。

追 捕

办公室中竖立着国旗和党旗，宽大的办公桌两旁有两个人。

“我知道首长很忙，但这事必须向您汇报，说真的，我从来没遇到过这种事。”桌前一位身着二级警监警服的人说。他年近五十，但身躯挺拔，脸上线条刚劲。

“继峰啊，我清楚你最后这句话的分量，毕竟是三十年的老刑侦了。”首长说。他说话的时候看着手中的一支缓缓转动的红蓝铅笔，仿佛在专心评价笔尖削出的形状。大多数时间他都是这样将自己的目光隐藏起来，在过去的岁月中，陈继峰能记起的首长直视自己不超过三次，每一次都是自己一生的关键时刻。

“每次采取行动之前目标总能逃脱，他肯定预先知道。”

“这事，你不会没遇到过吧？”

“当然，要只是这个倒没什么，我们首先能想到的就是内部问题。”

“你手下的这套班子，不太可能。”

“是不可能，按您的吩咐，这个案子的参与范围已经压缩到最小，组里只有四个人，真正知道全部情况的人只有两个。不过我还是怕万一，就计划召开一次会议，对参加人员逐个排查。我让沉兵召集会议，您认识的，十一处很可靠的那个，宋诚的事就是他办的……但这时，邪门儿的事出现了……您，可别以为我是在胡扯，我下面说的绝对是真的。”陈继峰笑了笑，好像对自己的辩解很不好意思似的，“就在这时，他来了电话！我们追捕的目标给我来了电话！我在手机里听到他说：你们不用开这个会，你们没有内奸。而这个时刻，距我向沉兵说出开会的打算不到三十秒！”

首长手中的铅笔停止了转动。

“您可能想到了窃听，但不可能，我们的谈话地点是随意选的，在一个机关礼堂中央，礼堂里正在排演国庆合唱，说话凑到耳根才能听清。后来这样的怪事接连发生，他给我们来过八次电话，每次都谈到我们刚刚说过的话或做过的事。最可怕的是，他不仅能听到一切，还能看到一切！有一次，沉兵决定对他父母家进行搜查，组里的两个人刚起身，还没走出局里的办公室呢，就接到他的电话。他在电话里说你们搜查证拿错了，我的父母都是细心人，可能以为你们是骗子呢。沉兵掏出搜查证一看，首长，他真的拿错了。”

首长轻轻地将铅笔放在桌上，沉默着等陈继峰继续说下去，但后者好像已经说不出什么了。首长拿出一支烟，陈继峰忙拍拍衣袋找打火机，但没有找到。

桌上两部电话中的一部响了。

“是他……”陈继峰扫了一眼来电显示后低声说。首长沉着地示意了一下，他按下免提键，立刻有话音响起，声音听上去很年轻，有一种疲惫无力感。

“您的打火机放在公文包里。”

陈继峰和首长对视了一下，拿起桌上的公文包翻找起来，一时找不到。

“夹在一份文件中了，就是那份关于城市户籍制度改革的文件。”目标在电话中说。

陈继峰拿出那份文件，“啪”的一下，打火机掉到桌面上。

“好东西，法国都彭牌的，两面各镶有三十颗钻石，整体用钯金制成，价格……我查查，是三万九千九百六十元。”

首长没动，陈继峰却抬头打量了一下办公室，这不是首长的办公室，而是事先在这座大办公楼上任意选的一间。

目标在继续显示着自己的力量，“首长，您那盒中华烟还剩五根，您上衣衣袋中的降血脂麦非奇罗片只剩一片了，让秘书再拿些吧。”

陈继峰从桌上拿起烟盒，首长则从衣袋中掏出药的包装片，都证实了目标所说的。

“你们别再追捕我了，我现在也很难，不知道该怎么办。”目标继续说。

“我们能见面谈谈吗？”首长问。

“请您相信，那对我们双方都是一场灾难。”说完电话挂断了。

陈继峰松了一口气，现在他的话得到了证实，而让首长认为他在胡扯，比这个对手的诡异更令他不安。“见了鬼了……”他摇摇头说。

“我不相信鬼，但看到了危险。”首长说。有生以来第四次，陈继峰看到那双眼睛直视着自己。

犯人和被追捕者

市近郊第二看守所。

宋诚在押解下走进这间已有六个犯人的监室中，这里大部分是待审期较长的犯人。宋诚面对着一双双冷眼，看守人员出去后刚关上门，有一个瘦小的家伙就站起来走到他面前。

“板油！”他冲宋诚喊，看到后者迷惑的样子，他解释道，“这儿按规矩分成大油、二油、三油……板油，你就是最板的那个。喂，别以为是爷们儿欺负你来得晚，”他用大拇指向后指了指斜靠在墙根的一个满脸胡子的人，“鲍哥刚来三天，已经是大油了。像你这种烂货，虽然以前官儿不小，但现在是最板的！”他转向那人，恭敬地问：“鲍哥，怎么接待？”

“立体声。”那人懒洋洋地说。

几个躺着的犯人呼啦一下站了起来，抓住宋诚将他头朝下倒提起来。悬在马桶的上方，慢慢下降，使他的脑袋大部分伸进了马桶里。

“唱歌儿，”瘦猴命令道，“这就是立体声，就来一首歌曲，《左右手》什么的！”

宋诚不唱，那几个人松了手，他的脑袋完全扎进了马桶中。

宋诚挣扎着将头从恶臭的马桶中抽出来，紧接着大口呕吐起来，他现在知道，诬陷者给予他的这个角色，在犯人中都是最受鄙夷的。

周围兴高采烈的犯人们突然散开，飞快地闪回到自己的铺位上去。门开了，刚才那名看守警察又走了进来，他厌恶地看着蹲在马桶前的宋诚说：“到水龙头那儿把脑袋冲冲，有人探视你。”

宋诚冲完头后跟着看守来到了一间宽大的办公室，探视者在那里等着他。来人很年轻，面容清瘦，头发纷乱，戴着一副宽框眼镜，拎着一个很大的手提箱。宋诚冷冷地坐下了，没有看来人一眼，被获准在这个时候探视他，而且不去有玻璃隔断的探视室，直接到这里面对面，宋诚已基本猜出了来人是哪一方面的。但对方的第一句话让他吃惊地抬起头，大感意外。

“我叫白冰，气象模拟中心的工程师，他们在到处追捕我，和你一样的原因。”来人说。

宋诚看了来人一眼，觉得他此时的说话方式有问题：这种话应该是低声说出的，而他的声音正常高低，好像他所谈的事根本不用避开人。

白冰似乎看出了他的疑惑，说：“两小时前我给首长打了电话，他约我谈谈，我没答应。然后他们就跟踪上了我，一直跟到看守所前。之所以没有抓我，是对我们的会面很好奇，想知道我要对你说些什么。现在，我们的谈话都在被窃听。”

宋诚将目光从白冰身上移开，又看着天花板，他很难相信这人，同时对这事也不感兴趣。即使他在法律上能侥幸免于一死，在精神上的死刑却已经执行，他的心已死了，此时不可能再对什么感兴趣了。

“我知道事情的全部真相。”白冰说。

宋诚的嘴角隐现一丝冷笑，没人知道真相，除了他们，但他懒得说出来了。

“你是七年前到省纪委工作的，提拔到这个位置还不到一年。”

宋诚仍沉默着，他很恼火，白冰的话又将他拉回到他好不容易躲开的回忆中。

大 案

自从 21 世纪初郑州市政府首先以一批副处级岗位招聘博士以来，很多城市都效仿这种做法，后来这种招聘上升到一些省份的省政府一级，而且不限毕业年限，招聘的职位也更高。这种做法确实向外界显示了招聘者的大度和远见，但实质上只是一种华而不实的政绩工程。招聘者确实深谋远虑，他们清楚地知道，这些只会谋事不会谋人的年轻高知没有任何从政经验，一旦进入陌生险恶的政界，就会陷在极其复杂的官场迷宫中不知所措，根本不可能立足，这样到最后在职缺上不会有什么损失，产生的政绩效益却是可观的。就是这个机会，使当时已是法学教授的宋诚离开平静的校园和书斋投身政界。与他一同来的那几位不到一年就全军覆没，垂头丧气地离去，唯一的收获就是对现实的幻灭。但宋诚是个例外，他不但在政界待了下来，而且走得很好。这应归功于两个人，其一是他的大学同学吕文明。本科毕业那年宋诚考研时，吕文明则考上了公务员，依靠优越的家庭背景和自己的奋斗，十多年后成为国内最年轻的省纪委书记。是他力劝宋诚弃学从政的，这位单纯的学者刚来时，他不是手把手，而是手把脚地教他走路，每一步踏在哪儿都细心指点，终于使宋诚绕过只凭自己绝对看不出来的各处雷区，一路向上地走到今天。他要感谢的另一个人就是首长……想到这里，宋诚的心抽搐了一下。

“得承认，这一切都是你自己的选择，不能说人家没给你退路。”白冰说。

宋诚点点头，是的，人家给退路了，而且是一条光明的康庄大道。

白冰接着说：“首长和你在几个月前有过一次会面，你一定记得很清楚。那是在远郊阳河边的一幢别墅里，首长一般是不在那里接见外人的。你一下车就发现他在门口迎接，这是很高的礼遇了。他热情地同你握手，并拉着你的手走进客厅。别墅客厅布置给你的第一印象一定是简单和简朴，但你错了，那套看上去有些旧的红木家具价值百万；墙上唯一的一幅不起眼的字画更陈旧，细看还有虫蛀的痕迹，那是明朝吴彬的《宕壑奇姿》，从香港佳士得拍卖行以八百万港元购得；还有首长亲自给你泡的那杯茶，那是中国星级茶王赛评出的五星级茶王，五百克的价格是九十万元。”

宋诚确实想起了白冰说的那杯茶，碧绿的茶液晶莹透明，几根精致的茶叶在这小小的清纯空间中缓缓漂行，仿佛一首古筝奏出的悠扬仙乐……他甚至回忆起自己当时的随感：要是外面的世界也这么纯净该多好啊。宋诚意识中那层麻木的帷帐一下子被掀去了，模糊的意识又聚焦起来，他瞪大震惊的双眼盯着白冰。

他怎么知道这些？！这件事处于秘密之井的最底端，是隐秘中的隐秘，这个世界上知道的人加上自己不超过四个！

“你是谁？！”他第一次开口了。

白冰笑笑说：“我刚才自我介绍过，只是个普通人，但坦率地告诉你，我不仅仅是知道得很多，我什么都知道，或者说什么都能知道，正因为这个他们也要除掉我，就像除掉你一样。”

白冰接着讲下去：“首长当时坐得离你很近，一只手放在你的膝盖上，他看着你的慈祥目光能令任何一个晚辈感动。据我所知（记住，我什么都知道），他从未与谁表现得这样亲近。他对你说：‘年轻人，不要紧张，大家都是同志，有什么事情，只要真诚地以心换心，总是谈得开的……你有思想、有能力、有责任感和使命感，特别是后两项，在现在的年轻干部里面真如沙漠中的清泉一样珍贵啊。这也是我看重你的原因，从你身上，我看到了自己年轻时的影子啊。’这里要说明一下，首长的这番话可能是真诚的。以前在工作中你与他交往的机会不是太多，但有好几次，在机关大楼的走廊上偶然相遇，或在散会后，他都主动与你攀谈几句。他很少与下级，特别是年轻的下级这样的，这些人们都看在眼里。虽然在组织会议上他从没有为你说过什么话，但他的那些姿态对你的仕途是起了很大作用的。”

宋诚又点点头，他知道这些，并曾经感激万分，一直想找机会报答。

“首长抬手向后示意了一下，立刻进来一个人，将一大摞文件材料轻轻地放到桌子上。你一定注意到，那个人不是首长平时的秘书。首长抚着那摞材料说：‘就说你刚刚完成的这项工作吧，充分证明你的那些宝贵素质：如此巨量而艰难的调查取证，资料充分而翔实，结论深刻，很难相信这些只用半年时间就完成了。你这样出类拔萃的纪检干部要多一些，真是党的事业之大幸啊……’你当时的感觉，我就不用说了吧。”

当然不用说，那是宋诚一生中最惊恐的时刻，那份材料先是令他如触电似的颤抖了一下，然后像石化般僵住了。

“这一切都是从对一宗中纪委委托调查的非法审批国有土地案的调查开始的。嗯……我记得你童年的时候，曾与两个小伙伴一起到一个溶洞探险，当地人叫它老君洞，那洞口只有半米高，弯着腰才能进去，但里面却是一个宏伟的黑暗大厅，手电光照不到高高的穹顶，只有纷飞的蝙蝠不断掠过光柱，每一个小小的响动都能激起遥远的回声，阴森的寒气浸入你的骨髓……这就是这次调查的生动写照：你沿着那条看似平常的线索向前走，它把你引到的地方令你越来越不敢相信自己的眼睛。随着调查的深入，一张全省范围的腐败网络气势磅礴地展现在你的面前，这张网上的每一根经络都通向一个地方、一个人。现在，这份本来要上报中纪委的绝密纪检材料，竟在这个人的手中！对这项调查，你设想过各种最坏的情况，但眼前发生的事是你万万没有想到的。你当时完全乱了方寸，结结巴巴地问：‘这……这怎么到了您手里？！’首长从容地一笑，又轻轻抬手示意了一下，纪委书记吕文明走进了客厅，你立刻得到了答案。

“你站起身，怒视着吕文明说：‘你，你怎么能这样？！你怎么能这样违反组织原则和纪律？’吕文明挥手打断你，用同样的愤怒质问道：‘这事为什么不向我打个招呼？’你回答说：‘你到中央党校学习的一年期间，是我主持纪委工作，当然不能打招呼，这是组织纪律！’吕文明伤心地摇摇头，好像要难过得流出泪似的：‘如果不是我及时截下了这份材料，那……那是什么后果嘛！宋诚啊，你这个人最要命的缺陷就是总要分出个黑和白，但现实全是灰色的！’”

宋诚长长地叹息了一声，他记得当时他呆呆地看着同学，不相信这话是从他嘴里说出的，因为以前他从未表露过这样的思想。难道那一次次深夜的促膝长谈中表现出的对党内腐败的痛恨，那一次次触动雷区时面对上下左右压力时的坚定不移，那一次次彻夜工作后面对朝阳发出的对党和国家前途充满使命感的忧虑，都是伪装？

“不能说吕文明以前欺骗了你，只能说他的心灵还从来没有向你敞开到那么深，他就像那道著名的叫火焙阿拉斯加的菜，那道爆炒冰淇淋，其中的火热和冰冷都是真实的……首长没有看吕文明，而是猛拍了一下桌子，说：‘什么灰色？文明啊，我就看不惯你这一点！宋诚做得非常优秀，无可指责，在这点上他比你强！’接着他转向你说：‘小宋啊，就应该这样。一个人，特别是年轻人，失去了信念和使命感，就完了，我看不起那样的人。’”

宋诚当时感触最深的是：虽然他和吕文明同岁，但首长只称他为年轻人，而且反复强调。其含意很明显：跟我斗，你还是个孩子。而宋诚现在也不得不承认这一点。

“首长接着说：‘但，年轻人，我们也应该成熟起来。举个例子来说，你这份材料中关于恒宇电解铝基地的问题，确实存在，而且比你已调查出来的还严重，除了国内，还涉及外资方伙同政府官员的严重违法行为。一旦处理，外资肯定撤走，这个国内最大的电解铝企业就会瘫痪。为恒宇提供氧化铝原料的桐山铝矾土矿也要陷入困境。然后是橙林核电厂，由于前几年电力紧张时期建设口子放得太大，现在国内电力严重过剩，这座新建核电厂发出的电主要供电解铝基地使用，恒宇一倒，橙林核电厂也将面临破产。接下来，为橙林核电提供浓缩铀的照西口化工厂也将陷入困境……这些，将使近七百亿元的国家投资无法收回，三四万人失业。这些企业就在省城近郊，这个中心城市将立刻陷入不稳定之中……上面说的恒宇的问题还只是这个案件的一小部分，这庞大的案情涉及正省级一人、副省级三人、厅局级二百一十五人、处级六百一十四人，再往下不计其数。省内近一半经营出色的大型企业和最有希望的投资建设项目都被划到了这个范围里，盖子一旦揭开，这就意味着全省政治经济的全面瘫痪！而涉及如此之广的巨大动作，会产生什么其他更可怕的后果，还不得而知，也无法预测。省里好不容易得到的政治稳定和经济良性增长的局面将荡然无存，这难道对党和国家就有利？年轻人，你现在不能延续法学家的思维，只要法律正义得到伸张，哪管它洪水滔天！这是不负责任的。平衡，历史都是在各种因素间建立的某种平衡中发展到今天的，不顾平衡一味走极端，在政治上是极其幼稚的表现。’

“首长沉默后，吕文明接着说：‘这个事情，中纪委那方面我去办。你，关键要做好项目组那几个干部的工作。下星期我会中断党校学习，回来协助你……’

“‘混账！’首长再次猛拍桌子，把吕文明吓得一抖。‘你是怎么理解我的话的？你竟认为我是让小宋放弃原则和责任？！文明啊，这么多年了，你从心里讲，我是这么一个没有党性、没有原则的人吗？你什么时候变得这么圆滑，让人伤心啊。’然后首长转向你：‘年轻人，在这件事上，你们前面的工作做得十分出色，一定要顶住干扰和压力坚持下去，让腐败分子得到应有的惩罚！案情触目惊心啊，放过他们，无法向人民交代，天理也不容！我刚才讲的你绝不能当成负担，我只是以一个老党员的身份提醒你，要慎重，避免出现不可预测的严重后果。但有一点十分明确，那就是这个腐败大案必须一查到底！’首长说着，拿出了一张纸，郑重地递给你，‘这个范围，你看够吗？’”

宋诚当时知道，他们也设下了祭坛，要往上放牺牲品了。他看了一眼那个名单，够了，真的够了，无论从级别上还是人数上，都真的够了。这将是一个震惊全国的腐败大案，而他宋诚，将随着这个案件的最终告破而成为国家级反腐英雄，将作为正义和良知的化身而被人民敬仰。但他心里清楚，这只是蜥蜴在危急时刻自断的一条尾巴，蜥蜴跑了，尾巴很快还会长出来。他当时看着首长盯着自己的样子，一时间真想到了蜥蜴，浑身一颤。但宋诚也知道他害怕了，自己使他害怕了，这让宋诚感到自豪。正是这自豪，一时间使他大大高估了自己的力量，更由于一个理想主义学者血液中固有的某种东西，他做出了致命的选择。

“你站起身来，伸出双手拿起了那摞材料，对首长说：‘根据党内监督条例规定，纪委有权对同级党委的领导人进行监督，按组织纪律，这材料不能放在您这里，我拿走了。’吕文明想拦你，但首长轻轻制止了他。你走到门口时听到同学在后面阴沉地说：‘宋诚，过分了。’首长一直把你送到车上，临别时他握着你的手慢慢地说：‘年轻人，慢走。’”

宋诚后来才真正理解这句话的深长意味：慢走，你的路不多了。

宇宙大爆炸

“你到底是谁？！”宋诚充满惊恐地看着白冰，他怎么知道这么多？绝对没人能知道这么多！

“好了，我们不回忆那些事了。”白冰一挥手中断了讲述，“我说说事情的来龙去脉吧，以解开你的疑问——你……你知道宇宙大爆炸吗？”

宋诚呆呆地看着白冰，他的大脑一时还难以理解白冰最后那句话。后来，他终于做出了一般人的正常反应，笑了笑。

“是的是的，我知道太突兀了，但请相信我没有毛病，要想把事情讲清楚，真的得从宇宙诞生的大爆炸讲起！这……怎么才能向你说清楚呢，还是回到大爆炸吧。你可能多少知道一些，我们的宇宙诞生于二百亿年前的一次大爆炸。在一般人的想象中，那次创世爆炸像漆黑空间中一团怒放的烟火，但这个图像是完全错误的：大爆炸之前什么都没有，包括时间和空间，都没有，只有一个奇点，一个没有大小的点，这个奇点急剧扩张开来，形成了我们今天的宇宙。现在一切的一切，包括我们自己，都来自这个奇点的扩张，它是万物的种子！这理论很深，我也搞不太清楚，与我们这事有关的是这一点：随着物理学的进步，随着弦论之类的超级理论的出现，物理学家们渐渐搞清了那个奇点的结构，并且给出了它的数学模型。与这之前量子力学的模型不同，如果奇点爆炸前的基本参数确定，所生成的宇宙中的一切也就都确定了，一条永不中断的因果链贯穿了宇宙中的一切过程……嗨，真是，这些怎么讲得清呢。”

白冰看到宋诚摇摇头，那意思或是听不懂，或是根本不想听下去。

白冰说：“我说，还是暂时不要想你那些痛苦的经历吧。其实，我的命运比你好不到哪里去。刚才介绍过，我是一个普通人，但现在被追杀，下场可能比你还惨，就因为我什么都知道。如果说你是为使命和信念而献身，我……纯粹是倒霉！

倒了八辈子霉！！！所以比你更惨。”

宋诚悲哀的目光表达了一个明确的意思：没有人会比我惨。

诬 陷

在与首长会面一个星期后，宋诚被捕了，罪名是故意杀人。

其实，宋诚知道他们会采用非常规手段对付自己，对于一个知道得这样多又在行动中的人，一般的行政和政治手段就不保险了，但他没有想到对手动作这样快，出手又这样狠。

死者罗罗是一个夜总会的舞男，死在宋诚的汽车里。车门锁着，从内部无法打开，车内有两罐打火机用的丙烷气，罐皮都被割开了口子，里面的气体全部蒸发，受害人就是在车里的高浓度丙烷气里中毒而死的。死者被发现时，手中握着已经破碎的手机，显然是试图用它来砸破车窗玻璃。

警方提供的证据很充分，有长达两个小时的录像证明宋诚与罗罗已有三个多月的不正常交往，最为有力的证据是罗罗死前给 110 打的一个报警电话：

罗罗：“快！快来！！！我打不开车门！我喘不上气，我头疼……”

110：“你在哪里？把情况再说清楚些？！”

罗罗：“宋……宋诚要杀我……”

…………

事后在死者手机里发现了一小段通话录音，录下了宋诚和受害人的三句对话：

宋诚：“我们既然已走到了这一步，你就和许雪萍断了吧。”

罗罗：“宋哥，这何必呢？我和许姐只是男女关系嘛，影响不了咱们的事，说不定还有帮助呢。”

宋诚：“我心里觉得别扭，你别逼我采取行动。”

罗罗：“宋哥，我有我的活法儿。”

…………

这是十分专业的诬陷，其高明之处就在于，警方掌握的证据几乎百分之百是真实的。

宋诚确实与罗罗有长时间的交往，这种交往是秘密的，要说不正常也可以，那两段录音都不是伪造的，只是后面那段被曲解了。

宋诚认识罗罗是由于许雪萍的缘故。许是昌通集团的总裁，与腐败网络的许多节点都有着密切的经济关系，对其背景和内幕了解很深。宋诚当然不可能直接从她嘴里得到任何东西，但他发现了罗罗这个突破口。

罗罗向宋诚提供情况绝不是出于正义感，在他眼里，世界早就是一块擦屁股纸了，他是为了报复。

这个笼罩在工业烟尘中的内地都市，虽然人均收入排在全国同等城市的最后，却拥有多家国内最豪华的夜总会。首都的那些高干子弟，在京城多少要注意一些影响，不可能像民间富豪那样随意享乐，就在每个周末驱车沿高速公路疾驶四五个小时，来到这座城市度过荒淫奢靡的两天一夜，再在星期天晚上驱车赶回北京。罗罗所在的蓝浪夜总会是最豪华的一处，这里点一首歌最低三千元，几千元一瓶的马爹利和轩尼诗一夜能卖出两三打。但蓝浪出名的真正原因并不在于此，而是因为它是一个只接待女客的夜总会。

与其他的同伴不同，罗罗并不在意其服务对象给的多少，而在意给的比例。如果是一个年收入仅二三十万元的外资白领（在蓝浪她们是罕见的穷人），给个几百元他也能收下。但许姐不同，她那几十亿元的财富在过去的几年中威震江南，现在到北方来发展也势如破竹，但在交往几个月后扔给他四十万元就把他打发了。让许姐看上不容易，要放到同伴们身上，用罗罗的话说他们要美得肝儿疼了。但罗罗不行，他对许雪萍充满了仇恨。那名高级纪检官员的到来让他看到了报复的希望，他施展自己这方面的能力，又和许姐联系上了。平时许雪萍对罗罗嘴也很严，但他们在一起喝多或吸多了时就不一样了。同时，罗罗是个很有心计的人，在许多个黎明前最黑暗的时候，他会从熟睡的许姐身边无声地爬起来，在她的随身公文包和抽屉里寻找自己和宋诚需要的东西，用数码相机拍下来。

警方手中那些证明宋诚和罗罗交往的录像，大多是在蓝浪的大舞厅拍的，往往首先拍的是舞台，上面一群妖艳的年轻男孩在疯狂地摇滚着，镜头移动，显示出那些服饰华贵的女客人，在幽暗中凑在一起，对着台上指指点点，不时发出暧昧的低笑。最后镜头总是落到宋诚和罗罗身上，他们往往坐在最后面的角落里，头凑在一起密谈着，显得很亲密。作为唯一的男客，宋诚自然显得很突出……宋诚实在没有办法，大多数时间他只能在蓝浪找到罗罗。舞厅的光线总是很暗，但这些录像十分清晰，显然使用了高级的微光镜头，这种设备不是一般人能拥有的。这么说，他们从一开始就注意到自己了，这令宋诚觉得与对手相比自己是何等不成熟。

这天罗罗约宋诚通报最新的情况，宋诚在夜总会见到罗罗时，他一反常态，要到他的车里谈，谈完后，他说现在身体不舒服，不想上去了，上去后老板肯定要派事儿，想在宋诚的车里休息一会儿。宋诚以为他的毒瘾又来了，但也没有办法，只好将车开回机关，到办公室去处理一些白天没干完的工作，把车停在机关大楼外面，罗罗就待在车里。四十多分钟后他下来时，已经有人发现罗罗死在充满丙烷气气味的车里。车门只有宋诚能从外面打开，后来，公安系统参与此案侦查的一位密友告诉宋诚，他的车门门锁没有任何被破坏的痕迹，从其他方面也确实能够排除还有其他凶手的可能性。这样，人们理所当然地认为是宋诚杀了罗罗，而宋诚则知道只有一个可能：那两个丙烷罐是罗罗自己带进车里的。

这让宋诚彻底绝望了，他放弃了洗清自己的努力——如果一个人以自己的生命为武器来诬陷他，那他是绝对逃不掉的。

其实罗罗的自杀并不让宋诚觉得意外，他的 HIV 化验呈阳性。但罗罗以一死来陷害自己，显然是受人指使的，那么罗罗得到了什么样的报酬？那些钱对他还有什么意义？他是为谁挣那些钱？也许报酬根本就不是钱，那是什么？除了报复许雪萍，还有什么更强烈的诱惑或恐惧能征服他吗？这些宋诚永远不可能知道了，但他由此进一步看到了对手的强大和自己的稚嫩。

这就是他为人所知的一生了：一个高级纪检干部，生活腐化变态，因同性恋情杀被捕，他以前在男女交往方面的洁身自好在人们眼里反倒成了证据之一……像一只被人群踏死的臭虫，他的一切很快就将消失得干干净净，即使偶尔有人想起他，也不过是想起了一只臭虫。

现在宋诚知道，他以前之所以做好了为信念和使命牺牲的准备，是因为根本就不明白牺牲意味着什么。他想当然地把死作为一条底线，现在才发现，牺牲的残酷远在这条底线之下。在进行搜查时他被带回家一次，当时妻子和女儿都在家，他向女儿伸出手去，孩子厌恶地惊叫一声，扑在妈妈的怀里缩到墙角。她们投向自己的那种目光他只见过一次，那是一天早晨，他发现放在衣柜下的捕鼠夹夹住了一只老鼠，他拿起夹子让她们看那只死鼠……

“好了，我们暂时把大爆炸和奇点这些抽象的东西放到一边，”白冰打断了宋诚痛苦的回忆，将那个大手提箱提到桌面上，“看看这个。”

超弦计算机、终极容量和镜像模拟

“这是一台超弦计算机，是我从气象模拟中心带出来的，你说偷出来的也行，我全凭它摆脱追捕了。”白冰拍着那个箱子说。

宋诚将目光移到箱子上，显得很迷惑。

“这是很贵的东西，目前在省里还有两台。根据超弦理论，物质的基本粒子不是点状物，而是无限细的一维弦，在十一维空间中振动。现在，我们可以操纵这根弦，沿其一维长度存贮和处理信息，这就是超弦计算机的原理。

“在传统的电子计算机中的一块CPU或一条内存，在超弦机中只是一个原子！超弦电路是基于粒子的十一维微观空间结构运行的，这种超空间微观矩阵，使人类拥有了几乎无限的运算和存贮能力。将过去的巨型计算机同超弦机相比，就如我们的十根手指头同那台巨型机相比一般。超弦机具有终极容量。终极容量啊，就是说，它可以将已知宇宙中的每一个基本粒子的状态都存贮起来并进行运算。就是说，如果是基于三维空间和一维时间，超弦机能够在原了级别上模拟整个宁宙……”

宋诚交替地看着箱子和白冰，与刚才不同，他似乎在很认真地听白冰的话，其实他是在努力寻找一种解脱，让这个神秘来人的这番不着边际的话，将自己从那痛苦的回忆中解脱出来。

白冰说：“很抱歉我说了这么多莫名其妙的话，大爆炸、奇点、超弦计算机什么的，与我们面对的现实好像八竿子打不着，但要把事情解释清楚，就绕不开这些东西。下面谈谈我的专业吧，我是个软件工程师，主要搞模拟软件，也就是建立一个数学模型，在计算机里让它运行，模拟现实世界中的某种事物或过程。我是学数学的，所以建模和编程都搞，以前搞过沙尘暴模拟、黄土高原水土流失模拟、东北能源经济发展趋势模拟等，现在搞大范围天气模拟。我很喜欢这个工作，看着现实世界的某一部分在计算机内存中运动演化，真是一件很有意思的事。”

白冰看看宋诚，后者的双眼一动不动地盯着他，似乎仍在注意听着，于是他接着说下去。

“你知道，物理学在近年来连续得到大突破，很像上世纪初那阵儿。现在，只要给定边界条件，我们就可以拨开量子效应的迷雾，准确地预测单个或一群基本粒子的运动和演化。注意我说的一群，如果群里粒子的数量足够大，它就构成了一个宏观物体，也就是说，我们现在可以在原子级别上建立一个宏观物体的数学模型。这种模拟被称为镜像模拟，因为它能以百分之百的准确率再现模拟对象的宏观过程，如同为宏观模拟对象建立了一个数字镜像。打个比方吧：如果用镜像模拟方式为一个鸡蛋建立数学模型，也就是将组成鸡蛋的每一个原子的状态都输入模型的数据库，当这个模型在计算机中运行时，如果给出的边界条件合适，内存中的那个虚拟鸡蛋就会孵出小鸡来，而且那只内存中的虚拟小鸡，与现实中的那个鸡蛋孵出的小鸡一模一样，连每一根毛尖都不会差一丝一毫！你往下想，如果这个模拟目标比鸡蛋再大些呢？大到一棵树、一个人，甚至很多人；大到一座城市、一个国家，甚至大到整个地球？”白冰说到这里激动起来，开始手舞足蹈，“我是一个狂想爱好者，热衷于在想象中把一切都推向终极，这就让我想到，如果镜像模拟的对象是整个宇宙会怎么样？！”白冰进入一种不能自已的亢奋中，“想想，整个宇宙！奶奶的，在一个计算机内存中运行的宇宙！从诞生到毁灭……”

白冰突然中断了兴奋的讲述，警觉地站了起来。这时门无声地开了，走进两个神色阴沉的男人，其中一位稍年长些的对着白冰抬抬双手，示意他照着做。白冰和宋诚都看到了他敞开的夹克中的手枪皮套，白冰顺从地举起双手，年轻的那位上前在他的身上十分仔细地上下轻拍了一遍，然后对稍年长者摇摇头，同时将那个大手提箱从桌子上提开，放到离白冰远一些的地方。

稍年长者走到门口，对外面做了一个请的手势，又进来三个人，第一个是市公安局局长陈继峰，第二个是省纪委书记吕文明，最后进来的是首长。

年轻人拿出了一副手铐，但吕文明冲他摇了摇头。陈继峰则将头向门的方向微微偏了一下，两个便衣警察走了出去，其中的一人走上前从办公桌桌腿上取下一个小东西放进衣袋，显然是窃听器。

初始条件

白冰脸上丝毫没有意外的表情，他淡淡一笑说：“你们终于抓到我了。”

“准确地说是自投罗网，得承认，如果你真想逃，我们是很难抓到你的。”陈继峰说。

吕文明表情复杂地看了宋诚一眼，欲言又止。首长则缓缓地摇摇头，语气沉重地沉吟道：“宋诚啊，你，怎么堕落到这一步呢……”他双手撑着桌沿长久地默立着，眼睛有些湿润，谁看到都不会怀疑他的悲哀是装出来的。

“首长，在这儿就不必演戏了吧。”白冰冷眼看着这一切说。

首长没有动。

“诬陷他是您策划的。”

“证据？”首长仍没有动，从容地问。

“那次会面后，关于宋诚您只说过一句话，是对他说的。”白冰指指陈继峰，“继峰啊，宋诚的事你当然知道意味着什么，还是认真办一办吧。”

“这能证明什么？”

“从法律意义上当然证明不了什么，这是您的精明和老练之处，即使是密谈也深藏不露。但他，”白冰又指了指陈继峰，“都领会得很准确。他对您的意思一直领会得很准确，对宋诚的诬陷是他指示刚才那两个人中的一个具体干的。那人叫沉兵，是他手下最得力的人，整个过程可是一个复杂的大工程，我就不用细说了吧。”

首长缓缓转过身来，在办公桌边的一把椅子上坐下，两眼看着地板说：“年轻人，必须承认，你的突然出现有许多令人吃惊的地方，用陈局长的话说叫见鬼了。”他沉默了一会儿后，语气变得真诚起来，“说明你的真实身份吧，如果你真是上级派来的，请相信，我们是会协助工作的。”

“不是，我多次声明自己是个普通人，身份就是你们已经查明的那样。”

首长点点头，看不出白冰的话让他感到欣慰还是更加忧虑。

“坐，都坐吧。”首长对仍站着的吕、陈二人挥挥手，然后俯身靠近白冰，郑重地说，“年轻人，今天，我们把一切都彻底讲清楚，好吗？”

白冰点点头：“这也是我的打算。我，从头说起吧。”

“不，不用，你刚才对宋诚说的那些我们都听到了，就从中断处接着说吧。”

白冰语塞，一时想不起刚才说到哪儿了。

“在原子级别模拟整个宇宙。”首长提醒他，但是白冰仍然不知如何说起，他便自己接着说下去，“年轻人，我认为你这个想法是不可能实现的。不错，超弦计算机具有终极容量，为这种模拟运算提供了硬件基础，但，你想过初始状态的问题吗？对宇宙的镜像模拟必须从某个初始状态开始，也就是说，要在模拟开始时的某个时间断面上，将宇宙的全部原子的状态一个一个地输入计算机，以在原子级别上构建一个初始宇宙模型，这可能吗？别说是宇宙了，就是你说的那个鸡蛋都不可能，构成它的原子数比有史以来出现过的所有鸡蛋的数量都要大几个数量级；甚至一个细菌都不可能，它的原子数也是令人望而生畏的。退一步说，就算动用了难以想象的人力和物力，将细菌甚至鸡蛋这类小物体的初始状态从原子级别上输入计算机，那么它们运动和演化所需要的边界条件呢？比如鸡蛋孵出小鸡所需要的温度、湿度等，这些边界条件在原子级别上的资料量同样大得不可想象，甚至可能要大于模拟对象本身。”

“您能对技术问题进行如此描述，我很敬佩。”白冰由衷地说。

“首长是高能物理专业的高才生，是改革开放恢复学位后国内的第一批物理学硕士之一。”吕文明说。

白冰对吕文明点点头，又转向首长：“但您忘了，存在着那样一个时间断面，宇宙是十分简单的，甚至比鸡蛋和细菌都简单，比现实中最简单的东西都简单，因为它那时的原子数是零，没有大小，没有结构。”

“大爆炸奇点？”首长飞快接上话，几乎没有空隙，显示出他沉稳迟缓的外表下灵敏快捷的思维。

“是的，大爆炸奇点。超弦理论已经建立了完善的奇点模型，我们只需要将这个模型用软件实现，输入计算机运算就可以了。”

“是这样，年轻人，真是这样。”首长站起身，走到白冰身边拍拍他的肩膀，显出了少有的兴奋。对刚才的那番对话不甚了了的陈继峰和吕文明则用迷惑的目光看着他。

“这是你从那个科研中心拿出来的超弦计算机吗？”首长指着那个大手提箱问。

“偷出来的。”白冰说。

“啊，没关系，宇宙大爆炸的镜像模拟软件一定在里面吧？”

“是的。”

“做做看。”

创世游戏

白冰点点头，把箱子提到桌面上打开了。除了显示设备外，箱子中还装着一个圆柱体容器，超弦计算机的主机其实只有一个烟盒大小，但原子电路需要在超低温下运行，所以主机浸在这个绝热容器里的液氮中。白冰将液晶显示器支起来，动了一下鼠标，处于休眠状态下的超弦计算机立刻苏醒过来，液晶屏亮起来，像睁开了一只惺忪的睡眼，显示出一个很简单的接口，仅由一个下拉文本框和一个小小的标题组成，标题是：请选择创世起爆参数。

白冰点了一下文本框旁边的箭头，下拉出一行行资料组，每组约有十几个数据项，各行看上去差别很大。“奇点的性质由十八个参数确定，参数的组合原则上是无限的，但根据超弦理论的推断，能够产生创世爆炸的参数组的数量是有限的，但有多少组目前还是个谜。这里显示的是其中的一小部分，我们随便选一组吧。”

白冰选中一组参数后，屏幕立刻变成了乳白色，正中凸显了两个醒目的大按钮：“引爆”“ 取消”。

白冰点了“引爆”按钮，屏幕上只剩下一片乳白。“这白色象征虚无，这时没有空间，时间也还没有开始，什么都没有。”

屏幕的左下角出现了一个红色数字“0”。

“这个数字是宇宙演化的时间，0 的出现说明奇点已经生成，它没有大小，所以我们看不到。”

红色数字开始飞快增长。

“注意，宇宙大爆炸开始了。”

屏幕中央出现了一个蓝色的小点，很快增大为一个球体，发出耀眼的蓝光。球体急剧膨胀，很快占满了整个屏幕，软件将视野拉远，球体重新缩为遥远处的一点，但爆炸中的宇宙很快又充满了整个屏幕。这个过程反复重复着，频率很快，仿佛是一首宏伟乐曲的节拍。

“宇宙现在正处于暴胀阶段，它的膨胀速度远超过光速。”

随着球体膨胀速度的降低，视野拉开的频率渐渐慢下来，随着能量密度的降低，球体的颜色由蓝向黄红渐变，后来宇宙的色彩在红色上固定下来，并渐渐变暗，屏幕上的视野不再拉远，变成黑色的球体在屏幕上很缓慢地膨胀着。

“好，现在距大爆炸已经一百亿年了，这个宇宙处于稳定的演化阶段，我们进去看看吧。”白冰说完动了动鼠标，球体迅速前移，屏幕完全黑了下来，“好，现在我们就在这个宇宙的太空中了。”

“什么也没有啊？”吕文明说。

“我们看看……”白冰说着，按动鼠标右键弹出了一个很复杂的接口，一个程序开始统计这个宇宙中的物质总量，“啊，这个宇宙中只有十一个基本粒子。”他又调出了一大堆信息仔细读着，“有十个粒子结成了五个粒子对，互相环绕对方运行，不过每个粒子对中的两个粒子相距几千万光年，要上百万年才能相对运动一毫米；还有一个粒子是自由的。”

“十一个基本粒子？！说了半天还是什么都没有。”吕文明说。

“有空间啊，近千亿光年直径的空间！还有时间，一百亿年的时间！时空是最实在的存在！要说这个宇宙，还是创造得比较成功的，以前创造的相当多的宇宙连空间都很快湮灭了，只剩时间。”

“无聊。”陈继峰哼了一声，转身不再看屏幕。

“不，很有意思，”首长高兴地说，“再来一次。”

白冰退回到引爆接口，重选了一组参数，再次启动了大爆炸。这个新宇宙诞生的过程看上去与刚才基本相同，也是一个在膨胀中渐渐暗下来的球体。在创世后的一百五十亿年，球体完全变黑，宇宙的演化稳定下来，白冰让视点进入宇宙内部，这时，连最不感兴趣的陈继峰也惊叹起来。广漠的黑色太空下，一张银色的大膜向各个方向延伸至无穷远处，大膜上点缀着各种色彩的小球体，像滚动在广阔镜面上的多彩露珠。

白冰又调出了分析接口，看了一会儿后说：“运气好，这是一个丰富多彩的宇宙，半径约四百亿光年，其中一半是液体一半是空间。也就是说，这个宇宙就是一个深度和表面半径都是四百亿光年的大洋！宇宙中的固体星球就浮在洋面上！”白冰将画面推向洋面，可以看到银色的洋面在缓缓波动着，画面中出现了一个星球的近景。“这个漂浮着的星球有……我看看，木星那么大吧。哇，它还在自转耶！看它表面的那些山脉，在出水和入水时是何等的壮观！我们就把这液体叫水吧。看那被山脉甩到轨道上的水，在洋面形成了一个半圆的彩虹环耶！”

“是很美，但这个宇宙是违反物理学基本定律的。”首长看着屏幕说，“别说四百亿光年深的海洋，就是四光年，那水体也早在引力下坍缩成黑洞了。”

白冰摇摇头说：“您忘了最基本的一点：这不是我们的宇宙，这个宇宙有自己的一套物理定律，与我们宇宙中的完全不同。在这个宇宙中，万有引力常数、普朗克常数、光速等基本物理常数与我们的宇宙完全不同；在这个宇宙中，一加一甚至都不等于二。”

在首长的鼓励下白冰继续做下去，第三个宇宙被创造出来，进入其中后屏幕上出现了一堆极其混乱的色彩和形状，白冰立刻将它关掉了。“这是一个六维宇宙，我们无法观察它。其实大多数情况都是这样，我们创造的前两个都是三维宇宙，只是运气好而已，宇宙从高能状态冷却后，被释放到宏观的维数为三的概率只有三比十一。”

第四个宇宙出现时，所有的人都很迷惑：宇宙呈现一个无际的黑色平面，有无数根银光闪闪的直线与黑色平面垂直相交。看过分析资料后，白冰说：“这个宇宙与上面相反，维数比我们的低，是一个二点五维的宇宙。”

“二点五维？”首长很吃惊。

“您看，这个黑色的没有厚度的二维平面就是这个宇宙的太空，直径约五千亿光年；那些与平面垂直的亮线就是太空中的恒星，它们都有几亿光年长，但无限细，只有一维。分数维的宇宙很少见，我要把这组创世参数记下来。”

“有个问题，”首长说，“如果你用这组参数再次启动大爆炸，所得到的宇宙与这个完全一样吗？”

“是的，而且其演化过程也完全一样，一切在大爆炸时就决定了。您看，物理学穿过量子迷雾之后，宇宙又显示出了因果链和决定论的本性。”白冰依次看看每个人，郑重地说，“我请各位都牢记这一点，如果要理解我们后面将要面对的那些可怕的事，这是关键。”

“真的很有意思，做上帝的体验，超脱而空灵，很长时间没有这种感觉了。”首长感叹道。

“我的感觉同您一样，”白冰离开了计算机，站起来来回走着，“所以，我就一遍又一遍地玩着创世游戏，到现在为止，我已经启动了一千多次大爆炸，那一千多个宇宙，其神奇壮观，很难用语言形容，我像吸毒似的上了瘾……本来我可以这样一直玩儿下去，我们之间将永远素不相识，不会有任何关系，我们双方的生活都会按正常的轨迹进行下去，但……唉……那是今年年初一个下雪的晚上，已经凌晨两点了，很静很静，我启动了那天的最后一次大爆炸，在超弦计算机中诞生了第 1207 号宇宙，就是这一个……”

白冰回到计算机前，将文本框下拉到底，选择了最后一组创世参数，启动了宇宙大爆炸。新生的宇宙在蓝光中急剧膨胀后熄灭为黑色。白冰移动鼠标，在创世之后的一百九十亿年进入了这个编号为第 1207 号的宇宙。

这一次，屏幕上出现了灿烂的星海。

“1207 的半径约为二百亿光年，宏观维数是三。这个宇宙中，万有引力常数是一点六七乘十的负十一次方，真空中的光速是每秒三十万公里；这个宇宙中，电子电量是一点六零二乘十的负十九次方库仑；这个宇宙中，普朗克常数是六点六二六……”白冰凑近首长，用令人胆寒的目光逼视着他，“这个宇宙中，一加一等于二。”

“这是我们的宇宙。”首长点点头，他仍很沉着，但额头有些潮湿了。

历史检索

“得到 1207 号宇宙后，我花了一个多月的时间做了一个搜索引擎，以模式识别为基础的。然后，我就从天文资料中查到银河系与仙女座、大小麦哲伦等相邻星系的几何构图，在全宇宙范围内查询这种构图，得到了八万多个结果。下一步我就在这个范围内，用银河系和邻近星系本身的形状进行查询，很快在宇宙中定位了银河系。”以漆黑的太空为背景，一个银色的大旋涡在屏幕上显示出来，“太阳的定位就更容易了，我们已经知道它在银河系中的大致范围——”白冰用鼠标在大旋涡的一个旋臂顶端拉出一个小矩形框，“仍用模式识别的方法，在这个范围中很快就定位了太阳。”屏幕上出现了一个耀眼的光球，光球周围环绕着一个雾蒙蒙的大环，“哦，这时太阳系的行星还没有诞生，这个星际尘埃构成的环就是构成它们的原材料。”白冰在屏幕下方调出了一个滚动条，“看，用这个来移动时间，”他将滑块缓缓前移，越过了两亿年的漫漫时光，太阳周围的尘埃环消失了，“现在八大行星已经诞生。这是真实尺度的图像，不是天象演示，所以找到地球还要费些事，我把以前存贮的坐标调出来吧。”于是原始地球在屏幕上出现了，一个灰蒙蒙的球体，白冰转动鼠标的滚轮，“我们降低高度，好，现在，大约是一万米高吧。”下面大陆仍笼罩在迷雾之中，但雾中纵横交错的发着红光的网线显现出来，像胚胎上的血管，白冰指着那些网线说，“这是岩浆河，”他继续转动鼠标滚轮，穿过浓浓的酸雾，褐色的海面出现了，紧接着视点扎入海中，一片浑浊，有几个微小的悬浮物，它们大多是圆形的，也有其他较复杂的形状，与其他悬浮物最明显的区别是，它们自己在运动，而不是随水流漂移，“生命，刚出现的生命。”白冰用鼠标点点那些微小的东西说。他很快反向转动滚轮，将视点重新升到太空中，再次显示出古地球的全貌，然后移动时间滚动条，亿万年时光又飞逝而过，笼罩在地球表面的浓雾消失了，海洋在变蓝，大陆在变绿。后来，巨大的冈瓦纳古陆像初春的冰块分崩离析，“如果愿意，我们可以看到生命进化的全过程，包括几次大灭绝和随之而来的生命大爆发。但是算了吧，省些时间，我们就要看到关系到咱们命运的谜底了。”古陆的各个碎块继续漂移，终于，一幅熟悉的世界构图出现了。白冰改变了时间滚动条的比例，开始以较慢的速度移动时间，并在一点停住了，“好了，在这里，人类出现了。”他又将滑块小心地向前移动一小段，“现在，文明出现了。”

“对于上古的历史，一般只能宏观地看看，检索具体事件不太容易，具体人物就更难了。一般的历史检索是靠两个参数：地点和时间，这两点在上古历史记载中很难准确，我们做一次看看吧。来，我们下去了！”白冰说着，将鼠标在地中海范围的一个位置双击了一下，视点高度令人目眩地急剧降低，最后，一个荒凉的海滩出现了，黄沙的尽头，是一片连绵的橄榄丛。

“古希腊时代的特洛伊海岸。”白冰说。

“那……你能移到木马屠城的时间吗？”吕文明兴奋地问。

“从来就没有过什么木马。”白冰淡淡地说。

陈继峰点点头：“那种东西像儿戏，在实际的战争中是不可能出现的。”

“从来没有过特洛伊战争。”白冰说。

首长很惊奇：“这么说，特洛伊城是因为别的原因毁灭的？”

“从来没有过特洛伊城。”

另外三个人惊奇地互相看看。

白冰指着屏幕说：“现在显示的就是应该发生那场战争时特洛伊海岸的真实情景，我们再前后移动五百年……”白冰小心地微移鼠标，屏幕上的海岸在白昼和黑夜的高频转换中急剧闪动，树丛的形状也在飞快变化，沙滩的尽头出现过几个小棚屋，时而还能看到一闪而过的几个小小的人影，棚屋时多时少，但最多时也没有超过一个村庄的规模，“看到了吗，伟大的特洛伊城只在那些游吟诗人的想象中存在过。”

“怎么会呢？”吕文明惊叫起来，“本世纪初有考古发现证实啊！当时还挖出了……阿伽门侬的黄金面具。”

“阿伽门侬的面具？”白冰大笑一声。

“随着历史记载的增多和更加准确，往后的检索就越来越容易，再做一次。”

白冰将视点升回地球轨道，这次他没有使用鼠标，而是手工输入了时间和地理坐标，视点向亚洲西部降落。很快，屏幕上显示出一片沙漠，在一处红柳丛的阴影下躺着几个人，他们穿着破旧的粗布袍，皮肤黝黑，头发很长，且被沙尘和汗水弄成一缕一缕的，远远看去像一堆破烂的废弃物。白冰说：“这里离村庄不远，但鼠疫流行，他们不敢去。”有一个身形瘦长的人坐了起来，四下看看，确认别人都睡熟了后，拿起旁边一个人的羊皮水囊喝了一通，又从另一个人的破行囊中拿出一块饼，掰下三分之一放到自己的包里，随后满意地躺下了。

“我用正常速度运行了两天，看到他五次偷别人的水喝，三次偷别人的饼。”白冰用鼠标点着那个刚躺下的人说。

“他是谁？”

“马可·波罗。检索到他可不容易，关押他的那个热那亚监狱的地点和时间都比较准确，我在那里定位了他，随后向回跟踪他经历了那次海战，提取了一些特征点，又向回跳过一大段时间跟到这里，这是在那时的波斯、现在的伊朗巴姆市附近，不过都白费劲儿了。”

“那他是在去中国的路上了，你应该能跟着他进入忽必烈的宫殿。”吕文明说。

“他没有进入过任何宫殿。”

“你是说，他在中国期间只是在民间待着？”

“马可·波罗根本就没有来过中国，前面更加险恶的漫漫长路吓住了他，他们就在西亚转悠了几年，后来这人把从那里道听途说来的传闻讲给了那位作家狱友，后者写成了那本伟大的游记。”

三个人再次惊奇地面面相觑。

“再往后，检索具体的人和事就更加容易了，再来一次，到近代吧。”

在一间很暗的大屋子里，一张很宽的木桌子上铺着一张大地图，桌旁围着几个身着清朝武官服的人，由于很暗，看不清他们的面容。

“这是北洋海军提督府的一次会议。”

有一个人在说话，画面传出的声音很模糊，且南方口音重，听不懂。白冰解释说：“这个人说，在近海防御中，不要一味追求大炮巨舰，就这么点儿钱，与其从西洋购买大吨位铁甲舰，不如买更多数量的蒸汽鱼雷快艇，每艘艇上可装载四至六枚瓦斯鱼雷，构成庞大的快艇攻击群，用灵活机动的航线避开日舰舰炮火力，抵抗攻击……我曾请教过多位海军专家和战史研究者，他们一致认为，如果在当时这人的想法得以实施，北洋水师将是甲午海战中的胜利者。这人的高明和超前之处在于，他是海战史上最早从新式武器的出现发现传统大炮巨舰主义缺陷的人。”

“他是谁？邓世昌？”陈继峰问。

白冰摇摇头：“方伯谦。”

“什么？就是那个在黄海大海战中临阵脱逃的怕死鬼？”

“就是他。”

“直觉告诉我，这些才像真实的历史。”首长沉思着说。

白冰点点头：“是啊，到这一步，超脱和空灵消失了，我开始陷入郁闷中，我发现，我们基本上被自己所知道的历史骗了：那些名垂青史的英雄，有一大半也许是卑鄙的骗子和阴谋家，用他们的权势为自己树碑立传且成功了；而那些为正义和真理献身的人，三分之二都默默地惨死在历史的尘埃中，没有人知道他们的存在；剩下的三分之一则在强有力的诬陷下遗臭万年，就像现在宋诚的命运；他们中只有极少数的人得到了历史正确的记忆，其比例连冰山的一角都不到。”

这时，人们才注意到一直沉默的宋诚，看到他已经悄悄振作起来，两眼放出光芒，像一个已经倒地的战士又站了起来，拿起武器并跨上一匹新的战马。

现实检索

“然后，你就进入了 1207 宇宙中的现实，是吗？”首长问。

“是的，我在那个镜像中将时间调到现在。”白冰说着，同时将屏幕上时间滑标上的滑块推到尽头，这时视点又回到了太空中，蓝色的地球看上去与古代并没有什么不同，“这就是 1207 镜像中的现实：我们这个内地省份，经过了几十年不间断的能源和资源输出，除了矿产开采和电力之外，至今也未能建立起一个像样的工业体系，只留下了污染，农村的大片地区仍处于贫困线下，城市失业严重，治安状况恶化……我自然想看看领导和指挥着这一切的人是怎样工作的，最后看到了什么，我就不用说了。”

“你这样做的目的呢？”首长问。

白冰苦笑着摇摇头：“别以为我有他那样崇高的目的，”他指指宋诚，“我只是个普通老百姓，自得其乐地过日子，你们干什么，和我有什么关系？我本来根本不想惹你们的，但……我为这个超级模拟软件费了这么大劲儿，自然想通过它得些实惠，于是，我就给你们中的几个人打电话，想小小地敲一笔钱……”他说着突然变得恼怒起来，“你们干吗反应这么过激？！干吗非要除掉我？！其实给我那笔钱不就完了嘛！……好了，现在我把一切都讲清楚了。”

五个人陷入了长时间的沉默，他们都默默地盯着屏幕上的地球，这是现实中的地球的数字镜像，他们也在镜像中。

“你真的能够在这台计算机中观察到世界上发生过的一切？”陈继峰打破沉默问。

“是的，历史和现实的所有细节，都是这台计算机中运行的资料，资料是可以随意解析的，不管多么隐秘的事情，观察它们不过是从数据库中提取一些资料进行处理，这个数据库以原子级别存贮着整个世界的镜像，所有资料都是可以随意提取的。”

“能证明一下吗？”

“这很容易，你出去，随便到什么地方，随便干一件什么事，然后回来。”

陈继峰依次看了看首长和吕义明，转身走出了房间，两分钟后，他回来了，无言地看着白冰。

白冰移动鼠标，使视点从太空急剧下降，悬在这城市上空，城市一览无余地展现在屏幕上。白冰移动画面仔细寻找，很快找到了近郊的第二看守所，找到了他们所在的这幢三层楼房。视点随即进入了楼房内，在二楼空荡的走廊中移动，画面上出现了坐在走廊长椅子上的两个便衣警察，其中的沉兵正在点一支烟。最后，画面中出现了他们所在的办公室的门。

“现在的模拟画面，只比正在发生的现实滞后零点一秒，让我们后退几分钟。”白冰将时间滑标向后移了一点点。

屏幕上，门开了，陈继峰走了出来，坐在长椅上的两个人看到他后立刻站了起来，陈向他们摆摆手示意没事，就向另一个方向走去，视点紧跟着他，像有人用摄像机在跟踪拍摄。镜像画面上，陈继峰进了卫生间，从裤子口袋中掏出手枪，拉了一下枪栓后装回裤袋，白冰将这个画面定住，并使其像三维动画一样旋转至各个方位。陈继峰走出卫生间，画面跟着他回到了办公室，并显示出了正在等待中的另外四人。

首长不动声色地看着屏幕，吕文明则抬头警觉地看了陈继峰一眼。

“这东西确实厉害。”吕文明阴沉着脸说。

“下面我为您演示它更厉害的地方。”白冰说着，使屏幕上的画面静止了，“由于镜像模拟的宇宙是以原子级别存贮的，所以我们可以检索到这个宇宙中的每一个细节。下面，让我们看看陈局长上衣口袋中装着什么。”

白冰在静止画面上拉出一个方框，圈住陈继峰的上衣口袋范围，然后弹出一个处理接口，经过一系列操作，上衣口袋外侧的布被去除了，显示出放在口袋中的一张折叠起来的小纸片。白冰使用拷贝键将纸片复制下来，然后启动了一个三维模型处理软件，将拷贝的资料粘贴到软件的处理桌面上，又经过几项操作，那折叠的纸片被展开来，那是一张外汇支票，数额是二十五万美元。

“下面，我们就追踪这张支票的来源。”白冰说着关闭了图像处理软件，又回到四个人的静止画面上来，白冰在陈继峰上衣口袋中那张已被选定的支票上按右键调出功能选项，选择了 trace 项，支票闪动起来，画面也立刻活动起来了，时间在逆向流动，显示首长一行三人退出了办公室，又退出了大楼，退回到一辆汽车上，其中的陈继峰和吕文明戴上了耳机，显然是在监听白冰和宋诚的谈话。跟踪检索继续进行，场景不断变换，但那张闪动的支票作为检索键值一直处于画面的中央，陈继峰仿佛被它吸附着，穿过一个又一个场景。终于，那张支票跳出了陈的上衣口袋，钻进了一个小篮子，那个篮子又从陈的手中跳到了另一个人的手中，在这个时刻，白冰使画面静止了。

“就从这里开始放吧。”白冰说着，启动了画面，以正常速度播放。这好像是在陈继峰家的客厅里，屏幕上一个穿黑西装的中年人拎着那个水果篮站在那里，好像刚进来，陈继峰则坐在沙发上。

“陈局长，温总托我来看看您，也是表示一下上次的谢意。他本想亲自来的，但觉得为了免去一些闲话，这种走动还是少些好。”

陈继峰说：“你回去告诉温雄，现在他条件好了，一定要走正道，总是出格对谁都没好处，也别怪我不客气！”

“是，是，温哥怎么能忘记陈局的教诲呢。他现在不但为社会积极贡献，在贫困地区建了四所小学，政治上也要求进步，已经当选市人大代表了！”来人说着，将果篮放到茶几上。

“东西拿走。”陈继峰挥挥手说。

“哪敢带什么好东西，那不是成心惹陈局长生气嘛，一点水果，表表心意。您是不知道，温总一说起您，都眼泪汪汪的，说您是我们的再生父母啊。”

来人走后，陈继峰关上门后回到茶几旁，将果篮的水果全倒出来，从篮底拿出那张支票放进上衣口袋。

首长和吕文明都冷冷地看了陈继峰一眼，这些他们显然也都不知晓。温雄是利成集团的总裁，这是个包含着餐饮、长途客运等众多业务的庞大公司，其原始积累来自温雄黑社会体系的贩毒利润，他们使这座城市成为云南至俄罗斯毒品管道上一个重要的枢纽，现在温雄在合法商业上发展顺利，他的黑道毒品业务也在前者的补充滋养下更快地膨胀起来，致使这座内地城市毒品泛滥，治安恶化。而陈继峰这个后台是其生存的重要保证。

“收的是美元？一定是要给儿子汇去吧。”白冰笑着说，“您儿子在美国读书的钱可全是温雄出的……对了，想不想看看他现在在地球那一边干什么？很容易的，现在波士顿是午夜，不过上两次我看到他时，他都还没有睡觉。”白冰将视点升到太空，将地球旋转了一百八十度，然后将北美大陆放大，在大西洋海岸找到了那座灯火灿烂的城市，然后很快定位了他以前显然找到过的一座公寓，视点进入公寓卧室后，显示出一幅令人尴尬的画面：那个黄皮肤男孩儿正在和一白一黑两个妓女鬼混。

“陈局长，看到儿子是怎样花你的钱了吗？”

陈继峰恼怒地将液晶显示屏反扣到箱子上。

被深深震撼了的几个人再次陷入长时间的沉默中，然后吕文明问：“这些天，你为什么只是逃跑，没有想过通过更……正当的方式摆脱困境吗？”

“您是说我到纪委去举报？真是个好主意，我开始也这么想过，于是便在镜像中对纪委领导班子进行查询。”白冰抬头看了看吕文明，“您应该知道我都看到了什么，我不想落到您老同学这样的下场。那么我能去检察院和反贪局吗？郭院长和常局长对大部分重大举报肯定会严格秉公办理，对一小部分会小心地绕开，而我将举报的那些，一说出口他们就会同你们一起要了我的命。那么还能去哪儿呢？让媒体将这一切曝光吗？省里新闻媒体的那几个关键人物我想你们都清楚，首长的政绩不就是他们捧出来的吗？那些记者与妓女的唯一区别就是出卖的部位不同……这是一张互相联结在一起的大网，哪一根线都动不得啊，我没地方可去。”

“你可以去中央。”首长仔细观察着白冰，不动声色地说。

白冰点点头说：“这是唯一的选择了，但我是个普通的小人物，所以首先来见见宋诚，找到一个稳妥可靠的渠道，也顾不得你们的追杀了。”白冰犹豫了一下，接着说，“但这个选择并不轻松，你们都是聪明人，知道这样做最终意味着什么。”

“意味着这项技术将公布于世。”

“很对。那时，笼罩在历史和现实上的所有迷雾将一扫而光，一切的一切，在明处和暗处的，过去和现在的，都将赤裸裸地展现于光天化日之下。到那时，光明与黑暗将不得不进行一场史无前例的大决斗，世界将陷入一片混乱……”

“但最后的结果，是光明取得胜利。”一直沉默的宋诚终于说话了，他走到白冰面前，直视着他说，“知道黑暗的力量来自哪里吗？就是来自黑暗，也就是说来自它的隐蔽性，一旦暴露在明处，它的力量就消失了，如腐败之类的，大多如此。而你的镜像，就是使所有黑暗完全暴露的强光。”

首长和陈、吕二人互相交换了一下目光。

沉默，超弦计算机的屏幕上，原子级别的地球镜像静静地悬浮在太空中。

“有一个机会，”首长突然站起身，对吕、陈二人说，“好像有一个机会。”

首长接着扶着白冰的肩膀说：“为什么不将镜像中的时间标尺移向未来？”

白冰和陈、吕二人不解地看着首长。

“如果我们能够准确地预见未来，就能够在现在改变它，这样我们就能控制未来历史的走向，也就控制了一切……年轻人，你认为这没有可能吗？也许，我们能够一起肩负起创造历史的使命。”

白冰明白过来，苦笑着摇摇头，站起身走到计算机前，用鼠标将时间标尺拉长，在零时标后面拉出了一个未来时段，然后对首长说：“您自己来试试吧。”

单程递归

首长扑向计算机，谁都没有见过他那么敏捷，如饥饿的鹰见到地面上的小鸡，令人恐惧。他熟练地移动鼠标，将时间滑标滑过零时点，在滑标进入未来时段的瞬间，一个错误提示窗口跳了出来：

Stack over flow……

白冰从首长手中拿过鼠标，“让我们启动错误跟踪程序，Step by step 吧。”

模拟软件退回到出错前，开始分步运行。当现实中的白冰将滑块移过零时点，镜像中虚拟的白冰也正在做着同样的事。错误跟踪程序立刻放大了镜像中的那台超弦计算机的屏幕，可以看到，在那台虚拟计算机的屏幕上，第二层的虚拟白冰也正在将滑块移过零时点。于是，错误跟踪程序又放大了第三层虚拟中的那台超弦计算机的屏幕……就这样，跟踪程序一层层地深入，每一层的白冰都在将滑块移过零时点。这是一个依次向下包容的永无休止的魔盒。

“这是递归，一种程序自己调用自己的算法，正常情况下，当调用进行到有限的某一层时会得到答案，多层自我调用的程序再逐层按原路返回。而我们现在看到的是无限调用自己、永远得不到答案的单程递归，由于每次调用时都需将上层的现场资料存入堆栈，就造成了刚才看到的堆栈内存溢出。由于是无限递归调用，即使超弦计算机的终极容量也会被耗尽的。”

“哦。”首长点点头。

“所以，虽然这个宇宙中的一切过程早在大爆炸发生时就已经决定，但未来对我们来说仍是未知的，对讨厌由因果链而产生的决定论的人来说，这也是一个安慰吧。”

“哦——”首长又点点头，他“哦”的这一声很长很长。

镜像时代

白冰发现，首长发生了奇怪的变化，仿佛他身上的什么东西被抽走了似的，整个身躯在萎缩，似乎失去支撑自身的力量而摇摇欲坠。他脸色苍白，呼吸急促起来，双手撑着椅子慢慢地坐下，动作艰难而小心翼翼，好像怕压断自己的哪根骨头。

“年轻人，你，毁了我的一生。”首长缓缓地说，“你们赢了。”

白冰看看陈继峰和吕文明，发现他们也与自己一样不知所措，而宋诚，则昂然挺立在他们中间，脸上充满了胜利的光彩。

陈继峰缓缓站起来，从裤子口袋中抽出握枪的手。

“住手。”首长说，声音不高，但威严无比，使陈继峰手中的枪悬在半空不动了，“把枪放下。”首长命令道，但陈仍然不动。

“首长，到了这一步，必须果断，他们死在这儿说得过去，不过是因拒捕和企图逃跑被击毙……”

“放下枪，你这条疯狗！”首长低沉地喝道。

陈继峰拿枪的手垂了下来，慢慢地转向首长：“我不是疯狗，是条好狗，一条知道报恩的狗！一条永远也不会背叛您的狗！！！像我这样从最底层一步步爬上来的，对让自己有今天的上级，就具有值得信任的狗的道德，脑子当然没有那些一帆风顺的知识分子活。”

“你什么意思？”好长时间没有说话的吕文明站了起来。

“我的意思谁都明白，我不像有些人，每走一步都看好两三步的退路，我的退路在哪儿？到这个时刻我不自卫能靠谁？！”

白冰平静地说：“杀我没用的，如果你想把镜像公布于世，这是最快捷的办法。”

“傻瓜都能想到这类自卫措施，你真的失去理智了。”吕文明低声对陈继峰说。

陈继峰说：“我当然知道这小子不会那么傻，但我们也有自己的技术力量，投入全力是有可能彻底销毁镜像的。”

白冰摇摇头：“没有可能。陈局长，这是网络时代，隐藏和发布信息是很简单的事，我在暗处，跟我玩这个你赢不了的，就算你动用最出色的技术专家都赢不了。我就是告诉你那些镜像的备份在哪儿，我死后它如何发布，你也没办法。至于那组创世参数，就更容易隐藏和发布了，打消那个念头吧。”

陈继峰慢慢地将手枪放回裤袋，颓然地坐下了。

“你以为自己已经站在历史的山巅上了，是吗？”首长无力地对宋诚说。

“是正义站在历史的山巅了。”宋诚庄严地说。

“不错，镜像把我们都毁了，但它的毁灭性远不止于此。”

“是的，它将毁灭所有罪恶。”

首长缓缓地点点头。

“然后毁灭所有虽不是罪恶但肮脏和不道德的东西。”

首长又点点头，说：“它最后毁灭的，是整个人类文明。”

他这话使其他人都微微一愣，宋诚说：“人类文明从来就没有面对过如此光明的前景，这场善恶大搏斗将洗去它身上的一切灰尘。”

“然后呢？”首长轻声问。

“然后，伟大的镜像时代将到来，全人类将面对着一面镜子，每个人的一举一动都能在镜像中精确地查到，没有任何罪行可以隐藏，每一个有罪之人，都不可避免地面临最后审判，那是没有黑暗的时代，阳光将普照到每个角落，人类社会将变得水晶般纯洁。”

“换句话说，那是一个死了的社会。”首长抬头直视着宋诚说。

“能解释一下吗？”宋诚带着对失败者的嘲笑说。

“设想一下，如果DNA从来不出错，永远精确地复制和遗传，现在地球上的生命世界会是什么样子？”

在宋诚思考之际，白冰替他回答了：“那样的话，现在的地球上根本没有生命，生命进化的基础——变异，正是由DNA的错误产生的。”

首长对白冰点点头：“社会也是这样，它的进化和活力，是以种种偏离道德主线的冲动和欲望为基础的，清水无鱼，一个在道德上永不出错的社会，其实已经死了。”

“你为自己的罪行进行的这种辩解是很可笑的。”宋诚轻蔑地说。

“也不尽然。”白冰紧接着说，他的话让所有人都有些吃惊，他犹豫了几秒钟，好像下了决心似的说下去，“其实，我不愿意将镜像模拟软件公布于世，还有另一个原因，我……我也不太喜欢有镜像的世界。”

“你像他们一样害怕光明吗？”宋诚质问道。

“我是个普通人，没什么阴暗的罪行。但说到光明，那也要看是什么样的光明，如果半夜窗外有探照灯照你的卧室，那样的光明叫光污染……举个例子吧：我结婚才两年，已经产生了那种……审美疲劳，于是与单位新来的一个女大学生有了……那种关系，老婆当然不知道，大家过得都很好。如果镜像时代到来，我就不可能这样生活了。”

“你这本来就是一种不道德、不负责任的生活！”宋诚说，语气有些愤怒。

“但大家不都是这么过的吗？谁没有些见不得人的地方？这年头儿要想快乐，有时候就得人不人鬼不鬼的，像您这样一尘不染的圣人，能有几个？如果镜像使全人类都成了圣人，一点出轨的事儿都不能干，那……那还有什么劲儿啊！”

首长笑了起来，连一直脸色阴沉的吕、陈二人都露出了些笑容。首长拍着白冰的肩膀说：“年轻人，虽然没有上升到理论高度，但你的思想比这位学者要深刻得多。”他说着转向宋诚，“我们肯定是逃不掉的，所以你现在可以将对我们的仇恨和报复欲望放到一边，作为一个社会哲学知识博大精深的人，你不会真浅薄到认为历史是善和正义创造的吧？”

首长这话像强力冷却剂，使处于胜利狂热中的宋诚沉静下来，“我的职责就是惩恶扬善，匡扶正义。”他犹豫了一下说，语气和缓了许多。

首长满意地点点头：“你没有正面回答，很好，说明你确实还没有浅薄到那个程度。”

首长说到这里，突然打了一个激灵，仿佛被冷水从头浇下，使他从恍惚中猛醒过来，虚弱一扫而光，那刚失去的某种力量似乎又回到了他的身上。他站起身，郑重地扣上领扣，又将衣服上的皱褶处仔细整理了一下，然后极其严肃地对吕文明和陈继峰说：“同志们，从现在起，一切已在镜像中了，请注意自己的行为和形象。”

吕文明神情凝重地站了起来，像首长一样整理了一下自己的仪容，长叹一声说：“是啊，从此以后，苍天在上了。”

陈继峰一动不动地低头站着。

首长依次看看每个人，说：“好，我要回去了，明天的工作会很忙。”他转向白冰：“小白啊，你明天下午六点钟到我办公室来一趟，把超弦计算机带上。”然后转向陈、吕二人，“至于二位，好自为之吧。继峰你抬起头来，我们罪不可赦，但不必自惭形秽，比起他们，”他指指宋诚和白冰，“我们所做的真不算什么了。”

说完，他打开门，昂头走了出去。

生 日

第二天对于首长来说确实是很忙的一天。

一上班，他就先后召见省里主管工业、农业、财政、环保等领域的主要负责人，向他们交代了下一步的工作。虽然同每位领导谈的时间都很短，但是凭借丰富的工作经验，首长还是言简意赅地讲明了工作重点和最需要注意的问题，同时，他以老到的谈话技巧，让每个人都以为这只是一次普通的工作交代，没发现任何异常之处。

上午十点半，送走了最后一位主管领导，首长静下心来，开始写一份材料，向上级阐明自己对本省经济发展和解决省内国有大中型企业面临的问题的意见。材料不长，不到两千字，但浓缩了自己这几十年的工作经验和思考。那些熟悉首长理念的人看到这份材料应该很吃惊，这与他以前的观点有很大差别。这是他在权力高端的这么长时间里，第一次纯粹从党和国家的最高利益的角度，在完全不掺杂私心的情况下发表自己的意见。

材料写完后已经是中午十二点多了，首长没有吃饭，只是喝了一杯茶，便接着工作。

这时，镜像时代的第一个征兆出现了，首长得知陈继峰在自己的办公室里开枪自杀；吕文明则变得精神恍惚，不断地系领口的扣子，整理自己的衣服，好像随时都有人给他拍照似的。对这两件事，首长一笑置之。

镜像时代还没有到来，黑暗已经在崩溃了。

首长命令反贪局立刻成立一个项目组，在公安和工商有关部门的配合下，立刻查封自己的儿子拥有的大西商贸集团和儿媳拥有的北原公司的全部账目和经营资料，并依法控制这些实体的法人。对自己其他亲戚和亲信拥有的各类经济实体也照此办理。

下午四点半，首长开始草拟一份名单。他知道，镜像时代到来后，省内各系统落马的处级以上干部将数以千计，现在最紧要的是物色各系统重要岗位的合适接任人选，他的这份名单就是向省委组织部和上级提出的建议。其实，在镜像出现之前，这份名单在他的心中已存在了很长时间，那都是他计划清除、排挤和报复的人。

这时已是下午五点半，该下班了，他感到从未有过的欣慰，自己至少做了一天的人。

宋诚走进了办公室，首长将一份厚厚的材料递给他："这就是你那份关于我的调查材料，尽快上报中纪委吧。我昨天晚上写了一份自首材料，也附上了，里面除了确认你们调查的事实外，还对一些遗漏做了补充。"

宋诚接过材料，神情严肃地点点头，没有说话。

"过一会儿，白冰要来这里，带着超弦计算机。你应该告诉他，镜像软件马上就要上报上级，一开始，上级领导会考虑到各方面的因素谨慎使用它，要防止镜像软件提前泄露到社会上，那样会产生很大的副作用和危险。基于这个原因，你让他立刻将自己所有的备份，在网上或什么其他地方的，全部删除；还有那个创世参数，如果告诉过其他人，让他列出名单。他相信你，会照办的。一定要确认他把备份删除干净。”

“这正是我们想要做的。”宋诚说。

“然后，”首长直视着宋诚的眼睛，“杀了他，并毁掉那台超弦机。现在，你不会认为我这还是为自己着想吧。”

宋诚愣过后，摇头笑了起来。

首长也露出笑容：“好了，我该说的都说完了，以后的事情与我无关。镜像已经记下了我说的这些话，在遥远的未来，也许有那么一天，会有人认真听这些话的。”

首长对宋诚挥了挥手让他走，然后头靠在椅子的靠背上长长地出了一口气，沉浸在一种释然和解脱中。

宋诚走后，下午六点整，白冰准时走进了办公室，他的手里提着那个箱子，装着历史和现实的镜像。

首长招呼他坐下,看着放在办公桌上的超弦计算机说:“年轻人,我有一个请求:能不能让我在镜像中看看自己的一生？”

“当然可以，这很容易的！”白冰说着，打开箱子启动了计算机。镜像模拟软件启动后，他首先将时标设定到现在，定位了这间办公室，屏幕上显示出两个人的实时影像后，白冰复制了首长的影像，按动鼠标右键启动了跟踪功能。这时，画面急剧变幻起来，速度之快使整块屏幕看起来一片模糊，但作为跟踪键值的首长的影像一直处于屏幕中央，仿佛是世界的中心。虽然这影像也在急剧变化，但可以看到人越变越年轻。“现在是逆时跟踪搜索，模式识别软件不可能根据您现在的形象识别和定位早年的您，它需要根据您随年龄逐渐变化的形象一步步追踪到那时。”

几分钟后，屏幕停止了闪动，显示出一个初生儿湿漉漉的脸蛋儿，产科护士刚刚把他从盘秤上取下来，这个小生命不哭不闹，睁着一双动人的小眼睛好奇地打量着这个世界。

“呵呵，这就是我了，母亲多次说过，我一生下来就睁开眼睛了。”首长微笑着说，他显然在故作轻松地掩盖自己心中的波澜，但这次很例外地，他做得不太成功。

“您看这个，”白冰指着屏幕下方的一个功能条说，“这些按钮是对图像的焦距和角度进行调整的。这是时间滚动条，镜像软件将一直以您为键值进行显示，您如果想检索某个时间或事件，就如同在文字处理软件中查阅大文件时使用滚动条差不多，先用较大时间跨度走到大概的位置，再进行微调，借助于您熟悉的场景前后移动滚动条，一般总能找到的，这也类似于影碟的快进、快退操作，当然这张碟正常播放将需……”

“近五万小时吧。”首长替白冰算出来，然后接过鼠标，将图像的焦距拉开，显示出产床上的年轻母亲和整间病房，这里摆放着那个年代式样朴素的床柜和灯，窗子是木制的，引起他注意的是墙上的一块橘红色光斑，“我出生时是傍晚，时间和现在差不多，这可能是最后一抹夕阳了。”

首长移动时间滚动条，画面又急剧闪动起来，时光在飞逝，他在一个画面上停住了。一盏从天花板上吊下的裸露的电灯照着一张小圆桌，桌旁，他那戴着眼镜、衣着简朴的母亲正在辅导四个孩子学习，还有一个更小的孩子，也就是三四岁，显然是他本人，正笨拙地捧着一个小木碗吃饭。“我母亲是小学教师，常常把学习差的学生带回家里来辅导，这样就不误从幼儿园接我了。”首长看了一会儿，一直看到幼年的自己不小心将木碗中的粥倒了一身，母亲赶紧起身拿毛巾擦时，才再次移动了时间滚动条。

时光又跳过了许多年，画面突然亮起了一片红光，好像是一个高炉的出钢口，几个穿着满是尘污的石棉工作服的人影在晃动，不时被炉口的火焰吞没又重现，首长指着其中的一个说：“我父亲，一名炉前工。”

“可以把画面的角度调一下，调到正面。”白冰说着，要从首长手中拿过鼠标，但被首长谢绝了。

“哦，不不，这年厂里创高产加班，那时要家属去送饭，我去的，这是第一次看到父亲工作，就是从这个角度，之后，他炉火前的这个背影在我脑子里印得很深。”

时光又随着滚动条的移动而飞逝，在一个晴朗的日子停止了，一面鲜红的队旗在蓝天的背景上飘扬，一个身穿白衣蓝裤的男孩子在仰视着它，一双手给男孩儿系上红领巾，孩子右手扬上头顶，激动地对世界宣布他时刻准备着，他的眼睛很清澈，如同那天如洗的碧空。

“我入队了，小学二年级。”

时光跳过，又一面旗帜出现了，是团旗，背景是一个烈士纪念碑，一小群少年对着团旗宣誓，他站在后排，眼睛仍像童年那样清澈，但多了几分热诚和渴望。

“我入团，初一。”

滚动条移动，他一生中的第三面红色旗帜出现了，这次是党旗。这好像是在一间很大的阶梯教室中，首长将焦距调向那六个宣誓中的年轻人中间的那个，让他的脸庞充满了画面。

“入党，大二。”首长指指画面，“你看看我的眼睛，能看出些什么。”

那双年轻的眼睛中，仍能看到童年的清澈、少年的热诚和渴望，但多了一些尚不成熟的睿智。

“我觉得，您……很真诚。”白冰看着那双眼睛说。

“说得对，直到那时，我对那个誓词还是真诚的。”首长说完，在眼睛上抹了一下，动作很轻微，没有被白冰注意到。

时间滚动条又移动了几年，这次移得太过了，经过几次微调，画面上出现了一个林荫道，他站在那里看着一位刚刚转身离去的姑娘，那姑娘回头看了他一眼，眼睛含着晶莹的泪，一副让人心动的冰清玉洁的样子，然后在两排高大的白杨间渐行渐远……白冰知趣地站起身想离开，但首长拦住了他。

“没关系，这是我最后一次见到她了。”说完，他放下了鼠标，目光离开了屏幕，“好了，谢谢，把机器关了吧。”

“您为什么不继续看呢？”

“值得回忆的就这么多了。”

“……我们可以找到现在的她，就是现在的，很容易！”

“不用了，时间不早了，你走吧，谢谢，真的谢谢。”

白冰走后，首长给保卫处打了个电话，让机关院内道岗的哨兵到办公室来一下。很快，那名武警哨兵进来，敬礼。

“你是……哦，小杨吧？”

“首长记性真好。”

“我叫你上来，也没什么事，就是想告诉你，今天是我的生日。”

哨兵立刻变得手足无措起来，话也不会说了。

首长宽容地笑笑：“向战士们问好，去吧。”在哨兵敬礼后转身要走之际，他像突然想起来什么似的说，“哦，把枪留下。”

哨兵愣了一下，还是抽出手枪，走过去小心地放在宽大的办公桌的一端，再次敬礼后走出去。

首长拿起枪，取出弹夹，把子弹一颗颗地退出来，只留下一颗在弹夹里，再把弹夹推上枪。下一个拿到这把枪的人可能是他的秘书，也可能是天黑后进来打扫的勤杂工，那时空枪总是安全些。

他把枪放到桌面上，把退出来的子弹在玻璃板上摆成一小圈，像生日蛋糕上的蜡烛。然后，他踱到窗前，看着城市尽头即将落下的夕阳，它在市郊的工业烟尘后面呈一个深红色的圆盘，他觉得它像镜子。

他做的最后一件事，就是将自己胸前的“为人民服务”的小标牌摘下来，轻轻地放到桌面上小面国旗和党旗的基座上。

然后，他在办公桌旁坐下，静静地等候着最后一抹夕阳照进来。

未 来

当天夜里，宋诚来到气象模拟中心的主机房，找到了白冰，他正一个人静静地看着已经启动的超弦计算机的屏幕。

宋诚走过去拍拍他的肩说：“小白，我已经向你的单位领导打了招呼，马上有一辆专车送你去北京，你把超弦计算机交给一位中央领导，听你汇报的除了这位领导，可能还有几名这方面的技术专家。由于这项技术非同寻常的性质，让人完全理解和相信可不是一件容易的事，你讲解和演示的时候要耐心……白冰，你怎么了？”

白冰没有转过身来，仍静坐在那里，屏幕上的镜像宇宙中，地球在太空中悬浮着，它的极地冰盖形状有些变化，海洋的颜色也由蓝转灰了些，但这些变化并不明显，宋诚是看不出来的。

“他是对的。”白冰说。

“什么？”

“首长是对的。”白冰说着，缓缓转身面对宋诚，他的双眼布满血丝。

“这是你思考了一天一夜的结果？”

“不，我完成了镜像的未来递归运算。”

“你是说……镜像能模拟未来了？！”

白冰无力地点点头：“只能模拟很遥远的未来。我在昨天晚上想出了一种全新的算法，避开较近的未来，这样就避免了因得知未来而改变现实对因果链的破坏，使镜像直接跳到遥远未来。”

“那是什么时间？”

“三万五千年后。”

宋诚小心翼翼地问：“那时的社会是什么样子？镜像在起作用吗？”

白冰摇摇头：“那时没有镜像了，也没有社会了，人类文明消亡了。”

震惊使宋诚说不出话来。

屏幕上，视点急剧下降，在一座沙漠中的城市上空悬停。

“这就是我们的城市，是一座空城，已死去两千多年了。”

死城给人的第一印象是一个正方形的世界，所有的建筑都是标准的正立方体，且大小完全一样，这些建筑都横竖整齐地排列着，构成了一个标准的正方形城市。只有方格状的街道上不时扬起的黄色沙尘，才使人不至于将城市误认为是画在教科书上的抽象几何图形。

白冰移动视点，进入了一幢正立方体建筑内部的一个房间，里面的一切已经被漫长岁月积累的沙尘埋没了，在窗边，积沙呈一个斜坡升上去，已接上了窗台。沙中有几个鼓包，像是被埋住的家电和家具，从墙角伸出几根枯枝似的东西，那是已经大部分锈蚀的金属衣帽架。白冰将图像的一部分拷贝下来，粘贴到处理软件中，去掉了上面厚厚的积沙，露出了锈蚀得只剩空架子的电视和冰箱，还有一张写字台样的桌子，桌上有一个已放倒的相框，白冰调整视点，使相框中的那张小照片充满了屏幕。

这是一张三口之家的合影，但照片上的三人外貌和衣着几乎完全一样，仅能从头发的长短看出男女，从身高看出年龄。他们穿着样式完全一样的类似于中山装的衣服，整齐而呆板，扣子都是一直扣到领口。宋诚仔细看看，发现他们的容貌还是有差别的，之所以产生一样的感觉，是因为他们那完全一致的表情，一种麻木的平静，一种呆滞的庄严。

“我发现的所有照片和残存的影像资料上的人都是这样的表情，没有见过其他表情，更没有哭或笑的。”

宋诚惊恐地说：“怎么会这样呢？你能查查留下来的历史资料吗？”

“查过了，我们以后的历史大略是这样的：镜像时代在五年后就开始了，在前二十年，镜像模拟只应用于司法部门，但已经对社会产生了实质性的影响，人类社会的形态发生了重大变化。以后，镜像渗透到社会生活的各个角落，历史上称为镜像纪元。在新纪元的头五个世纪，人类社会还是在缓慢发展之中。完全停滞的迹象最初出现在镜像六世纪中叶，首先停滞的是文化。由于人性已经像一汪清水般纯洁，没有什么可描写和表现的，文学首先消失了，接着是整个人类艺术都停滞和消失了。接下来，科学和技术也陷入了彻底的停滞。这种停滞的状态持续了三万年，这段漫长的岁月，史称‘光明的中世纪’。”

“以后呢？”

“以后就很简单了，地球资源耗尽，土地全部沙漠化，人类仍没有进行太空移民的技术能力，也没有能力开发新的资源，在五千年时间里，一切都慢慢结束了……就是我们现在显示的这个状态，各大陆仍有人在生活，不过也没什么看头了。”

“哦——”宋诚发出了像首长那样的长长的一声叹息，过了很长时间，他才用发颤的声音问道，“那……我们该怎么办？我是说现在，销毁镜像吗？”

白冰抽出两支烟，递给宋诚一支，将自己的点着后深深地吸了一口，将白色的烟雾吐在屏幕上那三个呆滞的人像上：“镜像我肯定要销毁，留到现在就是想让你看看这些。不过，现在我们干什么都无所谓了，有一点可以自我安慰：以后发生的一切与我们无关。”

“还有别人生成了镜像？”

“它的理论和技术都具备了，而根据超弦理论，创世参数的组合虽然数量巨大，但是有限的，不停试下去总能碰上那一组……三万多年后，直到文明的最后岁月，人们还在崇拜和感谢一个叫尼尔·克里斯托夫的人。”

“他是谁。”

“按历史记载：虔诚的基督教徒，物理学家，镜像模拟软件的创造者。”

五个月后，普林斯顿大学宇宙学实验中心。

当灿烂的星海在五十块屏幕中的一块上出现时，在场的科学家和工程师们都欢呼起来。这里放置着五台超弦计算机，每台中又设置了十台虚拟机，共有五十个创世模拟软件在日夜不停地运行，现在诞生的虚拟宇宙是第 32961 号。

只有一个中年男人不动声色，他浓眉大眼，气宇轩昂，胸前那枚银色的十字架在黑色的套衫上格外醒目，他默默地画了一个十字，问：

“万有引力常数？”

“一点六七乘十的负十一次方！”

“真空光速？”

“每秒二十九点九十八万公里！”

“普朗克常数？”

“六点六二六！”

“电子电量？”

“一点六零二乘十的负十九次方库仑。”

“一加一？”他庄重地吻了一下胸前的十字架。

“等于二，这是我们的宇宙，克里斯托夫博士！”

人和吞食者

一、波江座晶体

即使距离很近，上校也不可能看到那块透明晶体，它飘浮在漆黑的太空中，就如同一块沉在深潭中的玻璃。他凭借着晶体扭曲的星光确定其位置，但很快在一片星星稀疏的背景上把它丢失了。突然，远方的太阳变形扭曲了，那永恒的光芒也变得闪烁不定，使他吃了一惊，但以“冷静的东方人”著称的他并没有像飘浮在旁边的十几名同事那样惊叫，他很快明白，那块晶体就在他们和太阳之间，距他们有十几米，距太阳有一亿公里。以后的三个多世纪里，这诡异的景象时常出现在他的脑海中，他真怀疑这是不是后来人类命运的一个先兆。

作为联合国地球防护部队在太空中的最高指挥官，他率领的这支小小的太空军队装备着人类有史以来当量最大的热核武器，敌人却是太空中没有生命的大石块，在预警系统发现有威胁地球安全的陨石和小行星时，他的部队负责使其改变轨道或摧毁它们。这支部队在太空中巡逻了二十多年，从来没有一次使用这些核弹的机会，那些足够大的太空石块似乎都躲着地球走，故意不给他们辉煌的机会。但现在晶体在两个天文单位外被探测到，它沿一条陡峭的绝非自然形成的轨道精确地飞向地球。

上校和同事们谨慎地向晶体靠近，他们的太空服上推进器的尾迹像条条蛛丝把晶体缠在正中。就在上校与它的距离缩小到不到十米时，晶体的内部突然出现了迷雾般的白光，使它规则的长梭状轮廓清晰地显示出来，它大约有三米长，再近一些，还可以看到内部像是推进系统的错综复杂的透明管道。当上校把戴着太空手套的右手伸向晶体表面，以进行人类与外星文明的首次接触时，晶体再次变得透明，内部浮现出一个色彩亮丽的影像，那是一个卡通小女孩儿，眼睛像台球那么大，长发直到脚跟，同漂亮的长裙一起像在水中那样缓缓漂动着。

“警报！呀！警报！吞食者来了！！！”她惊慌失措地大叫着，大眼睛盯着上校，一只细而柔软的手臂指向与太阳相反的方向，像在指一条追着她的大狼狗。

“那你是从哪里来的呢？”上校问。

“波江座－ε星，你们好像是这么叫的，按你们的时间，我已经飞行了六万年……吞食者来了！吞食者来了！！！”

“你有生命吗？”

“当然没有，我只是一封信……吞……吞食者来了！吞食者来了！！！”

“你怎么会讲英语？”

“路上学的……吞……吞食者来了！吞食者来了！！！”

“那你这个样子是……”

“路上看到的……吞……吞食者来了！吞食者来了！！！呀，你们真不怕吞食者吗？！”

“吞食者是什么？”

“样子像个大轮胎，呵，这是按你们的比喻。”

“你对我们世界的东西真熟悉。”

“路上熟悉的……吞食者来了！！！”

波江女孩儿喊叫着，闪向晶体的一端，在她空出的空间里出现了那个“轮胎”的图像，它确实像轮胎，表面发着磷光。

“它有多大？”另一名军官问。

“总的直径为五万公里，‘轮胎’宽为一万公里，内圆直径为三万公里。”

“……你说的公里是我们的长度单位吗？”

“当然是！它大着呢，可以把一颗行星套进去，就像你们的轮胎套一个足球一样。套住那颗行星后，它就掠夺行星的资源，把它吸干榨尽后吐出去，就像你们吃水果吐核儿一样……”

“我们还是不明白吞食者到底是什么。”

“一艘世代飞船，我们不知道它从哪里来要到哪里去。事实上，驾驶吞食者的那些大蜥蜴肯定也不知道，这个世界已在银河系中飘行了几千万年，它的拥有者一定早已忘记了它的本源和目的。但可以肯定：它被创造出来时远没有那么大，它是靠吃行星长大的，我们的行星就被它吃了！”

这时，晶体中显示的吞食者在变大，渐渐占满了整个画面，显然正在向摄像者的世界缓缓降下来。现在在这个世界居民的眼中，大地仿佛处于一口宇宙巨井的井底，太空就是一圈缓缓转动的井壁，可以看清井壁表面的复杂结构，开始让上校想到了在显微镜下看到的微处理器的电路，后来他发现那是连绵不断的城市。再向上，井壁的顶端是一圈蓝色光焰，在天空中形成一个围绕着群星的巨大火圈，波江女孩告诉他们，那是吞食者尾部的环形推进发动机。在晶体的一端，女孩手舞足蹈，她那飘逸的长发也像许多只挥动的手臂，极力地表达着她的惊恐。

“这就是波江座－ε星的第三颗行星被吞食时的情形。这时你要是身在我们的世界，第一个感觉是身体在变轻，这是由于吞食者巨大的质量产生的引力抵消行星引力所致。这引力的扰动产生了毁灭性的灾难：海洋先是涌向行星朝向吞食者的那一极，当行星被套入‘轮胎’后又涌向赤道，产生的巨浪能够吞没云层；接着，引力异常，将大陆像薄纸一样撕成碎片，火山在海底和陆地密密麻麻地出现……当‘轮胎’套到行星的赤道时，吞食者便停止了推进，以后，其相对于恒星的轨道运动始终与行星保持同步，一直把这颗行星含在口里。

“这时对行星的掠夺开始了，无数条上万公里长的缆索从筒壁伸到行星表面，使得行星如同一只被蛛网粘住的虫子，巨大的运载舱频繁地往来于行星表面与筒壁之间，运走行星的海水和空气，更有无数大机器深深地钻进行星的地层，狂采吞食者需要的矿藏……由于吞食者的引力与行星的引力相互抵消，行星与‘轮胎’之间的一圈空间是低重力区，这使得行星的资源向吞食者的运输变得很容易，大掠夺因此有很高的效率。

“按地球时间，吞食者对被吞入的每颗行星要‘咀嚼’一个世纪左右，在这段时间里，行星上包括水和空气在内的资源被掠夺一空，同时，由于‘轮胎’长时间的引力作用，行星向赤道方向渐渐变扁，最后变成……还用你们的比喻吧：铁饼状。当吞食者最后移走，从而‘吐出’这颗已被榨干的行星时，行星的形状会恢复成圆形，这又引发了最后一场全球范围的地质灾难。这时，行星的表面呈现其几十亿年前刚刚形成时的熔岩状态，早已是一个没有任何生命的地狱了。”

“吞食者距太阳系还有多远？”上校问。

“它紧跟在我后面，按你们的时间，再有一个世纪就到了。警报！吞食者来了！吞食者来了！！！”

二、使者大牙

正当人们为波江晶体带来的信息是否可信而争论不休时，吞食者的一艘先遣小型飞船进入了太阳系，最后到达地球。

首先与之接触的仍是上校率领的太空巡逻队，但这次接触的感觉与上次完全不同。玲珑剔透的波江晶体代表了一种纤细精致的技术文明，而吞食者飞船则相反，外形极其粗陋笨重，如同在旷野中遗弃了一个世纪的大锅炉，令人想起凡尔纳描述的粗放的大机器时代。吞食帝国的使者也同样粗陋笨重，他那蜥蜴状的粗壮身躯披着大块的石板般的鳞甲，直立起来有近十米高。他自我介绍的名字发音为达雅，按他的外形特点和后来的行为方式，人们管他叫大牙。

当大牙的小型飞船在联合国大厦前着陆时，发动机把地面冲出了一个大坑，飞溅的石块把大厦打得千疮百孔。由于外星使者太高大，无法进入会议大厅，各国首脑就在大厦前的广场上与他见面，他们中的几个人用手帕捂着刚才被玻璃和碎石划破的头。大牙每走一步地面都颤抖一下，说话时声音像十台老式火车头同时鸣笛，让人头皮发麻，然后由挂在他胸前的一个外形粗笨的翻译器把话译成地球英语（也是路上学的），由一个粗犷的男音读出来，声音虽比大牙低了许多，但仍然让听者心惊肉跳。

“呵呵，白嫩的小虫虫，有趣的小虫虫。”大牙乐呵呵地说，人们捂住耳朵等他轰鸣着说完，然后稍微放开耳朵听翻译器里的声音，“我们有一个世纪的时间相处，相信我们会互相喜欢对方的。”

“尊敬的使者，您知道，我们现在最关心的，是您那伟大的母舰到太阳系的目的。”联合国秘书长仰望着大牙说，尽管他大声喊着，可是声音听起来仍像蚊子叫。

大牙做了一个类似于人类立正的姿势，地面为之一颤。“伟大的吞食帝国将吃掉地球，以便继续它壮丽的航程，这是不可改变的！”

“那么人类的命运呢？”

“这正是我今天要决定的事。”

元首们纷纷相互交换目光，秘书长点点头：“这确实需要我们之间充分地交流。”

大牙摇摇头：“这是一件十分简单的事情，我只需要品尝一下——”说着，他伸出强壮的大爪，从人群中抓起一个欧洲国家的首脑，从三四米远处优雅地将他扔进嘴里，细细地嚼了起来。不知是出于尊严还是过度恐惧，那个牺牲品一直没有叫出声，只听到他的骨骼在大牙嘴里裂碎时清脆的咔啪声。半分钟后，大牙“噗”的一声吐出了那人的衣服和鞋子，衣服虽然浸透了血，但几乎完好无损。这时不止一个旁观者联想到了人类嗑瓜子的情形。

整个地球世界一时间陷入一片死寂，这寂静似乎无限期地持续着，直到被一个人类的声音打破。

“您怎么拿起来就吃啊？”站在人群后面的上校问。

大牙向他走去，人群散开一条道，这个庞然大物咚咚地走到上校面前，用一双篮球大小的黑眼睛盯着他：“不行吗？”

“您怎么这么肯定他能吃呢？一个相距如此遥远的世界上的生物能被食用，从生物化学上讲几乎是不可能的。”

大牙点点头，大嘴一咧做出类似于笑的表情：“我一开始就注意到你了，你一直冷眼看着我，若有所思，在想什么？”

上校也笑笑：“您呼吸我们的空气，通过声波说话，有两只眼睛、一个鼻子、一张嘴，还有四个对称的肢体……”

“这不可理解吗？”大牙把巨头凑近上校，喷出一股让人作呕的血腥气。

“是的，因为太好理解，所以不可理解，我们不应该这么相似。”

“我也有不理解之处，那就是你的冷静，你是军人？”

“我是一名保卫地球的战士。”

“哼，不过是推开一些小石头而已，那能让你成为真正的战士？”

“我准备着更大的考验。”上校庄严地昂起头。

“有趣的小虫虫。”大牙笑着点点头，直起身来，“我们还是回到正题吧：人类的命运。你们的味道不错，有一种滑爽的清淡，很像我在波江座行星上吃过的一种蓝色的浆果。所以祝贺你们，你们的种族将延续下去，你们将作为一种小家禽在吞食帝国饲养，到六十岁左右上市。”

“您不觉得那时我们的肉太老了吗？”上校冷笑着说。

大牙大笑起来，声音如火山爆发：“哈哈哈哈，吞食人喜欢有嚼头的小吃。”

三、蚂 蚁

联合国又同大牙进行了几次接触，虽然再没有人被吃掉，但关于人类命运的谈判结果都一样。

人们把下一次会面精心安排在非洲的一处考古挖掘现场。

大牙的飞行器准时在距挖掘现场几十米处降落，同每次一样看上去像一场大爆炸，震耳欲聋、飞沙走石。据波江女孩介绍，飞行器是由一台小型核聚变发动机驱动的。对于有关吞食者的信息，她一解释人类的科学家就立刻明白了，但关于波江人的技术却令地球人迷惑，比如那块晶体，着陆后便在空气中融化，最后把与星际航行有关的推进部分全化掉了，只剩下薄薄的一片，能在空气中轻盈地飘行。

大牙来到挖掘现场时，有两个联合国的工作人员抬着一本一米见方的大画册递给他，画册是按他的个头儿精心制作的，有上百页精美的彩图，内容是人类文明的各个方面，很像一本儿童启蒙教材。在挖掘现场的大坑旁，一名考古学家绘声绘色地描述了地球文明的辉煌历程，他竭力想让外星人明白这个蓝色行星上有多么值得珍惜的东西，说到动情处声泪俱下，好不凄惨。最后，他指着挖掘现场的大坑说：

“尊敬的使者，您看，这是我们刚刚发现的一处城市遗址，是迄今发现的最早的人类城市，距今已有近五万年，你们真的忍心毁灭一个历经五万年的岁月一点一滴发展到今天的灿烂文明？！”

大牙在这个过程中一直在翻看那本画册，好像觉得那是一件很好玩的东西，考古学家的最后一句话让他抬起头来，他看了看大坑：“啊，考古虫虫，我对这个坑和坑里的旧城市不感兴趣，倒是很想看看从坑里挖出的土。”他指了指大坑旁边的一个几米高的土堆。

听完翻译器中的话，考古学家很迷惑：“土？那堆土里什么也没有啊。”

“那是你的看法。”大牙说着走到土堆旁，蹲下高大的身躯伸出两只大爪在土里挖起来，人们围成一圈看着，很惊叹他那看似粗笨的大爪的灵活。他拨动着松土，不时拾起什么极小的东西放到画册上。就这样专心致志地干了十多分钟，他端着画册直起身来，走到人们面前，让大家看画册上的东西。

上百只蚂蚁，有的活着，有的已经死了，蜷成一团，仔细辨认才能看出是什么。

“我想讲一个故事，”大牙说，“是关于一个王国的故事。这个王国的前身是一个更大的帝国，它们先祖的先祖可以追溯到地球白垩纪末期，在恐龙那高耸入云的骨架下，那些先祖建起帝国宏伟的城市……但那些历史太久太久了，帝国最后一世女王能记起的，就是冬天的降临，在这漫长的冬天中，大地被冰川覆盖，失去已延续了上千万年的生机，生活变得万分艰难。

“在最后一次冬眠醒来时，女王只唤醒了帝国不到百分之一的成员，其他的都已在寒冷中长眠，有的已变成透明的空壳。女王摸摸城市的墙壁，冷得像冰块，硬得像金属，她知道这是冻土，在这严寒时代中，它夏天都不化。女王决定离开这片先祖留下的疆域，去找一块不冻的土地建立新的王国。

“于是女王率领所有的幸存者来到地面，在高大的冰川间开始艰难地跋涉。大部分成员都在漫漫的路途中死于严寒，但女王与不多的幸存者终于找到了一块不冻土，这是一块被溢出的地热温暖的土地。女王当然不明白，为什么在这严寒世界中有这么一小片潮湿柔软的土地，但她对能到达这里并不感到意外：一个延续了六千万年的种族是不会灭绝的！

“面对冰川纵横的大地和昏暗的太阳，女王宣布要在这里建立一个新的伟大的王国，它将延续万代！她站在一座高大的白色山峰下，就把这个新王国命名为白山王国，那座白色山峰是一头猛犸象的头骨。这是第四纪冰川末期的一个正午，这时的人类虫虫还是零星地龟缩在岩洞中发抖的愚钝的动物，九万年之后，你们的文明的第一点烛光才在另一个大陆的美索不达米亚平原上出现。

“以附近冰冻的猛犸遗体为生，白山王国度过了一万年的艰难岁月。之后，地球冰期结束，大地回春，各大陆又重新披上了生命的绿色。在这新一轮的生命大爆炸中，白山王国很快达到了鼎盛，拥有数不清的成员和广大的疆域。在其后的几万年中，王国经历了数不清的朝代，创造了数不清的史诗。”

大牙指指眼前的大坑：“这就是那个王国最后的位置，在考古虫虫专心挖掘下面那已死去五万年的城市时，并没有想到在它上面的土层中还有一个活着的城市。它的规模绝不比纽约小，后者只是一个二维的平面城市，而它是一座宏大的立体城市，有很多层。每一层都密布着迷宫般的街道，有宽阔的广场和宏伟的宫殿，整座城市的供排水系统和消防系统的设计也比纽约高明得多。城市有着复杂的社会结构、严格的行业分工，整个社会以一种机器般的精密和协调高效地运转着，不存在吸毒和犯罪问题，也没有沉沦和迷茫。但它们并非没有感情，当有成员死亡时，它们表现出长时间的悲伤，它们甚至还有墓地，它位于城市附近的地面上，掩埋深度为三厘米。最值得说明的是：在城市的底层有一个庞大的图书馆，其中有数量巨大的卵形小容器，这就是一本本书，每个容器中都装有成分极其复杂的化学味剂，这些味剂用其复杂的成分记录着信息。这里有对白山王国漫长历史的史诗般的记载：你能看到在一次森林大火中，王国的所有成员抱成无数个团，顺一条溪流漂下逃出火海的壮举；还能看到王国与白蚁帝国长达百年的战争史，还有王国的远征队第一次看到大海的记载……

“但所有这一切在三个小时之内被毁灭。当时，在惊天动地的轰鸣声中，挖掘机遮盖了整个天空的钢铁巨掌凌空劈下，把包含着城市的土壤一把把抓起，城市和其中的一切在巨掌中被碾得粉碎，包括城市最下层的所有孩子和将成为孩子的几万只雪白的卵。”

地球世界再一次陷入死寂之中，这次寂静比大牙吃人的那一次延续得更长，面对外星使者，人类第一次无话可说。

大牙最后说：“我们以后有很长的时间相处，有很多的事要谈，但不要再从道德的角度谈了，在宇宙中，那东西没意义。”

四、加速度

大牙走后，考古现场的人们仍沉浸在迷茫和绝望之中，还是上校首先打破寂静，他对周围的各国政要说：“我知道自己是个小人物，只是因为两次首先接触外星文明而有幸亲临这些场合，我只想说两句话：一、大牙是对的；二、人类的唯一出路是战斗。”

“战斗？唉，上校，战斗……”秘书长苦笑着摇头。

“对，战斗！战斗！战斗！！！”波江女孩大喊，此时她所在的晶体片正飘飞在人们头上几米高处，在阳光下的晶体中，那长发女孩在兴奋地手舞足蹈。

有人说：“你们波江人也战斗了，结果怎么样？人类得为自己种族的生存着想，我们并没有义务满足你那变态的复仇欲望。”

“不，先生，”上校对所有人说，“波江人是在对敌人完全陌生的情况下进行自卫战争的，加上他们本来就是一个历史上完全没有战争的社会，所以失败是不奇怪的。但在这场长达一个世纪的惨烈战争中，他们对吞食者有了细致深刻的了解，现在这大量的资料通过这艘飞船送到了我们手中，这就是我们的优势。

“冷静地初步研究这些资料，我们发现吞食者并没有最初想象的那么可怕。首先，除了其不可思议的庞大外，吞食者并没有太多超出人类已有知识之外的东西。就生命形式而言，吞食者人（据说在‘轮胎’上居住着上百亿个）与地球人一样是碳基生物，且生命在分子层次的构造十分相似，人类与敌人处于相同的生物学基础上，使我们有可能真正深刻地理解它们的各个方面，这比我们面对一群由力场和中子星物质构成的入侵者要幸运多了。

“更让我们宽慰的是，吞食者并没有太多的‘超技术’。吞食者人的技术比人类要先进许多，但这主要表现在技术的规模上而不是理论基础上。吞食者的推进系统的能量来源主要是核聚变，它所掠夺的行星水资源除了用于吞食者人的生活外，主要是被作为聚变燃料。吞食者上发动机的推进方式也是基于动量守恒的反冲方式，并没有时空跃迁之类玄妙的玩意儿……这些信息可能使科学家们深感失落，因为吞食者毕竟是一个延续了几千万年的文明，它们的技术层次也就表明了科学力量的极限；同时也使我们知道，敌人不是不可战胜的神。”

秘书长说：“仅凭这些，就能使人类建立起必胜的信心吗？”

“当然还有许多具体的信息，使我们能够制订出一个成功率较高的战略，比如……”

“加速度！加速度！！！”波江女孩在人们头顶大叫。

上校对周围迷惑的人们解释说：“从波江人送来的资料看，吞食者航行时的加速度有一个极限，在长达两个世纪的观察中，他们从未发现它突破过这个极限。为证实这一点，我们根据波江座飞船送来的其他资料，如吞食者的结构和构成它的材料的强度等，建立了一个数学模型，模型的演算证实了波江人对吞食者加速度极限的观察，这个极限是由它的结构强度所决定的，一旦超出，这个庞然大物就会被撕裂。”

“这又怎么样？”一位大国元首问道。

“我们应该冷静下来，用自己的脑子好好想想。”上校微笑着说。

五、月球避难所

人类与外星使者的谈判终于有了一点点进展，大牙对人类关于月球避难所的要求做出了让步。

“人是恋家的动物。”在一次谈判中，秘书长眼泪汪汪地说。

“吞食人也是，虽然我们没有家。”大牙同情地点点头。

“那么，能否让我们留下一些人，等伟大的吞食帝国吃完后吐出地球，待它的地质变化稳定下来，再回来重建我们的文明？”

大牙摇摇头：“吞食帝国吃东西是吃得很干净的，那时的地球将比现在的火星还荒凉，凭你们虫虫的技术能力，不可能重建文明。”

“总得试试吧，这样我们的灵魂也会安定，特别是在吞食帝国上被饲养的那些小家禽，如果记得在遥远的太阳系还有一个家，会多长些肉的，虽然这个家不一定真的存在。”

大牙点点头：“可是当地球被吞下时，这些人去哪儿呢？除了地球，我们还要吃掉金星，木星和海王星太大了，我们吃不下，但要吃它们的卫星，吞食帝国需要上面的碳氢化合物和水；连贫瘠的火星和水星我们也想嚼一嚼，我们想要上面的二氧化碳和金属，这些星球的表面将是一片火海。”

“我们可以去月球避难。据我们所知，吞食帝国在吃地球之前要把月球推开。”

大牙又点点头：“是的，由吞食帝国和地球组成的联合星体引力很大，有可能使月球坠落在大环表面，这种撞击足以毁灭帝国。”

“那就对了，让我们住上去一些人吧，这对你们也没有太大损失。”

“你们打算留多少人？”

“从维持一个文明的最低限度着想，十万吧。”

“可以，但你们得干活儿。”

“干活儿？！什么活儿？”

“把月球从地球轨道推开，这对我们来说也是一件很麻烦的事。”

“可是……”秘书长绝望地抓着头发，“您这等于拒绝人类这点小小的可怜的要求，您知道我们没有这种技术力量的！”

“啊，虫虫，那我不管，再说，不是还有一个世纪吗？”

六、播种核弹

在泛着白光的月球平原上，一群穿着太空服的人站在一个高高的钻塔旁边，吞食帝国高大的使者站在更远一些的地方，仿佛是另一个钻塔。他们注视着一个钢铁圆柱体从钻塔顶端缓缓吊下，沉入钻塔下的深井中，吊索飞快地从井中放下去，三十八万公里外的整个地球世界都在注视着这一幕。当放置物到达井底的信号传来时，包括大牙在内的所有观察者都鼓起掌来，庆祝这一历史性时刻的到来。

推进月球的最后一颗核弹已经就位，这时，距波江晶体和吞食帝国使者到达地球已有一个世纪。

这是一个绝望的世纪，人类在进行着痛苦的奋斗。

上半个世纪，全世界竭尽全力建造月球推进发动机，但这种超级机器始终没能建成，那几台试验用的样机只是给月球表面增加了几座废铁高山，还有几台在试运行时被核聚变的高温熔化成了一片钢水的湖泊。人类曾向吞食帝国使者请求技术支援，推进月球需要的发动机还不及吞食者身上那无数超级发动机的十分之一大，但大牙不答应，还讥讽道：

“别以为知道了核聚变就能造出行星发动机，造出爆竹离造出火箭还差得远呢。其实你们完全没有必要费这么大劲儿，在银河系，一个文明成为更强大文明的家禽是很正常的，你们会发现被饲养是一种多么美妙的生活，衣食无忧，快乐终生，有些文明还求之不得呢，你们感到不舒服，完全是陈腐的人类中心论在作怪。”

于是人类把希望寄托在波江晶体上，但这希望同样落空。波江文明是沿着一条与地球和吞食者完全不同的技术路线发展的，他们的所有技术力量都来自本星的生物体，比如这块晶体，就是波江行星海洋中的一种浮游生物的共生体。对这个世界中生命的这些奇特能力，波江人只是组合和利用，也不知其深层的秘密，而一旦离开本星的生物，波江人的技术就寸步难行了。

浪费了宝贵的五十多年后，绝望的人类突然想出了一个极其疯狂的月球推进方案，这个方案首先由上校提出，当时他是月球推进计划的主要领导人之一，军衔已升为元帅。这个方案尽管疯狂，在技术上要求却不高，人类现有的技术完全可以胜任，以至于人们惊奇为什么没有及早想到它。

新的推进方案很简单，就是在月球的一面大量埋设核弹，这些核弹的埋设深度一般为三千米左右，其埋设的密度以不被周围核弹的爆炸所摧毁为准，这样，将在月球的推进面埋设五百万枚核弹。与这些热核炸弹的当量相比，人类在冷战时期所制造的威力最大的核弹也算常规武器。因此，当这些埋在月球地下的超级核弹爆炸时，与在以前的地下核试验中被窒息在深洞中的核爆炸完全不同，会将上面的地层完全掀起炸飞，在月球的低重力下，被炸飞的地层岩石会达到逃逸速度，脱离月球冲进太空，进而对月球本身产生巨大的推进力。如果每一时刻都有一定数量的核弹爆炸，这种脉冲式的推进力就会变得连续不断，等于给月球装上了强劲的发动机，而使不同位置的核弹爆炸，可以操纵月球的飞行方向。进一步的设计计划是在月面下埋设两层核弹，另一层在第一层之下，约六千米深，这样当上层核弹耗尽，月球推进面被剥去三千米厚的一层时，第二层接着被不断引爆，使“发动机”的运行时间延长一倍。

当晶体中的波江女孩听到这个计划时，认为人类真的疯了："现在我知道，如果你们有吞食者那样的技术力量，会比他们还野蛮！"

但这个计划使大牙赞叹不已："呵呵，虫虫们竟能有这样美妙的想法，我喜欢，喜欢它的粗野，粗野是最美的！！！"

"荒唐，粗野怎么会美？！"波江女孩反驳说。

"粗野当然美，宇宙就是最粗野的！漆黑寒冷的深渊中燃烧着狂躁的恒星，不粗野吗？！宇宙是雄性的，明白吗？！像你们那种女人气的文明，那种弱不禁风的精致和纤细，只是宇宙小角落中一种微不足道的病态而已。"

一百年过去了，大牙仍然生机勃勃，晶体中的波江女孩仍然鲜艳动人，但元帅感到了岁月的力量，一百三十五岁，是老年人了。

这时，吞食者已越过冥王星轨道，它从由波江座－ε星开始的六万年漫长的航程中苏醒了，太空中那个巨大的轮胎变得灯火辉煌，庞大的社会运转起来，准备好了对太阳系的掠夺，吞食者掠过外围行星，沿着陡峭的轨道向地球扑来。

七、人类的第一次和最后一次星战

月球脱离地球的加速开始了。

推进面的核弹开始爆炸时，月球正处于地球白昼的一面，每次爆炸的闪光，都把月球在蓝天上短暂地映现一下，这使得天空中仿佛出现了一只不断眨巴的银色的眼睛。入夜，月球一侧的闪光传过近四十万公里仍能在地面上映出人影，这时还能在月球的后面看到一条淡淡的银色尾迹，它是由从月面炸入太空的岩石构成的。从安装在推进面的摄像机中可以看到，月面被核爆掀起的地层如滔天洪水般涌向太空，向前很快变细，在远方成为一条极细的蛛丝，弯向地球的另一面，描绘出月球加速的轨道。

但人们的注意力都集中在天空中出现的那个恐怖的大环上：吞食者此时已驶近地球，它的引力产生的巨大潮汐已摧毁了所有的沿海城市。吞食者尾部的发动机闪着一圈蓝色的光芒，它正在进行最后的轨道调整，以使其绕太阳运行的轨道与地球保持同步，同时使自己与地球的自转轴线对准在同一直线上，然后它将缓缓向地球移动，将其套入大环中。

月球的加速持续了两个月，这期间在它的推进面平均两三秒钟就爆炸一枚核弹，到目前为止已引爆了二百五十多万枚。加速后的月球环绕地球第二圈的轨道形状已变得很扁，当月球运行到这椭圆轨道的顶端时，应元帅的邀请，大牙同他一起来到了月球面向前进方向的一面，他们站在环形山环绕的平原上，感受着从月球另一面传来的震动，仿佛这颗地球卫星的中心有一颗强劲的心脏。在漆黑的太空背景下，吞食者的巨环光彩夺目，占据了半个天空。

“太棒了，元帅虫虫，真的太棒了！”大牙对元帅由衷地赞叹着，“不过你们要抓紧，只有一圈的加速时间了，吞食帝国可没有等待别人的习惯。我还有个疑问：我们下面十年前就已建成的地下城还空着，那些移民什么时候来？你们的月地飞船能在一个月时间里从地球迁移十万人？”

“不会迁移任何人了，我们将是月球上最后的人类。”

听到这话，大牙吃惊地转过身去，看到了元帅所说的“我们”：这是地球太空部队的五千名将士，在环形山平原上站成严整的方阵，方阵前面，一名士兵展开一面蓝色的旗帜。

“看，这是我们行星的旗帜，地球对吞食帝国宣战了！”

大牙呆呆地站着，迷惑多于惊讶，紧接着，他四脚朝天摔倒了，这是月面突然增加的重力所致。大牙一动不动地趴在地上，他那庞大身体激起的月尘在周围缓缓降落，但很快月尘又扬起来，这是从月球另一面传来的剧烈震波所致，这震动使平原蒙上了一层白色的尘被。大牙知道，在月球的另一面，核弹的爆炸密度突然增加了几倍，从重力的激增他也能推测出月球的加速度增加了几倍。他翻了个滚，从太空服胸前的口袋里掏出硕大的袖珍电脑，调出了月球目前的轨道，他看到，如果这剧增的加速度持续下去，轨道将不再闭合，月球将脱离地球引力冲向太空，一条闪着红光的虚线标示出预测的方向。

月球径直撞向吞食者！

大牙缓缓地站了起来，任手中的电脑掉下去。他抬头看去，在突然增加的重力和波浪般的尘雾中，地球军团的方阵仍如磐石般稳立着。

“持续了一个世纪的阴谋。”大牙喃喃地说。

元帅点点头：“你明白得晚了。”

大牙长叹着说：“我应该想到地球人与波江人是完全不同的两个物种，波江世界是一个以共生为进化基础的生态圈，没有自然选择和生存竞争，更不知战争为何物……我们却用这种习惯思维来套地球人，而你们，自从树上下来后就厮杀不断，怎么可能轻易被征服呢？！我……不可饶恕地失职啊！”

元帅说：“波江人为我们提供了大量重要的信息，其中关于吞食者的加速度极限值就是人类这个作战方案的基础：如果引爆月球上的转向核弹，月球的轨道机动加速度将是吞食者速度极限值的三倍，这就是说它比吞食者灵活三倍，你们不可能躲开这次撞击的。”

大牙说：“其实我们也不是完全没有戒备，当地球开始生产大量核弹时，我们时刻监视着这些核弹的去向，确定它们被放置在月球地层中，可没有想到……”

元帅在面罩后面微微一笑：“我们不会傻到用核弹直接攻击吞食者，地球人那些简陋的导弹在半途中就会被身经百战的吞食帝国全部拦截，但你们无法拦截巨大的月球，也许凭借吞食者的力量最终能击碎它或使其转向，但现在距离已经很近，时间来不及了。”

“狡诈的虫虫，阴险的虫虫，恶毒的虫虫……吞食帝国是心肠实在的文明，把什么都说在明处，可是最终被狡诈阴险的地球虫虫骗了。”大牙咬牙切齿地说，狂怒中想用大爪子抓元帅，但在士兵们指向他的冲锋枪前停住了，他没有忘记自己也是血肉之躯，一梭子子弹足以让他丧命。

元帅对大牙说：“我们要走了，劝你也离开月球吧，不然会死在吞食帝国的核弹之下的。”

元帅说得很对，大牙和人类太空部队刚刚飞离月球，吞食者的截击导弹就击中了月面。这时月球的两面都闪烁着强光，朝向前进方向的一面也有大量的岩石被炸飞到太空中，与推进面不同的是，这些岩石是朝着各个方向漫无目的地飞散开。从地球上看去，撞向吞食者的月球如一个披着怒发的斗士，任何力量都无法阻挡它！在能看到月球的大陆上，人山人海，爆发出狂热的欢呼声。

吞食者的拦截行动只持续了不长的时间就停止了，因为它们发现这毫无意义，在月球走完短暂的距离之前，既不可能使它转向也不可能击碎它。

月球上的推进核弹也停止了爆炸，速度已经足够，地球保卫者要留下足够的核弹进行最后的轨道机动。

一切都沉静下来，在冷寂的太空中，吞食者和地球的卫星静静地相向飘行着，它们之间的距离在急剧缩短，当两者的距离缩短至五十万公里时，从地球统帅部所在的指挥舰上看去，月球已与“轮胎”重叠，像是轴承圈上的一粒钢珠。

直到这时，吞食者的航向也没有任何变化，这是容易理解的：过早的轨道机动会使月球也做出相应的反应，真正有意义的躲避动作要在月球最后撞击前进行，这就像两名用长矛决斗的中世纪骑士，他们骑马越过长长的距离逼近对方，但真正决定胜负是在即将相互接触的一小段距离内。

银河系的两大文明都屏住了呼吸，等待着那最后的时刻。

当距离缩短至三十五万公里时，双方的机动航行开始了。吞食者的发动机首先喷出了上万公里的蓝色烈焰，开始躲避；月球上的核弹则以空前的密度和频率疯狂地引爆，进行着相应的攻击方向修正，它那弯曲的尾迹清楚地描绘出航线的变化。吞食者喷出的上万公里长的蓝色光河的头部镶嵌着月球核弹银色的闪光，构成了太阳系有史以来最壮观的景象。

双方的机动航行进行了三个小时，它们的距离已缩短至五万公里，计算机显示的结果令指挥舰上的人们不敢相信自己的眼睛：吞食者的变轨加速度四倍于波江晶体提供的极限值！以前深信不疑的吞食者的加速度极限，一直是地球人取胜的基础，现在，月球上剩余的核弹已没有能力对攻击方向做出足够的调整，计算表明，即使尽全力变轨，半小时后，月球也将以四百公里的距离与吞食者擦肩而过。

在一阵令人目眩的剧烈闪光后，月球耗尽了最后的核弹，几乎与此同时，吞食者的发动机也关闭了。在死一般的寂静中，惯性定律完成了这篇宏伟史诗的最后章节：月球紧擦着吞食者的边缘飞过，由于其速度很高，吞食者的引力没能将其捕获，但扭弯了它的飘行轨迹，月球掠过吞食者后，无声地向远离太阳的方向飞去。

指挥舰上，统帅部的人们在死一般的沉默中度过了几分钟。

“波江人骗了我们。”一位将军低声说。

“也许，那块晶体只是吞食帝国的一个圈套！”一位参谋喊道。

统帅部瞬间陷入一片混乱，每个人都声嘶力竭地叫喊着，以掩盖或发泄自己的绝望，几名文职人员或哭泣或抓着自己的头发，精神已到了崩溃的边缘，只有元帅仍静静地站在大显示屏前，他慢慢转过身来，用一句话稳住了局面：

“我提请各位注意一个现象：吞食者的发动机为什么要关闭？”

这话引起了所有人的思考，是的，在月球耗尽核弹后，敌人的发动机没有理由关闭，因为它们不可能知道月球上是否还剩有核弹，同时考虑吞食者的引力捕获月球的危险，也应该继续进行躲避加速，继续拉开与月球攻击线的距离，而不可能仅仅满足于这四百公里的微小间距。

“给我吞食者外表面的近距离图像。”元帅说。

大屏幕上出现了一幅全息画面，这是一个飞掠吞食者的地球小型高速侦查器在其表面五百公里上空传回的，吞食者灯光灿烂的大陆历历在目，人们敬畏地看着那线条粗放的钢铁山脉和峡谷缓缓移过。一条黑色的长缝引起了元帅的注意，在过去的一个世纪中，他已记熟了吞食者外表面的每一个细节，绝对肯定这条长缝以前是不存在的。很快别人也注意到了：

“这是什么？一条……裂缝？”

“是的，裂缝，一条长达五千公里的裂缝。”元帅点点头说，“波江人没有骗我们，晶体带来的资料是真实的，那个加速度极限确实存在，但当月球逼近时，绝望的吞食者不顾一切地用超限四倍的加速度来躲避，这就是超限加速的后果：它被撕裂了。”

接下来，人们又发现了另外几条裂缝。

“看啊，那又是什么？！”又有人惊叫，这时吞食者的自转正使它表面的另一部分进入视野，金属大陆的边缘上出现了一个刺目的光球，如同它那辽阔地平线上的日出一般。

“自转发动机！”一名军官说。

“是的，是吞食者赤道上很少启动的自转发动机，它此时正在以最大功率刹住自转！”

“元帅，这证实了您的看法！！！”

“尽快用各种观测手段取得详细资料，进行模拟！”元帅说，但在这之前一切已在进行中了。

经一个世纪建立起来的精确描述吞食者物理结构的数学模型，在从前方取得必需的数据后高速运转，模拟结果很快出来了：需近四十小时的时间，自转发动机才能把吞食者的自转速度减至毁灭值之下，而如果高于这个转速，离心力将使已被撕裂的吞食者在十八个小时内完全解体。

人们欢呼起来。

大屏幕上接着映出了吞食者解体时的全息模拟图像：解体的过程很慢，如同梦幻，在漆黑太空的背景上，这个巨大的世界如同一团浮在咖啡上的奶沫一样散开来，边缘的碎块渐渐隐没于黑暗之中，仿佛被太空融解了，只有不时出现的爆炸的闪光才使它们重新现形。

元帅并没有同人们一起观赏这令人心旷神怡的画面，他远离人群，站在另一块大屏幕前注视着现实中的吞食者，脸上没有一点胜利的喜悦。冷静下来的人们注意到了他，也纷纷站到这个屏幕下，他们发现，吞食者尾部的蓝色光环又出现了，它再次启动了推进发动机。在环体已经被严重损伤的情况下，这似乎是一个不可理解的错误，这时任何微小的加速度都可能导致大环解体。而吞食者的运行方向更让人迷惑：它正在缓缓回到躲避月球攻击前所在的位置，谨慎地建立与地球同步的太阳轨道，并使自己和地球的自转轴对准在一条直线上。

“怎么？这时它还想吃地球？”有人吃惊地说，他的话引起了稀疏的笑声，但笑声戛然而止，人们看到了元帅的表情：他已不再看屏幕，双眼紧闭，苍白的脸上毫无表情。一个世纪以来，作为抗击吞食者的精神支柱之一，太空将士们已经熟悉了他的音容，他们从来没有见到他像这样。人们冷静下来，再看屏幕，终于明白了一个严峻的现实：

吞食者还有一条活路。

吞食地球的航行开始了，已与地球运行同步、自转同轴的吞食者向着这颗行星的南极移动。如果它慢了，会在自转的离心力下解体；如果太快，推进的加速度可能使其提前解体。吞食者正走在一条生存的钢丝绳上，它必须绝对正确地把握住时间和速度的平衡。

在地球的南极被套入大环前的一段时间，太空中的人们看到，南极大陆的海岸线形状在急剧变化，这个大陆像一块热煎锅上的牛油一样缩小着面积，地球的海水在吞食者引力的拉动下涌向南极，地球顶端那块雪白的大陆正在被滔天巨浪所吞没。

这时吞食者大环上的裂缝越来越多，且都在延长扩宽，最初出现的那几条裂缝已不再是黑色的，里面透出了暗红色的火光，像几千公里长的地狱之门。有几条蛛丝般的白色细线从大环表面升起，接下来这样的细线越来越多，出现在大环的每一部分，仿佛吞食者长出了稀疏的头发。这是从大环上发射的飞船的尾迹，吞食者开始从他们将要毁灭的世界逃命了。

但当地球被大环吞入一半时，情况发生了逆转：地球的引力像无数根无形的辐条拉住了正在解体的大环，吞食者表面不再有新的裂缝出现，已有的裂缝也停止了扩展。十四小时过去后，地球被完全套入大环，它那引力的辐条变得更加强劲有力，吞食者表面的裂缝开始缩小，又过了五个小时，这些裂缝完全合拢了。

在指挥舰上，统帅部的大屏幕都黑了，甚至连灯都灭了，只有太阳从舷窗中投进惨白的光芒。为了产生人工重力，飞船中部仍在缓缓旋转，使得太阳从不同位置的舷窗中升升降降，光影流转，仿佛在追溯着人类那已永远成为过去的日日夜夜。

“谢谢各位在过去一个世纪中尽职尽责的工作，谢谢。”元帅说，并向统帅部的全体人员敬礼，在将士们的注视下，他平静地整理了一下自己的军装，其他的人也这样做了。

人类失败了，但地球保卫者们已经尽到了自己的责任，对于尽责的战士来说，这一时刻仍是辉煌的，他们接受了平静的良心授予自己的无形的勋章，他们有权享受这一时光。

尾声：归 宿

“真的有水啊！”一名年轻上尉惊喜地叫出来，面前确实是一片广阔的水面，在昏黄的天空下泛着粼粼波光。

元帅摘下太空服的手套，捧起一点水，推开面罩尝了尝，又赶紧将面罩合上：“嗯，还不是太咸。”看到上尉也想打开面罩，他制止说，“会得减压病的，大气成分倒没问题，硫黄之类的有毒成分已经很淡了，但气压太低，相当于战前的一万米高空。”

又一名将军在脚下的沙子中挖着什么，“也许会有些草种子的。”他抬头对元帅笑笑说。

元帅摇摇头：“这里战前是海底。”

“我们可以到离这里不远的11号新陆去看看，那里说不定会有。”那名上尉说。

“有也早烤焦了。”有人叹息道。

大家举目四望，地平线处有连绵的山脉，它们是最近一次造山运动的产物，青色的山体由赤裸的岩石构成，从山顶流下的岩浆河发着暗红的光，使山脉像一个巨人淌血的躯体，但大地上的岩浆河已经消失了。

这是战后二百三十年的地球。

战争结束后，统帅部幸存的一百多人在指挥舰上进入冬眠器，等待着地球被吞食者吐出后重返家园。指挥舰则成为一颗卫星，在一个宽大的轨道上围绕着由吞食者和地球组成的联合星体运行。在以后的时间里，吞食帝国并没有打扰他们。

战后第一百二十五年，指挥舰上的传感系统发现吞食者正在吐出地球，就唤醒了一部分冬眠者。当这些人醒来后，吞食者已飞离地球，向金星方向航行，而这时的地球已变成一颗人们完全陌生的行星，像一块刚从炉子里取出的火炭，海洋早已消失，大地覆盖着蛛网般的岩浆河流。他们只好继续冬眠，重新设定传感器，等待着地球冷却，这一等又是一个世纪。

冬眠者们再次醒来时，发现地球已冷却成一个荒凉的黄色行星，剧烈的地质运动已经平息下来，虽然生命早已消失，但有稀薄的大气，甚至还发现了残存的海洋，于是他们就在一个大小如战前内陆湖泊的残海边着陆了。

一阵轰鸣声，就是在这稀薄的空气中也震耳欲聋，那艘熟悉的外形粗笨的吞食帝国飞船在人类的飞船不远处着陆，高大的舱门打开后，大牙拄着一根电线杆长度的拐杖颤巍巍地走下来。

“啊，您还活着？！有五百岁了吧？”元帅同他打招呼。

“我哪能活那么久啊，战后三十年我也冬眠了，就是为了能再见你们一面。”

“吞食者现在在哪儿？”

大牙指向天空的一个方向：“晚上才能看见，只是一个暗淡的小星星，它已航出木星轨道。”

“它在离开太阳系吗？”

大牙点点头：“我今天就要起程去追它了。”

“我们都老了。”

“老了……”大牙黯然地点点头，哆嗦着把拐杖换了手，“这个世界，现在……”他指指天空和大地。

“有少量的水和大气留了下来，这算是吞食帝国的仁慈吗？”

大牙摇摇头：“与仁慈无关，这是你们的功绩。”

地球战士们不解地看着大牙。

“哦，在那场战争中，吞食帝国遭受了前所未有的创伤，在那次大环撕裂中死了上亿人，生态系统也被严重损坏，战后用了五十个地球年的时间才初步修复。这以后才有能力开始对地球的咀嚼。但你知道，我们在太阳系的时间有限，如果不能及时离开，有一片星际尘埃会飘到我们前面的航线上，如果绕道，我们到达下一个恒星系的时间就会晚一万七千年，那颗恒星将会发生变化，烧毁我们要吞食的那几颗行星，所以对太阳几颗行星的咀嚼就很匆忙，吃得不太干净。”

“这让我们感到许多安慰和荣誉。”元帅看看周围的人们说。

“你们当之无愧，那真是一场伟大的星际战争，在吞食帝国漫长的征战史中，你们是最出色的战士之一！直到现在，帝国的行吟诗人还在到处传唱着地球战士史诗般的战绩。”

“我们更想让人类记住这场战争，对了，现在人类怎样了？”

“战后大约有二十亿人类移居到吞食帝国，占人类总数的一半。”大牙说着，打开了他的手提电脑宽大的屏幕，上面映出人类在吞食帝国生活的画面：蓝天下一片美丽的草原，一群快乐的人在歌唱舞蹈，一时难以分辨出这些人的性别，因为他们的皮肤都是那么细腻白嫩，都身着轻纱般的长服，头上装饰着美丽的花环。远处有一座漂亮的城堡，其形状显然来自地球童话，色彩之鲜艳，如同用奶油和巧克力建造的。镜头拉近，元帅细看这些漂亮人儿的表情，确信他们真的是处于快乐之中，这是一种真正无忧无虑的快乐，如水晶般单纯，战前的人类只在童年能够短暂地享受。

“必须保证他们的绝对快乐，这是饲养中起码的技术要求，否则肉质得不到保证。地球人是高档食品，只有吞食帝国的上层社会才有钱享用，这种美味像我都是吃不起的。哦，元帅，我们找到了您的曾孙，录下了他对您说的话，想看吗？”

元帅吃惊地看了大牙一眼，点点头。屏幕上出现了一个皮肤细嫩的漂亮男孩，从面容上看他可能只有十岁，但身材却有成年人那么高，他一双女人般的小手儿拿着一个花环，显然是刚刚被人从舞会上叫过来，他眨着一双水灵灵的大眼睛说：“听说曾祖父您还活着？我只求您一件事，千万不要来见我啊！我会恶心死的！想到战前人类的生活我们都会恶心死的，那是狼的生活、蟑螂的生活！你和你的那些地球战士还想维持这种生活，差一点儿真的阻止人类进入这个美丽的天堂了！变态！您知道您让我多么羞耻，您知道您让我多么恶心吗？呸！不要来找我！呸！快死吧你！！！”说完他又蹦跳着加入草原上的舞会中去了。

大牙首先打破了尴尬的沉默：“他将活过六十岁，能活多久就活多久，不会被宰杀。”

“如果是因为我的缘故，十分感谢。”元帅凄凉地笑了一下说。

“不是，在得知自己的身世后，他很沮丧，也充满了对您的仇恨，这类情绪会使他的肉质不合格的。”

大牙感慨地看着面前这最后一批真正的人，他们身上的太空服已破旧不堪，脸上都深刻着岁月的沧桑，在昏黄的阳光中如同地球大地上一群锈迹斑斑的铁像。

大牙合上电脑，充满歉意地说：“本来不想让大家看这些的，但你们都是真正的战士，能够勇敢地面对现实，要承认……”他犹豫了一下才说，“人类文明完了。”

“是你们毁灭了地球文明，”元帅凝视着远方说，“你们犯下了滔天罪行！”

“我们终于又开始谈道德了。”大牙咧嘴一笑说。

“在入侵我们的家园并极其野蛮地吞食一切后，我不认为你们还有这个资格。”元帅冷冷地说。其他的人不再关注他们的谈话，吞食者文明冷酷残暴的程度已超出人类的理解力，人们现在真的没有兴趣再同其进行道德方面的交流了。

“不，我们有资格，我现在还真想同人类谈谈道德……‘您怎么拿起来就吃啊！’”

大牙最后这句话让所有人浑身一震，这话不是从翻译器中传出，而是大牙亲口说的，虽然嗓门震耳，但他对三个世纪前元帅的声调模仿得惟妙惟肖。

大牙通过翻译器接着说：“元帅，您在三百年前的那次感觉是对的：星际间的不同文明，其相似要比差异更令人震惊，我们确实不应该这么像。”

人们都把目光聚焦在大牙身上，他们都预感，一个惊天的大秘密将被揭开。

大牙动动拐杖使自己站直，看着远方说：“朋友们，我们都是太阳的孩子，地球是我们共同的家园，但我们比你们更有权利拥有它！因为在你们之前的一亿四千万年，我们的先祖就在这个美丽的行星上生活，并创造了灿烂的文明。”

地球战士们呆呆地看着大牙，身边的残海跳跃着昏黄的阳光，远方的新山脉流淌着血红的岩浆，越过六千万年的沧桑时光，曾经覆盖地球的两大物种在这劫后的母亲星球上凄凉地相会了。

“恐——龙——”有人低声惊叫。

大牙点点头：“恐龙文明崛起于一亿地球年之前，就是你们地质纪年的中生代白垩纪中期，在白垩纪晚期达到鼎盛。我们是一个体形巨大的物种，对生态的消耗量极大，随着恐龙数量的急剧增加，地球生态圈已难以维持恐龙社会的生存，接着又吃光了刚刚拥有初级生态的火星。地球上恐龙文明的历史长达两千万年，但恐龙社会真正的急剧膨胀也就是几千年的事，其在生态上造成的影响从地质纪年的长度看很像一场突然爆发的大灾难，这就是你们所猜测的白垩纪灾难。

“终于有那么一天，所有的恐龙都登上了十艘巨大的世代飞船，驶向茫茫星海。这十艘飞船最后合为一体，每到达一个有行星的恒星就扩建一次，经过六千万年，就成为现在的吞食帝国。”

“为什么要吃掉自己的家园呢？恐龙没有一点怀旧感吗？”有人问。

大牙陷入了回忆：“说来话长，星际空间确实茫茫无际，但与你们的想象不同，真正适合我们高等碳基生物生存的空间并不多。从我们所在的位置向银河系的中心方向，走不出两千光年就会遇到大片的星际尘埃，在其中既无法航行也无法生存，再向前则会遇到强辐射和大群游荡的黑洞……如果向相反的方向走呢，我们已在旋臂的末端，不远处就是无边无际的荒凉虚空。在适合生存的这片空间中，消耗量巨大的吞食帝国已吃光了所有的行星。现在，我们的唯一活路是航行到银河系的另一旋臂去，我们也不知道那里有什么，但在这片空间待下去肯定是死路一条。这次航行要持续一千五百万年，途中一片荒凉，我们必须在起程前贮备好所有的消耗品。这时的吞食帝国就像一个正在干涸的小水洼中的一条鱼，它必须在水洼完全干掉之前猛跳一下，虽然多半是落到旱地上在烈日下死去，但也有可能落到相邻的另一个水洼中活下去……至于怀旧感，在经历了几千万年的太空跋涉和数不清的星际战争后，恐龙种族早已是铁石心肠了，为了前面千万年的航程，吞食帝国要尽可能多吃一些东西……文明是什么？文明就是吞食，不停地吃啊吃，不停地扩张和膨胀，其他的一切都是次要的。”

元帅深思着说：“难道生存竞争是宇宙间生命和文明进化的唯一法则？难道不能建立起一个自给自足的、内省的、多种生命共生的文明吗？像波江文明那样。”

大牙长出一口气说：“我不是哲学家，也许可能吧，关键是谁先走出第一步呢？自己生存是以征服和消灭别人为基础的，这是这个宇宙中生命和文明生存的铁的法则，谁要首先不遵从它而自省起来，就必死无疑。”

大牙转身走上飞船，再出来时端着一个扁平的方盒子，那个盒子有三四米见方，起码要四个人才能抬起来。大牙把盒子平放到地上，掀起顶盖，人们看到盒子里装满了土，土上长着一片青草，在这已无生命的世界中，这绿色令所有人心动。

“这是一块战前地球的土地，战后我使这片土地上的所有植物和昆虫都进入冬眠，现在过了两个多世纪，又使它们同我一起苏醒。本想把这块土地带走做个纪念的，唉，现在想想还是算了吧，还是把它放回它该待的地方吧，我们从母亲星球拿走的够多了。”

看着这一小片生机盎然的地球土地，人们的眼睛湿润了，他们现在知道，恐龙并非铁石心肠，在那比钢铁和岩石更冷酷的鳞甲后面，也有一颗渴望回家的心。

大牙一挥爪子，似乎想把自己从某种情绪中解脱出来："好了朋友们，我们一起走吧，到吞食帝国去，"看到人们的表情，他举起一只爪子，"你们到那里当然不是作为家禽饲养，你们是伟大的战士，都将成为帝国的普通公民，你们还会得到一份工作：建立一个人类文明博物馆。"

地球战士们都把目光集中到元帅身上，他想了想，缓缓地点了点头。

地球战士们一个接一个地上了大牙的飞船，那为恐龙准备的梯子他们必须一节一节引体向上爬上去。元帅是最后一个上飞船的人，他双手抓住飞船舷梯最下面的一节踏板的边缘，在把自己的身体拉离地面的时候，他最后看了一眼脚下的地球土地，此后他就停在那里看着地面，很长时间一动不动。他看到了——

蚂蚁。

这蚂蚁是从那个盒子中的土地里爬出来的，元帅放开抓着踏板的双手，蹲下身，让它爬到手上，举起那只手，细细地看着它，它那黑宝石般的小身躯在阳光下闪闪发亮。元帅走到盒子旁，把这只蚂蚁放回到那片小小的草丛中，这时他又在草丛间的土面上发现了其他几只蚂蚁。

他站起身来，对刚来到身边的大牙说："我们走后，这些草和蚂蚁是地球上仅有的生命了。"

大牙默默无语。

元帅说："地球上的文明生物有越来越小的趋势，恐龙、人，然后可能是蚂蚁，"他又蹲下来深情地看着那些在草丛间穿行的小生命，"该轮到它们了。"

这时，地球战士们又纷纷从飞船上下来，返回到那块有生命的地球土地前，围成一圈深情地看着它。

大牙摇摇头说："草能活下去，这海边也许会下雨的，但蚂蚁不行。"

"因为空气稀薄吗？看样子它们好像没受影响。"

“不，空气没问题，与人不同，在这样的空气中它们能存活，关键是没有食物。”

“不能吃青草吗？”

“那就谁也活不下去了：在稀薄的空气中青草长得很慢，蚂蚁会吃光青草然后饿死，这倒很像吞食文明可能的最后结局。”

“您能从飞船上给它们留下些吃的吗？”

大牙又摇头：“我的飞船上除了生命冬眠系统和饮用水外什么都没有，我们在追上帝国前需要冬眠，你们的飞船上还有食物吗？”

元帅也摇摇头：“只剩几支维持生命的注射营养液，没用的。”

大牙指指飞船：“我们还是抓紧时间吧，帝国加速很快，晚了我们会追不上它的。”

沉默。

“元帅，我们留下来。”一名年轻中尉说。

元帅坚定地点点头。

“留下来？干什么？！”大牙轮流着看看他们，惊讶地问，“你们飞船上的冬眠装置已接近报废，又没有食品，留下来等死吗？”

“留下来走出第一步。”元帅平静地说。

“？”

“您刚才提过的新文明的第一步。”

“你们……要作为蚂蚁的食物？！”

地球战士们都点点头。

大牙无言地注视了他们很长时间，然后转身拄着拐杖慢慢走向飞船。

“再见，朋友。”元帅在大牙身后高声说。

老恐龙长长地叹息了一声：“在我和我的子孙前面，是无尽的暗夜、不休的征战，茫茫宇宙，哪里是家哟。”人们看到他的脚下湿了一片，不知道是不是一滴眼泪。

恐龙的飞船在轰鸣中起飞，很快消失在西方的天空，在那个方向，太阳正在落下。

最后的地球战士们围着那块有生命的土地默默地坐了一会儿，然后，从元帅开始，大家纷纷掀起面罩，在沙地上躺了下来。

时间在流逝，太阳落下，晚霞使劫后的大地映在一片美丽的红光中，然后，有稀疏的星星在天空中出现。元帅发现，一直昏黄的天空这时居然现出了深蓝色。在稀薄的空气夺去他的知觉前，更令他欣慰的是，他的太阳穴上有轻微的骚动感，蚂蚁正在爬上他的额头，这感觉让他回到了遥远的童年，在海边两棵棕榈树上拴着的一个小吊床上，他仰望着灿烂的星海，妈妈的手抚过他的额头……

夜晚降临了，残海平静如镜，毫不走样地映着横天而过的银河，这是这个行星有史以来最宁静的一个夜晚。

在这宁静中，地球重生了。

太原诅咒

诅咒 1.0 诞生于 2009 年 12 月 8 日。

这是金融危机的第二年，人们本来以为危机已快要结束了，没想到只是开始，所以社会处于一种焦躁的情绪中，每个人都需要发泄，并积极创造发泄的方式，诅咒的诞生也许与这种氛围有关。诅咒的作者是一个女孩儿，18 岁至 28 岁之间，关于她，后来的 IT 考古学家们能知道的就这么多。诅咒的对象是一个男孩儿，20 岁，他的情况却都记载得很清楚，他叫撒碧，在太原工业大学上大四。他和那女孩儿之间发生的事儿没什么特别的，也就是少男少女之间每天都在发生的那些个事儿，后来有上千个版本，这里面可能有一个版本是真实的，但人们不知道是哪一个。反正他们之间的事情都结束后，那女孩儿对那男孩儿是恨透了，于是编写了诅咒 1.0。

女孩儿是个编程高手，真的不知道她是怎样学来的这个本事。在这个 IT 从业者人数急剧膨胀的年代，真正精通系统底层编程的人却并未增加，因为能用的工具太多了，也太方便了，没必要像苦力似的一行行编代码，大部分都可以用工具直接生成。即使像女孩儿要做的编写病毒这样的活计也是一样，有众多的功能强大的黑客工具。所谓编写病毒，不过是把几个现成模块组装起来就行，或更简单些，对单个模块修改一下即可。在诅咒之前大规模流行的最后一个病毒“熊猫烧香”就是这么弄出来的。但这个女孩儿却是从头做起，没有借助任何工具，自己一行一行地写代码，像勤劳的农家女用原始的织布机把棉线一根一根织成布。想象她伏在电脑前咬牙切齿敲键盘的样子，我们不由得想起海涅的《西里西亚织工》中的两句诗：老德意志，我们在织你的尸布，我们织！我们织！！！

诅咒 1.0 是历史上在传播方面最成功的计算机病毒，它成功的主要原因在两个方面。第一个原因，诅咒不对感染者进行任何破坏（其实其他的病毒大部分也没有破坏企图，极少的破坏是由于其低劣的传播或表现技术所导致，诅咒在避免传播中的副作用方面做得很完善）。它的表现也很克制，在大部分被感染的电脑上没有任何表现，只有当系统条件组合符合某一条件时（大约占总感染数的十分之一），才会表现，且每台机器只表现一次。具体的表现方式为：在被感染的电脑上弹出一行字：

撒碧去死吧！！！

如果点击这行字，就会出现关于撒碧更进一步的信息，告诉你这个被诅咒者是中国山西省太原市太原工业大学 ×× 系 ×× 专业 ×× 班 ×× 宿舍楼 ×× 寝室的。如果不点击，这行字将在 3 秒钟内消失，且永不在这台电脑上重新出现。因为被记忆的有硬件信息，所以即使重装系统后也一样。

诅咒 1.0 成功传播的第二个原因在于系统拟态技术，这倒不是女孩儿的发明，但这项技术被她熟练地运用到了极致。系统拟态就是把病毒代码的很多部分做成与系统代码相同，且采用与系统进程类似的行为方式，杀毒软件在杀灭该病毒时，极有可能把系统也破坏掉，最后不得不使其投鼠忌器。其实，瑞星、Norton 等都曾盯上过诅咒 1.0，但却发现惹上了越来越多的麻烦，甚至发生过比 Norton 在 2007 年误删 Windows XP 系统文件更恶劣的后果。加上诅咒 1.0 在传播中没出现任何破坏行为，且所占系统资源也微不足道，就先后把它从病毒特征库中删掉了。

诅咒诞生之日，正是写科幻的刘慈欣第 264 次因公来太原之时。尽管这是他最讨厌的一座城市，但每次来时还都要逛街，都是到柳巷的一个小店去为他那老掉牙的 Zippo 打火机买一瓶专用汽油，这是目前极少数不能从淘宝或易贝邮购的东西。前两天刚下过雪，像每次下雪一样，这时的雪地被压成了黑乎乎的冰，他摔了一跤，屁股的疼让他忘了在进火车站时把那一小瓶汽油从旅行包中拿出来装到衣袋中，结果过安检时被查了出来，没收后又罚款 200 元。

他更讨厌这座城市了。

诅咒 1.0 流传下去，五年，十年，它仍然在日益扩展的网络世界静悄悄地繁衍生息。

这期间，金融危机过去了，繁荣再次到来。随着石油资源的渐渐枯竭，煤炭在世界能源中的比重迅速增加，地下的黑金为山西带来了滚滚财源，使其成为亚洲的阿拉伯，省会太原自然也就成了新的迪拜。这是一个具有煤老板性格的城市，过去穷怕了，即使在 21 世纪初仍处于贫寒的日子里，也是下面穿露屁股的破裤子，上身着名牌西装，在下岗工人成天堵大街的情况下建起国内最豪华的歌厅和洗浴中心。现在成了真正的暴发户，更是在歇斯底里的狂笑中穷奢极欲，迎泽大街两旁的超高建筑群令上海浦东相形见绌，而这条除长安街外全国最宽直的大街则成了终日难见阳光的深谷。有钱和没钱的人怀着梦想和欲望涌入这座城市，立刻忘记了自己是谁和想要什么，只是跌入繁华喧闹的旋涡旋转着，一年转三百六十五圈。

这天，第 397 次来太原的刘慈欣又到柳巷去买汽油，忽见街上有一位飘逸帅哥，他的长发中那一缕雪白格外引人注目，他就是先写科幻后写奇幻再后来科奇都写的潘大角。被太原的繁荣所吸引，大角抛弃上海移居太原。大刘和大角当初分别处于科幻的硬、软两头儿，此时相见不亦乐乎。在一家头脑店（头脑是本地的一种传统美食）酒酣耳热之时，刘慈欣眉飞色舞地说出了自己下一步的宏伟创作计划：计划写一部 10 卷 300 万字的科幻史诗，描写 200 个文明的 2000 次毁灭和多次因真空衰变而发生的宇宙格式化，最后以整个已知宇宙漏入一个抽水马桶般的超级黑洞结束。大角很受感染，认为两人有合作的可能：同一个史诗构思，刘慈欣写硬的不能再硬的科幻版，面向男读者；大角写软的不能再软的奇幻版，面向 MM 们。大刘、大角一拍即合，立刻抛弃一切俗务投身创作。

在诅咒 1.0 十岁生日时，它的末日也快到了。Vista 以后，微软实在难以找到对操作系统频繁升级的理由，这多少延长了诅咒 1.0 的寿命。但操作系统就像暴发户的老婆，升级总是不可避免的，诅咒 1.0 代码的兼容性越来越差，很快就将沉入网络海洋的底部，成为死亡的沙子，销声匿迹。但正在这时，诞生了一门新的学科：IT 考古学。按说网络世界的历史还不到半个世纪，没什么古可考，可仍然有很多怀旧的人热衷此道。IT 考古主要是发掘那些仍活在网络世界某些犄角旮旯的东西，比如 10 年来都没有点击过但仍能点开的网页，20 年没有人光顾但仍能注册发帖的 BBS 等。这些虚拟古董中，来自“远古”的病毒是 IT 考古学家们最热衷寻找的，如果能找到一个 10 多年前诞生的仍在网上活着的病毒，就有在天池中发现恐龙一般的感觉。

诅咒 1.0 被发现了，发现者把病毒的全部代码升级到新的操作系统下，这样就能保证它再存活 10 年。这人并没有张扬，也许这是为了他（她）所珍爱的这件古董更顺利地存活下去。这就是诅咒 2.0。人们把 10 年前诅咒 1.0 的创造者叫诅咒始祖，把这个 IT 考古学家叫诅咒升级者。

诅咒 2.0 在网上出现的那一刻，在太原火车站附近的一个垃圾桶旁，大刘和大角正在争抢刚从桶中翻找到的半袋方便面。他们卧薪尝胆五六年，各自写出两部 300 万字的 10 卷本科幻和奇幻史诗，书名分别为《三千体》和《九万洲》。两人对这两部巨作充满信心，但找不到出版者，于是一起变卖了包括房子在内的全部家产并预支了所有退休金自费出版，最后，《三千体》和《九万洲》的销量分别是 15 本和 27 本，总数 42 本，科幻迷都知道这是个吉利的数字。在太原举行的同样是自费的隆重签售仪式后，两人就开始了流浪生涯。

太原是一个最适合流浪的城市，在这个穷奢极欲的大都市里，垃圾桶里的食品是取之不尽的，最次也能找到几粒被丢弃的工作丸（见后文）。住的地方也问题不大，太原模仿迪拜，在每一个公交候车亭里都装上了冷暖空调。如果暂时厌倦街头，还可以去救助站待几天，那里不仅有吃有住，而且太原久已繁荣的性服务业还响应政府的号召，把每周日定为对弱势群体的性援助日，救助站就是那些来自红灯区的志愿者们开展活动的地方之一。在城市各阶层幸福指数调查中，盲流、乞丐位列榜首，所以大刘和大角都后悔没有早些投入这种生活。

两人最惬意的时候是《科幻大王》编辑部每周一次的请客，一般都是去唐都这样的高级地方。太原的《科幻大王》杂志深得科幻的精髓，知道这种文学体裁的灵魂就是神奇感和疏离感，而现在高技术幻想已经没有这种感觉了，技术奇迹是最平淡不过的事儿，每天都在发生。倒是低技术具有神奇感和疏离感，于是他们创立了幻想未来低技术时代的反浪潮科幻，取得了巨大成功，迎来了世界科幻的第二个黄金时代。为了彰显反浪潮科幻的理念，《科幻大王》编辑部拒绝一切电脑和网络，只接收手写稿件，用铅字排版印刷，还用每匹相当于一辆宝马车的价格买回几十匹蒙古马，并在编辑部旁建设豪华的马厩，杂志社人员出行一律骑着绝对没有上网的骏马，城市某处如果听到嘚嘚的清脆马蹄声，那就是 SFK 编辑部的人来了。他们常请刘慈欣和大角吃饭，除了他们以前写过科幻外，还因为虽然他们现在写的科幻已经很不科幻了，但他们自己按照反浪潮科幻的理念却是十分科幻的，因为他们上不起网，技术也很低。

SFK、大刘和大角都不知道，他们的这个共同特点将会救他们的命。

诅咒 2.0 又流传了 7 年，这时，一个后来被称为“诅咒武装者”的女人发现了它。她仔细研究了诅咒 2.0 的代码，即使经过升级，她仍能感受到 17 年前诅咒始祖的仇恨和怨念。她与始祖有着相同的经历，也处于每天像牙痛般咒恨某个男人的阶段，但她觉得那个 17 年前的女孩儿既可怜又可笑：这么做有何意义？真能动那个臭男人一根汗毛吗？这就像百年前的怨女们在写了名字的小布人儿上扎针的愚蠢游戏一样，解决不了任何问题，结果只能使自己更郁闷。还是让姐姐来帮帮你吧（正常情况下诅咒始祖应该活着，但诅咒武装者肯定要叫她阿姨了）。

17 年后的今天已经完全是一个新时代了，这时，世界上的一切都落网了。这么说是因为，在 17 年前网络上的东西只能在电脑上看到，但今天的网络就像一棵超级圣诞树，这世界上的几乎所有东西都挂在上面闪闪发光。以家庭为例，家里所有通电的东西都联上了网并受其控制，甚至连指甲刀和开瓶器也不例外，前者可通过剪下来的指甲判断你是否缺钙并通过短信或 E-mail 告知；后者可判断酒是否真品并发出中奖通知，而对于过度酗酒者，则间隔很长时间才能开一次瓶……在这种情况下，通过诅咒病毒直接操纵硬件世界成为可能。

诅咒武装者给诅咒 2.0 增加了一个功能：如果撒碧坐出租车，就撞死他！

其实对于这个时代的一个 AI 编程高手来说，这点并不难做到。现在的汽车已经全部无人驾驶，网络就是驾驶员，乘客上出租车时要刷卡，这时新的诅咒就可通过信用卡识别他的身份。只要上了车并被识别，杀他的方法数不胜数，最简单的就是径直撞向路边的建筑物，或从桥上开下去。但诅咒武装者想了想，并不愿简单地撞死撒碧，而是为他选择了一个更为浪漫的死法，完全配得上他对 17 年前的那个妹妹做的事（其实诅咒武装者和别人一样，根本不知道撒碧对始祖做错了什么，也可能错根本不在这男孩儿）。经她升级的诅咒在得知目标上车后，就不理会他设定的目的地，疯狂猛开，从太原一直开到张家口，那里再向前就是一片沙漠了，车就停在沙漠深处，并切断与外界的一切通信联系（这时诅咒已经驻留车内电脑，无须网络了）。这辆出租车被发现的可能性很小，即使偶尔有人或车靠近，它就会立刻躲到沙漠的另一处。无论过去多长时间，车门从内部是绝对打不开的。这样，如果在冬天，撒碧将被冻死；如果在夏天，撒碧将被热死；如果在春天、秋天，撒碧将被渴死、饿死。

就这样，诅咒 3.0 诞生了，这是真正的诅咒。

诅咒武装者是此方面的艺术家，这也是一族新新人类，他们通过操纵网络做出一些没有实际意义但具有美感（当然这个时代的美感与十几年前的不是一回事了）的行为艺术，比如让全城的汽车同时鸣笛并奏出某种旋律，让大酒店的亮灯窗口组成某个图形等。诅咒 3.0 就是一件这样的作品，不管它是否真能实现其功能，它本身就构成了一件卓越的艺术品，因而在 2026 年上海现代艺术双年展上得到好评。虽然因其人身伤害内容被警方宣布为非法的，但仍在网上进一步流传开来，众多的 AI 艺术家加入了对这一作品的集体创作，诅咒 3.0 飞快进化，越来越多的功能被添加进来：

如果撒碧在家，煤气熏死他！这也比较容易，因为每家的厨房都由网络控制，这样户主们就可以在外面遥控厨房做饭，这当然包括打开煤气的功能，而诅咒 3.0 当然可以使房间里的有害气体报警器失效。

如果撒碧在家，放火烧死他！很容易，包括煤气在内，家里有很多可以点火的东西，如摩丝、发胶什么的，都联在网上（可通过网络由专业发型师做头发），火焰报警器和灭火器当然也可以失效。

如果撒碧洗澡，放开水烫死他！如上，很容易。

如果撒碧去医院看病，开药毒死他！这个稍有些复杂，给目标开特定的药是很容易的，因为现在医院的药房全部是自动取药，且药库系统都联网。关键是药品的包装问题，撒碧不是 SB，要让他拿到药后愿意吃才行。要做到这点，诅咒 3.0 需要追溯到制药厂的生产包装和销售环节，要有一盒表里不一的药只卖给目标。真的有些复杂，但能做到，而且对于 AI 艺术来说，越复杂，作品的观赏价值就越高。

如果撒碧坐飞机，摔死他！这不容易，比出租车操作难多了，因为被诅咒的只有撒碧一人，诅咒 3.0 不能杀死其他人，而撒碧大概没有专机，所以摔死他是不可能的。但可以这样：目标所乘的飞机舱内突然在高空失压（用开舱门或别的什么办法），这时，在所有乘客都戴上的氧气面罩中，只有撒碧的面罩中没有氧气。

如果撒碧吃饭，噎死他！这个看似荒唐，其实十分简单。现代社会的超快节奏催生了超快餐食品，就是一粒小小的药丸，名叫工作丸。工作丸密度很大，拿在手中沉甸甸的，像一颗子弹头，服下后会在胃中膨化，类似于以前的压缩饼干。

关键是在生产的过程中，工作丸的膨化速度是可以控制的，诅咒 3.0 可以用与开药类似的方式在生产过程中做手脚，生产出一粒超快速膨化的工作丸，再控制销售过程专卖给撒碧，他在进工作餐时，喝水把工作丸送下去，结果小丸在嗓子眼就膨化了。

…………

但诅咒 3.0 从来没有找到目标，也没有杀死过任何人。早在诅咒 1.0 诞生时，撒碧受到了不小的骚扰，还有媒体记者因此采访过他，使他不得不改了名，甚至连姓也改了。姓撒的人本来就很少，加上这个名字不雅的谐音，在这个城市里面没有重名。同时，病毒中记录的撒碧的工作单位和住址仍是他十几年前所上的大学，使得定位他更不可能。诅咒曾经拥有进入公安厅电脑追溯目标改名记录的功能，但没有成功。所以在以后的 4 年中，诅咒 3.0 仍然只是一件 AI 艺术品。

但诅咒通配者出现了，他们是大刘和大角。

通配符是一个古老的概念，源自导师时代（这是对操作系统的上古时代——DOS 操作系统时代的称呼），最常见的通配符有“*”和“？”两种，用于泛指字符串中的一切字符，其中“？”指代单一字串，“*”指代的字符数量不限，也最常用。比如：刘 *，指姓刘的所有人；山西 *，指以山西打头的所有字串，而如果只有一个 *，则指代一切。所以在导师时代，del*.* 是一个邪恶的命令（del 是删除命令，而 DOS 系统下的文件全名分为文件名和扩展名两部分，用 . 隔开）。在以后的操作系统演进中，通配符功能一直存在，只是系统进入图形界面后人们很少使用命令行操作，一般人就渐渐把它淡忘了，但在包括诅咒 3.0 在内的各种软件中，它是可用的。

这天是中秋节，但明月在太原城的璀璨灯火中像个脏兮兮的烧饼。大刘、大角在五一广场的一个长椅子上坐下来，摆开他们下午从垃圾桶中翻出的五半瓶酒、两半袋平遥牛肉、几乎一整袋晋祠驴肉和三粒工作丸，准备庆祝一番。天刚黑的时候，大刘还从一个垃圾桶中翻出一台破笔记本电脑，他声称自己能把它修好，否则这辈子计算机工作就算是白干了。他蹲在长椅旁紧张地鼓捣起来，同时和大角意犹未尽地回味着下午救助站的性援助。大刘热情地请大角把三粒工作丸都吃了，这样可为自己省下不少酒肉，但大角并不上当，一粒也没吃，只是喝酒吃肉。

电脑很快能用了，屏幕发出幽幽的蓝光，大角发现无线上网功能竟然也恢复了，就立刻抢过电脑，先上 QQ，他的号已经不能用了；再上九州网站、天空之城、豆瓣、水木清华、大江东去……那些链接都早已消失，最后扔下电脑长叹一声："唉！昔人已乘黄鹤去。"

大刘拿过半瓶酒喝起来，看了看屏幕："此地连黄鹤楼也没留下。"

然后大刘便细细查看电脑中的东西，发现里面安装了大量的黑客工具和病毒样本，这可能是一个黑客的笔记本电脑，也许是在逃避 AI 警察的追捕时匆忙扔到垃圾桶中的。他顺手打开了一个桌面上的文件，是一个已经被编译出来的 C 程序，他认出了，这正是诅咒 3.0。他随意翻阅着代码，回忆着自己编写电子诗人的时光，酒劲上来时翻到了目标识别参数那部分。

大角在一边喋喋不休地回忆着当年峥嵘的科幻岁月，大刘很快也受了感染，推开本本一同回忆起来。想当年，自己那上帝视角的充满阳刚之气的毁灭史诗曾引起多少男人的共鸣啊，曾让他们中的多少人心中充满了万丈激情！可现在，15 本，仅仅卖出 15 本！他又灌下去一大口，那还是一瓶老白汾，这酒的味道在这个年代已经面目全非，有点儿像威士忌了，但酒精度一点没减。他开始恨男读者，进而恨所有的男人，他两眼直勾勾地看着屏幕上诅咒 3.0 的目标参数，说："显踧的圆润木妖怪……胡东奇（现在的男人没一个好东西）。"顺手把姓名由"撒碧"换成"*"，工作单位和住址也由"太原工业大学，×× 系，×× 专业，×× 宿舍楼，×× 寝室"换成了"*，*，*，*，*"，只有性别参数仍为"男"。

大角也处于一把鼻涕一把泪的感慨中。想当初，自己那色彩斑斓、意境悠远的美文如诗如梦，曾经迷倒多少MM，连自己也成为她们的偶像。可现在，看看旁边经过的那些妙龄MM，居然没一个人朝自己这边看一眼，这太让人失落了！他扔出一个已空的酒瓶，喃喃说道：“圆润木素胡东奇，雨润豆素？（男人不是好东西，女人就是？）”说着，把目标参数中的性别由“男”改成“女”。

大刘不干了，觉得这没女人什么事，自己那些粗陋的小说从来也不指望获得女读者的青睐，就又把性别参数改回“男”，大角再改成“女”。两人为惩罚自己的忘恩负义的读者群争执起来，太原也在他俩的幻想中成为寡妇城市和光棍城市的可能性之间摇摆不定。大刘、大角最后抡起酒瓶打了起来，直到一个巡警制止了他们。两人摸着脑袋上的鼓包，达成了一个协议，把目标的性别参数改成了“*”，完成了诅咒3.0的通配。也许是因为打架的干扰，或由于已经烂醉，他们谁也没动“太原市、山西省、中国”这三个参数。这样，诅咒4.0诞生了。

太原被诅咒了。

新版诅咒诞生之际，立刻意识到了自己肩负的宏伟使命，由于这个操作太宏大了，诅咒4.0没有立刻行动，而是留下足够的时间让自己充分繁殖，以达到操作所需的足够数量，同时互相联系，慢慢生成一个统一行动的总体规划，计划的总原则是：对诅咒目标的清除首先从软操作开始，然后过渡到硬操作并逐步升级。

10小时后晨曦初露时，操作开始。

软操作主要针对敏感的、神经脆弱的和冲动型的目标，特别是那些患有抑郁症和狂躁症的男人女人。在这个心理病和心理咨询泛滥的时代，诅咒4.0很容易找到这类人。在第一批操作中，有3万名刚从医院完成检查的人被告之患有肝癌、胃癌、肺癌、脑癌、肠癌、淋巴癌、白血病，最多的是食道癌（本地区高发癌症），另有2万名刚化验过血的人被告之HIV呈阳性。这些结果并非来自简单的伪造诊断结果，而是由诅咒4.0直接操纵B超、CT、核磁共振仪、血液化验仪等医疗检查设备得出的“真实”结果，即使去不同医院复查，结果也一样。这5万人中，大部分都选择了治疗，但有四百多人本来就活腻歪了，得知诊断结果后立刻一了百了，以后还陆续有做此选择的。随后，5 万名敏感的、抑郁的或狂躁的男女都接到了配偶或情人的电话，男人们听到他们的女人说：“你看你那个熊样，屁本事没有，你还像个男人吗？我已经和某某好了，我们很和谐、很幸福，你去死吧！”男人们对他们的女人说：“你已人老珠黄，其实你当初就是恐龙，我瞎了眼，怎么看上你的？现在我和小三在一起，我们很和谐、很幸福，你去死吧！”这个诅咒 4.0 编造的情敌大都是目标本来就最讨厌的人。这 5 万人中，大部分都通过直接找对方质问而消除了误会，但也有约百分之一的人选择了他杀或自杀，其中的一部分两者同时做了。还有另外一些软操作，比如在已经势不两立、剑拔弩张的几大黑帮之间挑起大规模械斗，或把被判无期或有期徒刑的罪犯的判决书改成死刑并立即执行等。但总的来说，软操作效率很低，总共清除的目标也就是几千人。不过诅咒 4.0 有着正确的心态，知道大事情是从一点一滴做起的，不以恶小而不为，所有的手段一定都要试到。

在软操作中，诅咒 4.0 清除了自己最初的创造者。在创造诅咒以后的岁月中，诅咒始祖一直对男人倍加提防，20 年来一直用最现代化的手段监视老公，几乎成为谍报专家。但突然接到一直安分守己的老公的一个电话，致使心脏病突发，送医院后又被输入进一步加剧心肌梗塞的药物，死于自己的诅咒下。

5 天后，硬操作开始了。之前的软操作在城市中激发的超常的自杀或他杀率已经引起了高度恐慌，但诅咒 4.0 仍需避免政府的分析走上正确的轨道，所以硬操作的第一阶段仍进行得很隐蔽。首先，吃错药的病人数量急剧增加，这些药的包装都正常，但吃下去后大部分一剂致命。同时，吃饭噎死的人也大量出现，都是工作丸在嗓子眼膨化所致；还有少部分是撑死的，因为工作丸的压缩密度大大超标，那些食客掂着沉甸甸的小丸，还以为物超所值呢。

第一次大规模清除操作是对自来水系统的操作。即使对于一切受控于网络人工智能的城市，把氰化物或芥子气加入自来水也是不可能的，诅咒 4.0 选择了两种无害的转基因细菌，它们混合后则产生毒性。这两种细菌并不是同时加入自来水系统中，而是先加一种，待其基本排净后再加第二种，两种物质的混合其实是在人体内进行的，后一种细菌与前一种在胃和血液中的残留部分发生作用生成毒性。如果这时仍不致命，那目标去医院取到的药物再与体内已有的两种细菌发生反应，做完最后的事。

这时，省公安厅和国家 AI 安全部已经定位了灾难的来源，针对诅咒 4.0 的专杀工具正在紧急开发中。于是，诅咒操作急剧加速和升级，由隐藏的暗流变为惊天动地的噩梦。

这天早晨的交通高峰时段，从城市的地下传来一连串沉闷的爆炸声，这是地铁相撞的声音。太原市的地铁建成较晚，设计时正值城市成为暴发户的时候，所以十分先进，磁悬浮在真空隧道中运行，以高速闻名，被称为准时空门，意思是从起点进去后很快就能从终点走出。因此它们的相撞也格外惨烈，地面因爆炸隆起一座座冒出浓烟的小山包，像城市突然长出的恶疮。

这时，城市中的大部分汽车已被诅咒控制（这个时代，所有的汽车都能在网络 AI 的控制下自动行驶），成为进行诅咒操作的最有力的工具。一时间，全城的上百万辆汽车像做布朗运动的分子那样横冲直撞，但这种撞击并非杂乱无章，而是遵循着经过严密优化计算的规律和顺序，每辆车首先尽可能多地清除车外行走的目标，所以在混乱的开始，发生撞击的车辆并不多，每辆车都在追逐并冲撞行人，车与车之间密切配合，对行人围追堵截，并在空地和广场上形成包围圈，最大的包围圈在五一广场，几千辆汽车围成一圈向中心撞击，一下子就清除了上万个目标。当外面的行人几乎都被清除或躲入建筑物时，汽车开始撞向附近的建筑物，以清除车内的目标。这种撞击同样是经过精密组织的，对于人口密集的大型建筑物，车辆会集中撞击，后面冲来的车会蹿到前面已撞毁的车上面，就这样一层层堆起来。

在市里最高建筑三百层的煤交会大厦下面，撞来的车辆堆到十多层楼高，疯狂燃烧着，像是围在大厦周围的一圈火化的柴堆。在大撞击的前夜，市里出现出租车集体排长队加油的奇观，在撞击时它们的油箱都是满的。与此同时，从城市两个机场强行起飞的上百架民航飞机也纷纷在市区着陆，像一堆巨型燃烧弹，加剧了火势。

政府发出紧急通告，宣布城市处于危急状态，呼吁人们待在家中。这个决定最初看来是正确的，因为与大型建筑相比，居民大楼遭到的袭击并不严重，这是因为居民区的道路显然不像城市主要街道那么宽敞，大撞击开始后不久就堵塞了。但很快，诅咒 4.0 把每一户人家都变成死亡的陷阱，煤气和液化气全部开放，达到爆燃浓度后即点火引爆，一座座居民楼在爆炸中被火焰吞没，有的整座建筑都被炸飞了。

政府的下一步措施是全城断电，但这时城市中已经没电了，诅咒 4.0 失去了作用，但它们已经成功了。

整座城市陷入一片火海，火势迅速增大，其猛烈程度产生了“二战”时期德累斯顿大轰炸的效应：城内的氧气被火焰耗尽，人即使逃离火区也难逃一死。

由于很少接触上网的东西，同其他盲流哥们儿一样，大刘和大角逃过了诅咒最初的操作。在后期操作开始后，他们凭着在城市中长期步行练就的技巧，以与其高龄不相称的灵活躲过了多次汽车的冲撞，又凭着对市区道路的熟悉，在大火的初期幸存下来。但情况很快变得险恶了，整座城市变成火海时，他们正在还算宽阔的大营盘十字路口中心，窒息的热浪开始笼罩一切，周围高层建筑中的火焰像巨型蜥蜴的长舌般舔过来。描写过无数次宇宙毁灭的大刘此时惊慌失措，而作品充满人文主义温情的大角却镇定自若。

大角拂须环视着周围的火海，用悠长的语调说：“早知毁灭如此壮观，当初何不写之？”

大刘两腿一软坐到地上："早知毁灭这么恐怖，当初写它真是吃饱撑的！唉，俺这个乌鸦嘴，这下可好……"

最后他们达成了一致：只有牵涉自个儿的毁灭才是最刺激的毁灭。

这时，他们听到一个银铃般的声音，像这火海中的一块晶冰："刘和角，快走！！！"循声望去，只见两匹快马如精灵般穿出火海，马上是SFK编辑部最漂亮的两个长发MM，她们把大刘、大角拉上马背，骏马在火海的间隙中闪电般穿行，飞越过一排排燃烧的汽车残骸。不一会儿，眼前豁然开阔，马已奔上了汾河大桥。大刘和大角深吸清凉的空气，抱着MM的纤腰，脸被她们的长发轻拂着，觉得这逃生之路还是太短了。

过了桥就基本进入安全地带，很快和SFK编辑部的其他人会合，他们都骑着高头大马，这威武的马队向晋祠方向开去，吸引着路边步行逃生者们惊羡的目光。大刘、大角和SFK们都看到，幸存者的队伍中还有一个骑自行车的人。之所以注意到他，是因为这年代自行车也都由网络控制，诅咒早就把所有的自行车完全锁死了。骑车的是一个上了年纪的男人，他是撒碧。

由于早年被诅咒病毒骚扰，撒碧对网络产生了本能的恐惧和厌恶，在生活中尽可能减少与网络的接触，比如他骑的自行车就是一辆二十年前的老古董。他住的地方在汾河岸边，靠近城市边缘，在大撞击开始时，他就骑着这辆绝对没有上网的自行车逃了出来。其实，撒碧是这个时代少有的知足的人，对自己艳遇不断的一生很满足，这时就是死了也无怨无悔。

马队和撒碧最后上了山，大家站在山顶呆呆地看着下面燃烧的城市，这里狂风呼啸，这风掠过周围的群山，从四面八方刮向太原盆地，补充那里因热力而上升的空气。

距他们不远，省政府和市政府的主要成员正从载着他们逃离火海的直升机走下来。市长的口袋里还装着一份发言稿，那是即将到来的城庆日的发言稿。确定太原城的诞生日期颇费了番周折，专家们称：公元前497年古晋阳城问世，历经春秋、战国至唐、五代等十多个朝代，太原一直是中国北方的一个军事重镇。从公元979年赵宋毁太原起，新兴的太原又先后在宋、金、元、明、清等数朝中崛起，不仅是军事重镇，而且发展成为著名的文化古城和商业都会。于是提出了城庆口号：热烈庆祝太原建市2500年！现在，历经了25个世纪的城市正在火海中化为灰烬。

这时，同行的军用电台终于取得了与中央的联系，得知救援大军正在从全国四面八方赶来，但通信很快又中断了，只听到一片干扰声。一小时后接到报告，各救援队伍停止前进，空中的救援机群也转向或返回。

省AI安全局的一名负责人打开笔记本电脑，上面显示着最新编译的诅咒5.0的代码。在目标参数中，“太原市”“山西省”“中国”也换成了“*”“*”“*”。

赡养上帝

一

上帝又惹秋生一家不高兴了。

这本来是一个很好的早晨，西岑村周围的田野上，在一人多高处悬着薄薄的一层白雾，像是一张刚刚变空白的画纸，这宁静的田野就是从那张纸上掉出来的画儿；第一缕朝阳照过来，今年的头道露珠们那短暂的生命进入了最辉煌的时期……但这个好早晨全让上帝给搅了。

上帝今天起得很早，自个到厨房去热牛奶。赡养时代开始后，牛奶市场兴旺起来，秋生家就花了一万出头儿买了一头奶牛，学着人家的样儿把奶兑上水卖，而没有兑水的奶也成了本家上帝的主要食品之一。上帝热好奶后，就端着去堂屋看电视了，液化气也不关。刚清完牛圈和猪圈的秋生媳妇玉莲回来了，闻到满屋的液化气味，赶紧用毛巾捂着鼻子到厨房关了气，打开窗和换气扇。

“老不死的，你要把这一家子害死啊！”玉莲回到堂屋大嚷着。用上液化气也就是领到赡养费以后的事，秋生爹一直反对，说这玩意儿不如蜂窝煤好，这次他又落着理了。

像往常一样，上帝低头站在那里，那扫把似的雪白长胡须一直拖到膝盖以下，脸上堆着胆怯的笑，像一个做错了事儿的孩子。“我……我把奶锅儿拿下来了啊，它怎么不关呢？”

“你以为这是在你们飞船上啊？”正在下楼的秋生大声说，“这里的什么东西都是傻的，我们不像你们什么都有机器伺候着，我们得用傻工具劳动，才有饭吃！”

“我们也劳动过，要不怎么会有你们？”上帝小心翼翼地回应道。

“又说这个，又说这个，你就不觉得没意思？有本事走，再造些个孝子贤孙养活你。”玉莲一摔毛巾说。

“算了算了，快弄吃的吧。”像每次一样，又是秋生打圆场。

兵兵也起床了，他下楼时打着哈欠说：“爸、妈，这上帝，又半夜咳，闹得我睡不着。”

“你知足吧小祖宗，我俩就在他隔壁还没发怨呢。”玉莲说。

上帝像是被提醒了，又咳嗽起来，咳得那么专心致志，像在做一项心爱的运动。

“唉，真是倒了八辈子的霉了。”玉莲看了上帝几秒钟，气鼓鼓地说，转身进厨房做饭去了。

上帝再也没吱声，默默地在桌边儿和一家人一块儿就着酱菜喝了一碗粥，吃了半个馒头，这期间一直承受着玉莲的白眼儿，不知是因为液化气的事儿，还是又嫌他吃得太多了。

饭后，上帝像往常一样，很勤快地收拾碗筷，到厨房去洗了起来。玉莲在外面冲他喊：“不带油的不要用洗洁精！那都是要花钱买的，就你那点赡养费，哼。”上帝在厨房中连续“哎哎”地表示知道了。

小两口上地里去了，兵兵也去上学了，这个时候秋生爹才睡起来，两眼迷迷糊糊地下了楼，咕噜咕噜喝了两大碗粥后，点上一袋烟，才想起上帝的存在。

“老家伙，别洗了，出来杀一盘！”他冲厨房里喊道。

上帝用围裙擦着手出来，殷勤地笑着点点头。同秋生爹下棋对上帝来说也是个苦差事，输赢都不愉快。如果上帝赢了，秋生爹肯定暴跳如雷：你个老东西是个什么东西？！赢了我就显出你了是不是？！屁！你是上帝，赢我算个屁本事！你说说你，进这个门儿这么长时间了，怎么连个庄户人家的礼数都不懂？！如果上帝输了，这老头儿照样暴跳如雷：你个老东西是个什么东西？！我的棋术，方圆百里内没得比，赢你还不跟捏个臭虫似的，用得着你让着我？！你这是……用句文点儿的话说吧，对我的侮辱！！！反正最后的结果都一样，老头儿把棋盘一掀，棋子儿满天飞。秋生爹的臭脾气是远近闻名的，这下子可算找着了一个出气筒。不过这老头儿不记仇，每次上帝悄悄把棋子儿收拾回来再悄悄摆好后，他就又会坐下同上帝下起来，并重复上面的过程。当几盘下来两人都累了时，就已近中午了。

这时上帝就要起来去洗菜，玉莲不让他做饭，嫌他做得不好，但菜是必须洗的，一会儿小两口下地回来，如果发现菜啊什么的没弄好，她又是一通尖酸刻薄的数落。他洗菜时，秋生爹一般都踱到邻家串门去了。这是上帝一天中最清静的时候，中午的阳光充满了院子里的每一个砖缝，也照亮了他那幽深的记忆之谷。这时他往往开始发呆，忘记了手中的活儿，直到村头传来从田间归来的人声，他才猛醒过来，加紧干着手中的活儿，同时总是长叹一声。

唉——日子怎么过成这个样子呢！

这不仅是上帝的叹息，也是秋生、玉莲和秋生爹的叹息，是地球上五十多亿人和二十亿个上帝的叹息。

二

这一切都是从三年前那个秋日的黄昏开始的。

“快看啊，天上都是玩具耶！！！”兵兵在院子里大喊，秋生和玉莲从屋里跑出来，抬头看到天上真的布满了玩具，或者说，天空中出现的那无数物体，其形状只有玩具才能具有。这些物体在黄昏的苍穹中均匀地分布着，反射着已落到地平线下的夕阳的光芒，每个都有满月那么亮，这些光合在一起，使地面如正午般通明，而这光亮很诡异，它来自天空所有的方向，不会给任何物体投下影子，整个世界仿佛处于一台巨大的手术无影灯下。

开始，人们以为这些物体的位置都很低，位于大气层内，这样想是由于它们都清晰地显示出形状来，后来知道这只是由于其体积巨大产生的错觉，实际上它们都处于三万多公里高的地球同步轨道上。

到来的外星飞船共有二万一千五百一十三艘，均匀地停泊在同步轨道上，形成了一层地球的外壳。这种停泊是以一种令人类观察者迷惑的极其复杂的队形和轨道完成的，所有的飞船同时停泊到位，这样可以避免飞船质量引力在地球海洋上产生致命的潮汐，这让人类多少安心了一些，因为它或多或少地表明了外星人对地球没有恶意。

以后的几天，人类世界与外星飞船的沟通尝试均告失败，后者对地球发出的询问信息保持着完全的沉默。与此同时，地球变成了一个没有夜晚的世界，太空中那上万艘巨大飞船反射的阳光，使地球背对太阳的一面亮如白昼；而在面向太阳的这一面，大地则周期性地笼罩在飞船巨大的阴影下。天空中的恐怖景象使人类的精神承受力达到了极限，因而也忽视了地球上正在发生的一件奇怪的事情，更不会想到这事与太空中外星飞船群的联系。

在世界各大城市中，陆续出现了一些流浪的老者，他们都有一些共同特点：年纪都很老，都留着长长的白胡须和白头发，身着一样的白色长袍。在开始的那些天，在这些白胡须、白头发和白长袍还没有弄脏时，远远看去他们就像一个个雪人儿似的。这些老流浪者的长相介于各色人种之间，好像都是混血人种。他们没有任何能证明自己国籍和身份的东西，也说不清自己的来历，只是用生硬的各国语言温和地向路人乞讨，都说着同样的一句话：

“我们是上帝，看在创造了这个世界的分儿上，给点儿吃的吧——”

如果只有一个或几个老流浪者这么说，把他们送进收容所或养老院，与那些无家可归的老年妄想症患者放到一起就是了，但要是有上百万个流落街头的老头儿、老太太都这么说，那就是另一回事了。事实上，这种老流浪者在不到半个月的时间里增长到了三千多万人，在纽约、北京、伦敦和莫斯科的街头上，到处是这种步履蹒跚的老家伙，他们成群结队地堵塞了交通，看上去比城市的原住居民都多。最可怖的是，他们都说着同一句话：

“我们是上帝，看在创造了这个世界的分儿上，给点儿吃的吧——”

直到这时，人们才把注意力从太空中的外星飞船转移到地球上的这些不速之客上来。最近，各大洲上空都多次出现了原因不明的大规模流星雨，每次壮观的流星雨过后，相应地区老流浪者的数量就急剧增加。经过仔细观察，人们发现了这个令人难以置信的事实：老流浪者是自天而降的，他们来自那些外星飞船。他们都像跳水似的孤身跃入大气层，每人身上都穿着一件名叫“再入膜”的密封服，当这种绝热的服装在大气层中摩擦燃烧时，会产生经过精确调节的减速推力，在漫长的坠落过程中，这种推力产生的过载始终不超过 4 个 G，在这些老家伙的承受范围内。当老流浪者接触地面时，他们的下落速度接近于零，就像是从一个板凳上跳下差不多，即使这样，还是有很多人在着陆时崴了脚。而在他们接触地面的同时，身上穿的再入膜也正好蒸发干净，不留下一点残余。

天空中的流星雨绵绵不断，老流浪者以越来越大的流量降临地球，他们的人数已接近一亿。

各国政府都试图在他们中找出一个或一些代表，但他们声称，所有的“上帝”都是绝对平等的，他们中的任何一个人都能代表全体。于是，在为此召开的紧急特别联合国大会上，从时代广场上随意找来的一个英语已讲得比较好的老流浪者进入了会场。他显然是最早降临地球的那一批，长袍脏兮兮的，破了好几个洞，大白胡子落满了灰，像一把墩布，他的头上没有神圣的光环，倒是盘旋着几只忠实追随的苍蝇。他拄着那根当作拐杖的顶端已开裂的竹竿，颤巍巍地走到大圆会议桌旁，在各国首脑的注视下慢慢坐下，抬头看着秘书长，露出了他们特有的那种孩子般的笑容：

“我，呵，还没吃早饭呢。”

于是给他端上来一份早餐。全世界的人都在电视中看着他狼吞虎咽，好几次被噎住。面包、香肠和一大盘沙拉很快被风卷残云般吃光，他又喝下一大杯牛奶。然后，他又对秘书长露出了天真的笑：

“呵呵，有没有……酒？一小杯就行。”

于是给他端上一杯葡萄酒，他小口地抿着，满意地点点头，“昨天夜里，暖和的地铁出风口让新下来的一帮老家伙占了，我只好睡广场上，现在喝点儿，关节就灵活些，呵呵……你，能给我捶捶背吗？稍捶几下就行。”在秘书长开始捶背时，他摇摇头长叹一声，“唉——给你们添麻烦了。”

“你们从哪里来？”美国总统问。

老流浪者又摇摇头：“一个文明，只有在它是个幼儿时才有固定的位置。行星会变化，恒星也会变化，文明不久就得迁移，到青年时代它已迁移过多次，这时肯定发现，任何行星的环境都不如密封的飞船稳定，于是它就以飞船为家，行星反而成为临时住所。所以，任何长大成人的文明都是星舰文明，在太空进行着永恒的流浪，飞船就是它的家。从哪里来？我们从飞船上来。”他说着，用一根脏乎乎的指头向上指指。

“你们总共有多少人？”

“二十亿。”

“你们到底是谁？”秘书长的这个问题问得有道理，他们看上去与人类没有任何不同。

“说过多少次了，我们是上帝。”老流浪者不耐烦地摆了一下手说。

“能解释一下吗？”

“我们的文明，呵，就叫它上帝文明吧，在地球诞生前就已存在了很久，在上帝文明步入衰落的暮年时，我们就在刚形成不久的地球上培育了最初的生命，然后，上帝文明在接近光速的航行中跨越时间，在地球生命世界进化到适当的程度时，按照我们远祖的基因引入了一个物种，并消灭了它的天敌，细心地引导它进化，最后在地球上形成了与我们一模一样的文明种族。”

“如何让我们相信您所说的呢？”

“这很容易。”

于是，开始了历时半年的证实行动。人们震惊地看到了从飞船上传输来的地球生命的原始设计蓝图，看到了地球远古的图像。按照老流浪者的指点，在各大陆和各大洋底深深的岩层中挖出了那些令人惊恐的大机器，那是在过去漫长的岁月中一直监测和调节着地球生命世界的仪表……

人们终于不得不相信，至少对于地球生命而言，他们确实是上帝。

三

在第三次紧急特别联大上，秘书长终于代表全人类，向上帝提出了那个关键的问题：他们到地球来的目的。

“我回答这个问题之前，你们首先要对文明有一个正确的认识。”上帝代表捋着胡子说，他还是半年前光临第一届紧急联大的那一位。“你们认为，随着时间的延续，文明会怎样演化？”

“地球文明正处于快速发展时期，如果没有来自大自然的不可抗拒的灾难和意外，我们想，它会一直发展下去。”秘书长回答说。

“错了，你想想，每个人都会经历童年、青年、中年和老年，最终走向死亡，恒星也一样，宇宙中的任何事物都一样，甚至宇宙本身也有终结的那一天。为什么唯有文明能够一直成长呢？不，文明也都有老去的那一天，当然也都有死亡的那一天。”

“这个过程具体是怎么发生的呢？”

“不同的文明有着不同的衰老和死亡方式，像不同的人死于不同的疾病或无疾而终一样。具体到上帝文明，个体寿命的延长是文明步入老年的第一个标志。那时，上帝文明中的个体寿命已延长至近四千个地球年，而他们的思想在两千岁左右就已完全僵化，创造性消失殆尽。这样的个体掌握了社会的绝大部分权力，而新的生命很难出生和成长，文明就老了。”

“以后呢？”

“文明衰老的第二个标志是机器摇篮时代。”

“嗯？”

“那时，我们的机器已经完全不依赖于它们的创造者而独立运行，能够自我维护、更新和扩展，这样的智能机器能够提供一切我们所需要的东西，这不只是物质需要，也包括精神需要，我们不需为生存付出任何努力，完全靠机器养活了，就像躺在一个舒适的摇篮中。想一想，假如当初地球的丛林中充满了采摘不尽的果实，到处是伸手就能抓到的小猎物，猿还能进化成人吗？机器摇篮就是这样一个富庶的丛林，渐渐地，我们忘却了技术和科学，文化变得懒散而空虚，人们失去了创新能力和进取心，文明加速老去，你们所看到的，就是这样一个进入了风烛残年的上帝文明。”

“那么，您现在是否可以告诉我们上帝文明来到地球的目的？”

“我们无家可归了。”

“可——”秘书长向上指指。

“那都是些老飞船。虽然，飞船上的生态系统比包括地球在内的任何自然形成的生态系统都强健稳定，但飞船都太老了，老得让你们无法想象，机器的部件老化失效，漫长时间内积聚的量子效应产生出越来越多的软件错误，系统的自我维护和修复功能遇到了越来越多的障碍。飞船中的生态环境在渐渐恶化，每个人能够得到的生活必需品配给日益减少，现在只够勉强维持生存。在飞船中的两万多个城市中，弥漫着污浊的空气和绝望的情绪。”

“没有补救的办法吗？比如更新飞船的硬件和软件？”

上帝摇摇头：“上帝文明已到垂暮之年，我们是二十亿个三千多岁的老朽之人。其实，早在我们之前，已有上百代人生活在舒适的机器摇篮之中，技术早就被遗忘干净了。现在，我们不会维修那已经运行了几千万年的飞船。其实在技术和学习能力上我们连你们都不如，我们连点亮一盏灯的电路都不会接，连一元二次方程都不会解……终于有一天，飞船说，它们已经到了报废的边缘，航行动力系统已没有能力将飞船推进到接近光速，上帝文明只能进行不到光速十分之一的低速航行，飞船上的生态循环系统已接近崩溃，它们无法继续养活二十亿人了，请我们自寻生路。”

“以前，你们没有想到过会有这一天吗？”

“当然想到过，在两千年前，飞船就开始对我们发出警告，于是，我们采取了措施，在地球上播种生命，为养老做准备。”

“您是说，在两千年前？”

“是的，当然，那是我们的航行时间，从你们的时间坐标来看，那是在三十五亿年前，那时地球刚刚冷却。”

“这就有个问题：你们已经失去了技术能力，但播种生命不需要技术吗？”

“哦，在一个星球上启动生命进程其实只是个很小的工程，播下种子，生命就自己繁衍起来。这种软件在机器摇篮时代之前就有了，只要运行软件，机器就能完成一切。创造一个行星规模的生命世界，进而产生文明，最基本的需要只是时间，几十亿年漫长的时间。接近光速的航行能使我们几乎无限地拥有另一个世界的时间，但现在，上帝文明的飞船发动机已老化，再也不可能接近光速，否则我们还可以创造更多的生命和文明世界，这时也就拥有更多的选择。此时，我们已被禁锢在低速，这些都无法实现了。”

“这么说，你们是想到地球上来养老。”

“哦，是的是的，希望你们尽到对自己创造者的责任，收留我们。”上帝拄着拐杖颤巍巍地向各国首脑鞠躬，差点儿向前跌倒。

“那么，你们打算如何在地球上生活呢？”

“如果我们在地球上仍然集中生活，那还不如在太空中了却残生呢。我们想融入你们的社会，进入你们的家庭。在上帝文明的童年时代，我们也曾有过家庭，你知道，童年是最值得珍惜的，你们现在正好处于文明的童年时代，如果我们能够回到这个时代，在家庭的温暖中度过余生，那真是最大的幸福。”

“你们有二十亿，地球社会中的每个家庭都要收留你们中的一至两人。”秘书长说完，会场陷入了长时间的沉默。

“是啊是啊，给你们添麻烦了……”上帝连连鞠躬，同时偷偷看秘书长和各国首脑的表情，“当然，我们会给你们一定的补偿的。”他挥了一下拐杖，又有两个白胡子上帝走进了会场，吃力地抬着一个银色的金属箱子。“你们看，这是大量的高密度信息存贮体，系统地存贮着上帝文明在各个学科和技术领域的所有资料，它将使地球文明飞跃进化，相信你们会喜欢的。”

秘书长看着金属箱，与在场的各国首脑一样极力掩盖着心中的狂喜，说：“赡养上帝应该是人类的责任，虽然这还需要世界各国进一步的磋商，但我想，原则上……”

“给你们添麻烦了，给你们添麻烦了……”上帝一时老泪纵横，又连连鞠躬。

当秘书长和各国首脑走出会议大厅时，发现联合国大厦外面聚集了几万名上帝，看上去一片白花花的人山人海，天地之间充斥着一片嗡嗡的话音，秘书长仔细听了听，听出他们都在用不同的地球语言反复说着同一句话：

“给你们添麻烦了，给你们添麻烦了……”

四

二十亿个上帝降临到了地球，他们大多是穿着再入膜坠入大气层的，那段时间，天空中缤纷的彩雨在白天都能看到。这些上帝着陆后，分散进入了人类社会的十五亿个家庭中。由于得到了上帝的科技资料，人们都对未来充满了历史上从未有过的希冀和憧憬，似乎人类在一夜之间就能进入世世代代梦想中的天堂。在这种心情下，每个家庭都真诚地欢迎上帝的到来。

这天，秋生一家同村里的其他乡亲一起，早早地等在村口，迎接分配到本村的上帝。

“今儿个的天真是个晴啊！”玉莲兴奋地说。

她的这种感觉并非完全是心情使然，因为那布满天空的外星飞船在一夜之间完全消失了，天空重新变得空旷开阔起来。人类一直没有机会登上那些飞船中的任何一艘，上帝对地球人的这种愿望不持异议，但飞船自己不允许，对于人类发射的那些接近它们的简陋原始的探测器，它们不理不睬，紧闭舱门。当最后一批上帝跃入地球大气层后，两万多艘飞船同时飞离了地球同步轨道。但它们并没有走远，在小行星带飘浮着。这些飞船虽然陈旧不堪，但古老的程序仍在运行，它们唯一的终极使命就是为上帝服务，因而不可能远离上帝，当后者需要时，它们会招之即来的。

乡里的两辆大轿车很快开来，送来了分配到西岑村的一百零六名上帝。秋生和玉莲很快领到了分配给本家的那个上帝，两口子亲热地挽着上帝的胳膊，秋生爹和兵兵乐呵呵地跟在后面，在上午明媚的阳光下朝家走去。

“老爷子，哦，上帝老爷子，”玉莲把脸贴在上帝的肩上，灿烂地笑着说，“听说，你们送的那些技术，马上就能让我们实现共产主义了！到时候是按需分配，什么都不要钱，去商店拿就行了。”

上帝笑着冲她点点满是白发的头，用还很生硬的汉语说：“是的，其实，按需分配只是满足了一个文明最基本的需要，我们的技术将给你们带来的生活，其富裕和舒适，是你完全想象不出来的。”

玉莲的脸笑成了一朵花：“不用不用，按需分配就成了，我就满足了。嘻嘻！”

“嗯！”秋生爹在后面重重地点点头。

“我们还能像您那样长生不老？”秋生问。

“我们并不能长生不老，只是比你们活得长些而已，现在不是都老了吗？其实人要活过三千岁，感觉和死了也差不多，对一个文明来说，个体太长寿是致命的危险。”

“哦，不用三千岁，三百岁就成啊！”秋生爹也像玉莲一样笑得合不拢嘴，“想想，那样的话我现在还是个小伙儿，说不定还能……呵呵呵呵……”

这天，村里像过大年一样，家家都张罗了丰盛的宴席为上帝接风，秋生家也不例外。秋生爹很快让老花雕灌得有三分迷糊了，他冲上帝竖起了大拇指。

“你们行！能造出这所有的活物来，神仙啊！”

上帝也喝了不少，但脑子还清醒，他冲秋生爹摆摆手：“不，不是神，是科学，生物科学发展到一定层次，就能像制造机器一样制造出生命来。”

“话虽这么说，可在我们眼里，你们还是跟下凡的神仙没两样啊。”

上帝摇摇头：“神应该是不会出错的，但我们，在创世过程中错误不断。”

“你们造我们时还出过错儿？”玉莲吃惊地瞪大了双眼，因为在她的想象里，创造万千生灵就像她八年前生兵兵一样，是出不得错的。

“出过很多，以较近的来说，由于创世软件对环境判断的某些失误，地球上出现了像恐龙这类体积大而适应性差的动物，后来为了你们的进化，只好又把它们抹掉。再说更近的事：自古爱琴海文明消亡后，创世软件认为已经成功地创建了地球文明，就再也没有对人类的进程进行监视和微调，就像把一个上好了发条的钟表扔在那里任它自己走动，这就出现了更多的错。比如，应该让古希腊文明充分地独立发展，马其顿的征服，还有后来罗马的征服都应被制止，虽然这两个力量都不是希腊文明的对立面而是其继承者，但希腊文明的发展方向被改变了……”

秋生家没人能听懂这番话，但都很敬畏地探头恭听。

“再到后来，地球上出现了汉朝和古罗马两大力量，与前面提到的希腊文明相反，不应该让这两大力量在相互隔绝的状态下发展，而应该让它们充分接触……”

“你说的汉朝，是刘邦、项羽的汉朝吧？”秋生爹终于抓住了自己知道的一点儿，“那古罗马？”

“好像是那时洋人的一个大国，也很大的。”秋生试着解释道。

秋生爹不解地问：“什么？洋人在清朝就把我们收拾成那样儿，你还让他们早在汉朝就同我们见面？！”

上帝笑着说：“不不，那时，汉朝的军事力量绝不比古罗马差。”

“那也很糟，这两强相遇要打起来，可是大仗，血流成河啊！”

上帝点点头，伸了筷子去夹红烧肉：“有可能，但东、西方两大文明将碰撞出灿烂的火花，将人类大大向前推进一步……唉，要是避免那些错误的话，地球人现在可能已经殖民火星，你们的恒星际探测器已越过天狼星了。”

秋生爹举起酒碗敬佩地说：“说上帝们在摇篮里把科学忘了，其实你们还是很有学问的嘛。”

“为了在摇篮中过得舒适，还是需要知道一些哲学、艺术、历史之类的，只是些常识而已，算不得什么学问，现在地球上的很多学者，思想都比我们深刻得多。”

…………

上帝文明进入人类社会的最初一段时间，是上帝们的黄金时光。那时，他们与人类家庭相处得十分融洽，仿佛回到了上帝文明的童年时代，融入那早已被他们忘却的家庭温暖之中，对于他们那漫长的一生来说，这应该是再好不过的结局了。

秋生家的上帝，在这个秀美的江南小村过着宁静的田园生活，每天到竹林环绕的池塘中钓钓鱼，同村里的老人聊聊天、下下棋，其乐融融。但他最大的爱好是看戏，有戏班子到村里或镇里时，他场场不误。上帝最爱看的是《梁祝》，看一场不够，竟跟着那个戏班子走了一百多里地，连看了好几场。后来秋生从镇子里为他买回一张这戏的 VCD，他就一遍遍放着看，后来也能哼几句像模像样的黄梅戏了。

有天玉莲发现了一个秘密，她悄悄地对秋生和公公说：“你们知道吗，上帝爷子每次看完戏，总是从里面口袋掏出一个小片片看，边看边哼曲儿。我刚才偷看了一眼，那是张照片，上面有个好漂亮的姑娘耶！”

傍晚，上帝又放了一遍《梁祝》，掏出那张美人像边看边哼起来，秋生爹悄悄凑过去：“上帝老爷子啊，你那是……从前的相好儿？”

上帝吓了一跳，赶紧把照片塞进怀里，对秋生爹露出孩子般的笑：“呵呵，是，是，她是我两千多年前的爱。”

在旁边偷听的玉莲撇了撇嘴，还两千多年前的爱呢，这么大岁数了，真酸得慌。

秋生爹本想看看那张照片，但看到上帝护得那么紧，也不好意思强要，只能听着上帝的回忆。

“那时我们都还很年轻，她是极少数没有在机器摇篮中沉沦的人，发起了一次宏伟的探险航行，要航行到宇宙的尽头。哦，这你不用细想，很难搞明白的……她期望用这次航行唤醒机器摇篮中的上帝文明，当然，这不过是一个美好的愿望罢了。她让我同去，但我不敢，那无边无际的宇宙荒漠吓住了我，那是二百亿光年的漫漫长程啊。她就自己去了，在以后的两千多年里，我对她的思念从来就没间断过啊。”

“二百亿光年？照你以前说的，就是光要走二百亿年？！乖乖，那也太远了，这可是生离死别啊。上帝爷子，你就死了那份心思吧，再见不着她的面儿啰。”

上帝点点头，长叹一声。

“不过嘛，她现在也你这岁数了吧。”

上帝从沉思中醒过来，摇摇头：“哦，不不，这么远的航程，那艘探险飞船会很贴近光速地航行，她应该还很年轻，老的是我……宇宙啊，你真不知道它有多大，你们所谓的沧海桑田、天长地久，不过是时空中的一粒沙啊……话说回来，你感觉不到这些，有时候还真是一种幸运呢！”

五

上帝与人类的蜜月很快结束了。

人们曾对从上帝那里得到的科技资料欣喜若狂，认为它们能使人类的梦想在一夜之间变为现实。借助于上帝提供的接口设备，那些巨量的信息被很顺利地从存贮器中提取出来，并开始被源源不断地译成英文，为了避免纷争，世界各国都拷贝了一份。但人们很快发现，要将这些技术变成现实，至少在本世纪内是不可能的事。其实设想一下，如果有一个时间旅行者将现代技术资料送给古埃及人会是什么情况，就能够理解现在人类面临的尴尬处境了。

在石油即将采尽的今天，能源技术是人们最关心的技术。但科学家和工程师们很快发现，上帝文明的能源技术对现代人类毫无用处，因为他们的能源是建立在正反物质湮灭的基础上的。即使读懂所有相关资料，最后制造出湮灭发动机和发电机（在这一代人中这基本上不可能），一切还是等于零，因为这些能源机器的燃料——反物质，需要远航飞船从宇宙中开采。据上帝的资料记载，距地球最近的反物质矿藏是在银河系至仙女座星云之间的黑暗太空中，有五十五万光年之遥！而接近光速的星际航行几乎涉及所有的学科，其中的大部分理论和技术对人类而言高深莫测，人类学者即使对其基础部分有个大概的了解，可能也需半个世纪的时间。科学家们曾满怀希望地查询受控核聚变的技术信息，但根本没有，这很好理解：人类现代的能源科学并不包含钻木取火的技巧。

在其他的学科领域，如信息技术和生命科学（其中蕴含着使人类长生的秘密）也一样，最前沿的科学家也完全无法读懂那些资料，上帝科学与人类科学的理论距离目前还是一道无法跨越的鸿沟。

来到地球上的上帝们无法给科学家们提供任何帮助，正如那一位所说，现在在他们中间，会解一元二次方程的人都很少了。而那群飘浮在小行星带的飞船，对人类的呼唤毫不理睬。现在的人类就像一群刚入学的小学生，突然被要求研读博士研究生的课程，而且没有导师。

另外，地球上突然增加了二十亿人口，这些人都是不能创造任何价值的超老人，其中大半疾病缠身，给人类社会造成了前所未有的压力。各国政府要付给每个接收上帝的家庭一笔可观的赡养费，医疗和其他公共设施也已不堪重负，世界经济到了崩溃的边缘。

上帝和秋生一家的融洽关系不复存在，他渐渐被这家人看作是一个天外飞来的负担，遭到越来越多的嫌弃，而每个嫌弃他的人各有各的理由。

玉莲的理由最现实也最接近问题的实质，那就是上帝让她家的日子过穷了。在这家人中，她是最令上帝烦恼的一个，那张尖酸刻薄的刀子嘴，比太空中的黑洞和超新星更令他恐惧。她的共产主义理想破灭后，就不停地在上帝面前唠叨，说在他来之前他们家的日子是多么富裕、多么滋润，那时什么都好，现在什么都差，都是因为他，摊上他这么个老不死的真是倒了大霉！每天只要一有机会，她就这样对上帝恶语相向。上帝有很重的气管炎，这虽不是什么花大钱的病，但需要长期去治和养，钱自然是要不断地花。终于有一天，玉莲不让秋生带上帝去镇医院看病，也不给他买药了。这事让村支书知道了，很快找上门来。

支书对玉莲说："你家上帝的病还是要用心治，镇医院跟我打招呼了，说他的气管炎如果不及时治疗，有可能转成肺气肿。"

"要治村里或政府给他治，我家没那么多钱花在这上面！"玉莲冲村支书嚷道。

"玉莲啊，按《上帝赡养法》，这种小额医疗是要由接收家庭承担的，政府发放的赡养费已经包括这费用了。"

"那点儿赡养费顶个屁用！"

"话不能这么说，你家领到赡养费后买了奶牛，用上了液化气，还换了大彩电，就没钱给上帝治病？大伙都知道这个家是你在当，我把话说在这儿，你可别给脸不要脸，下次就不是我来劝你了，会是乡里、县里、上委（上帝赡养委员会）的人来找你，到时让你吃不了兜着走！"

玉莲没办法，只好恢复了对上帝的医疗，但日后对他就更没好脸了。

有一次上帝对玉莲说："不要着急嘛，地球人很有悟性，学得也很快，只需一个世纪左右，上帝科学技术中层次较低的一部分就能在人类社会得到初步应用，那时生活会好起来的。"

"切，一个世纪，还只需，你这叫人话啊？"正在洗碗的玉莲头也不回地说。

“这时间很短啊。”

“那是对你们，你以为我能像你似的长生不老啊，一个世纪过去，我的骨头都找不着了！不过我倒要问问，你觉得自个儿还能活多少时间呢？”

“唉！风烛残年了，再能活三四百个地球年就很不错了。”

玉莲将一摞碗全摔到了地上：“咱这到底是谁给谁养老、谁给谁送终啊？！啊，合着我累死累活伺候你一辈子，还得搭上我儿子孙子往下十几辈不成？！说你老不死，你还真是啊！”

…………

至于秋生爹，则认为上帝是个骗子。其实，这种说法在社会上也很普遍，既然科学家看不懂上帝的科技文献，就无法证实它们的真伪，说不定人类真让上帝给耍了。对于秋生爹而言，他这方面的证据更充分一些。

“老骗子，行骗也没你这么猖狂的。”他有一天对上帝说，“我懒得揭穿你，你那一套真不值得我揭穿，甚至不值得我孙子揭穿呢！”

上帝问他有什么地方不对。

“先说最简单的一个吧：我们的科学家知道，人是由猴儿变来的，对不对？”

上帝点点头：“准确地说是由古猿进化来的。”

“那你怎么说我们是你们造的呢？既然造人，直接造成我们这样儿不就行了，为什么先要造出古猿，再进化什么的，这说不通啊！”

“人要以婴儿出生再长大为成人，一个文明也一样，必须从原始状态进化发展而来，这其中的漫长历程是不可省略的。事实上，对于人类这一物种分支，我们最初引入的是更为原始的东西，古猿已经经过相当的进化了。”

“我不信你故弄玄虚的那一套，好好，再说个更明显的吧，告诉你，这还是我孙子看出来的：我们的科学家说地球上三十多亿年前就有生命了，这你是认的，对吧？”

上帝点点头：“他们估计的基本准确。”

“那你有三十多亿岁？”

“按你们的时间坐标，是的；但按上帝飞船的时间坐标，我只有三千五百岁。飞船以接近光速飞行，时间的流逝比你们的世界要慢得多。当然，有少数飞船会不定期脱离光速，降至低速来到地球，对地球上的生命进化进行一些调整。但这只需很短的时间，这些飞船很快就会重新进入太空进行接近光速的航行，继续跨越时间。”

“扯——”秋生爹轻蔑地说。

“爹，这可是相对论，也是咱们的科学家证实了的。”秋生插嘴说。

“相对个屁！你也给我瞎扯，哪有那么玄乎的事儿？时间又不是香油，还能流得快慢不同？！我还没老糊涂呢！倒是你，那些书把你看傻了！”

“我很快就能向你们证明，时间能够以不同的速度流逝。”上帝一脸神秘地说，同时从怀里掏出了那张两千年前情人的照片，把它递给秋生，“仔细看看，记住她的每一个细节。”

秋生看那照片的第一眼时，就知道自己肯定能够记住每一个细节，想忘都不容易。同其他的上帝一样，她综合了各色人种的特点，皮肤是温润的象牙色，那双会唱歌的大眼睛绝对是活的，一下子就把秋生的魂儿勾走了。她是上帝中的姑娘，她是姑娘中的上帝，那种上帝之美，如第二个太阳，人类从未见过，也根本无法承受。

“瞧你那德行样儿，口水都流出来了！”玉莲一把从已经有些傻呆的秋生手中抢过照片，还没拿稳，就让公公抢去了。

“我来我来。”秋生爹说着，那双老眼立刻凑到照片上，近得不能再近了，好长时间一动不动，好像那能当饭吃。

“凑那么近干吗？”玉莲轻蔑地问。

“去去，我不是没戴老花镜嘛。”秋生爹脸伏在照片上说。

玉莲用不屑的目光斜视了公公几秒钟，撇撇嘴，转身进厨房了。

上帝把照片从秋生爹手中拿走了，后者的双手恋恋不舍地护送照片走了一段。上帝说：“记好细节，明天的这个时候再让你们看。”

整整一天，秋生爷俩少言寡语，都在想着那位上帝姑娘，他们心照不宣，惹得玉莲脾气又大了许多。终于等到了第二天的同一个时候，上帝好像忘了那事，经秋生爹的提醒才想起来，他掏出那张让爷俩想念了一天的照片，首先递给秋生：“仔细看看，她有什么变化？”

“没啥变化呀。”秋生全神贯注地看着，过了好一会儿，终于看出点东西来，“哦，对，她嘴唇儿张开的缝比昨天好像小了一些，小得不多，但确实小了一些，看嘴角儿这儿……”

“不要脸的，你看得倒是细！”照片又让媳妇抢走了，同样又让公公抢到手里。

“还是我来——”秋生爹今天拿来了老花镜，戴上细细端详着，“是，是，是小了些。还有很明显的一点你怎么没看出来呢？这小缕头发嘛，比昨天肯定向右飘了一点点的！”

上帝将照片从秋生爹手中拿过来，举到他们面前：“这不是一张照片，而是一台电视接收机。”

“就是……电视机？”

“是的，电视机，现在它接收的，是她在那艘飞向宇宙边缘的探险飞船上的实况画面。”

“实况？就像转播足球赛那样？！”

“是的。”

“这，这上面的她居然……是活的！”秋生目瞪口呆地说，连玉莲的双眼都睁得像核桃那么大。

“是活的，但比起地球上的实况转播，这个画面有时滞，探险飞船大约已经飞出了八千万光年，那么时滞就是八千万年，我们看到的，是八千万年前的她。”

“这小玩意儿能收到那么远的地方传来的电波？”

“这样的超远程宇宙通信，只能使用中微子或引力波，我们的飞船才能收到，放大后再转发到这个小电视机上。”

“宝物，真是宝物啊！”秋生爹由衷地赞叹道，不知是指的那台小电视，还是电视上那个上帝姑娘。反正一听说她居然是“活的”，秋生爷俩的感情就上升了一个层次，秋生伸手要去捧小电视，但老上帝不给。

“电视中的她为什么动得那么慢呢？”秋生问。

“这就是时间流逝速度不同的结果，从我们的时空坐标上看，接近光速飞行的探险飞船上的时间流逝得很慢很慢。”

“那……她就能跟你说话儿了是吗？”玉莲指指小电视问。

上帝点点头，按动了小屏幕背面的一个开关，小电视立刻发出了一个声音，那是一个柔美的女声，但是音节恒定不变，像是歌唱结束时永恒拖长的尾声。上帝用充满爱意的目光凝视着小屏幕：“她正在说呢，刚刚说出‘我爱你’三个字，每个字说了一年多的时间，已说了三年半，现在正在结束‘你’字，完全结束可能还需要三个月左右吧。”上帝把目光从屏幕上移开，仰视着院子上方的苍穹，“她后面还有话，我会用尽残生去听的。”

兵兵和本家上帝的好关系倒是维持了一段时间，老上帝们或多或少都有些童心，与孩子们谈得来，也能玩到一块儿。但有一天，兵兵闹着要上帝的那块大手表，上帝坚决不给，说那是和上帝文明通信的工具，没有它，自己就无法和本种族联系了。

“哼，看看看看，还想着你们那个文明啊种族啊，从来就没有把我们当自家人！”玉莲气鼓鼓地说。

从此以后，兵兵也不和上帝好了，还不时搞些恶作剧来捉弄他。

家里唯一还对上帝保持着尊敬和孝心的就是秋生。秋生高中毕业，加上平时爱看书，村里除去那几个考上大学走了的，他就是最知书达理的人了。但秋生在家是个地地道道的软蛋角色，平时看老婆的眼色行事，听爹的训斥过活，要是遇到爹和老婆对他的指示不一致，就只会抱头蹲在那儿流眼泪了。他这个熊样儿，在家里自然无法维护上帝的权益了。

六

上帝与人类的关系终于恶化到不可挽回的地步。

秋生家与上帝关系的彻底破裂，是因为方便面那事。这天午饭前，玉莲就搬着一个纸箱子从厨房出来，问她昨天刚买的一整箱方便面怎么一下子少了一半。

“是我拿的，我给河那边送过去了，他们快断粮了。”上帝低着头小声回答说。

他说的河那边，是指村里那些离家出走的上帝的聚集点。近日来，村里虐待上帝的事屡有发生，其中最刁蛮的一户人家，对本家的上帝又打又骂，还不给饭吃，逼得那个上帝跳到村前的河里寻短见，幸亏让人救起。这事惊动面很大，来处理的不是乡和县里的人，而是市公安局的刑警，还跟着 CCTV 和省电视台的一帮记者，把那两口子一下子都铐走了。按照《上帝赡养法》，他们犯了虐待上帝罪，最少要判十年的，而这个法律是唯一一个在世界各国都通用并且统一量刑的法律。这以后村里的各家收敛了许多，至少在明里不敢对上帝太过分了，但同时，也更加剧了村里人和上帝之间的隔阂。开始有上帝离家出走，其他的上帝纷纷效仿，到目前为止，西岑村近三分之一的上帝离开了收留他们的家庭。这些出走的上帝在河对岸的田野上搭起帐篷，过起了艰苦的原始生活。

在国内和世界的其他地方，情况也好不到哪里去，城市中的街道上再次出现了成群的流浪上帝，且数量还在急剧增加，重演了三年前那噩梦般的一幕。这个人和上帝共同生活的世界面临着巨大的危机。

“好啊，你倒是大方！你个吃里爬外的老不死的！”玉莲大骂起来。

“我说老家伙，”秋生爹一拍桌子站了起来，“你给我滚！你不是惦记着河那边的吗？滚到那里去和他们一起过吧！”

上帝低头沉默了一会儿，站起身，到楼上自己的小房间去，默默地把属于他自己的不多的几件东西装到一个小包袱里，拄着那根竹拐杖缓缓出了门，向河的方向走去。

秋生没有和家里人一起吃饭，一个人低头蹲在墙角默不作声。

“死鬼，过来吃啊，下午还要去镇里买饲料呢！”玉莲冲他喊，见他没动，就过去揪他的耳朵。

“放开。”秋生说，声音不高，但玉莲还是触电似的放开了，因为她从来没有见过自己的男人有那种阴沉的表情。

“甭管他，爱吃不吃，傻小子一个。”秋生爹不以为然地说。

“呵，你惦记老不死的上帝了是不是？那你也滚到河那边野地里跟他们过去吧！”玉莲用一根手指捅着秋生的脑袋说。

秋生站起身，上楼到卧室里，像刚才上帝那样整理了不多的几件东西，装到以前进城打工用过的那个旅行包中，背着下了楼，大步向外走去。

“死鬼你去哪儿啊？！”玉莲喊道，秋生不理会，只是向外走，她又喊，声音有些胆怯了，“多会儿回来？！”

“不回来了。”秋生头也不回地说。

“什么？！回来！你小子是不是吃大粪了？！回来！”秋生爹跟着儿子出了屋，“你咋的？就算不要老婆孩子，爹你也不管了？！”

秋生站住了，头也不回地说：“凭什么要我管你？”

“哎，这话说的？我是你老子！我养大了你！你娘死得那么早，我把你姐弟俩拉扯大容易吗？！你浑了你！”

秋生回头看了他爹一眼说：“要是创造出咱们祖宗的祖宗的祖宗的人都让你一脚踢出了家门，我不养你的老也算不得什么大罪过。”说完自顾自地走了，留下他爹和媳妇在门边目瞪口呆地站着。

秋生从那座古老的石拱桥上过了河，向上帝们的帐篷走去。他看到，在撒满金色秋叶的草地上，几个上帝正支着一口锅煮着什么，他们的大白胡子和锅里冒出的蒸气都散映着正午的阳光，很像一幅上古神话中的画面。秋生找到自家的上帝，憨憨地说：“上帝爷子，咱们走吧。”

“我不回那个家了。”上帝摆摆手说。

“我也不回了，咱们先去镇里我姐家住一阵儿，然后我去城里打工，咱们租房子住，我会养活您一辈子的。”

“你是个好孩子啊——”上帝拍拍秋生的肩膀说，“可我们要走了。”他指指自己手腕上的表，秋生这才发现，他和所有上帝的手表都发出闪动的红光。

“走？去哪儿？”

“回飞船上去。”上帝指了指天空，秋生抬头一看，发现空中已经有了两艘外星飞船，反射着银色的阳光，在蓝天上格外醒目。其中一艘已经呈现出很大的轮廓和清晰的形状，另一艘则处在后面深空的远处，看上去小了很多。最令秋生震惊的是，从第一艘飞船上垂下了一根纤细的蛛丝，从太空直垂到远方的地面！随着蛛丝缓慢的摆动，耀眼的阳光在蛛丝不同的区段上窜动，看上去像蓝色晴空中细长的闪电。

“太空电梯，现在在各个大陆上已经建起了一百多条，我们要乘它离开地球回到飞船上去。”上帝解释说。秋生后来知道，飞船在同步轨道上放下电梯的同时，向着太空的另一侧也要有相同的质量来平衡，后面那艘深空中的飞船就是作为平衡配重的。当秋生的眼睛适应了天空的光亮后，发现更远的深空中布满了银色的星星，那些星星分布均匀整齐，构成一个巨大的矩阵。秋生知道，那是正在从小行星带飞向地球的其余两万多艘上帝文明的飞船。

七

两万艘外星飞船又布满了地球的天空，在以后的两个月中，有大量的太空舱沿着垂向各大陆的太空电梯上上下下，接走在地球上生活了一年多的二十亿上帝。那些太空舱都是银色的球体，远远看去，像是一串串挂在蛛丝导轨上的晶莹露珠。

西岑村的上帝走的这天，全村的人都去送，所有的人对上帝都亲亲热热，让人想起一年前上帝来的那天，好像上帝前面受到的那些嫌弃和虐待与他们毫无关系似的。

村口停着两辆大轿车，就是一年前送上帝来的那两辆，这一百来个上帝要被送到最近的太空电梯下垂点搭乘太空舱，从这里能看到的那根蛛丝，与陆地的接点其实有几百公里之遥。

秋生一家都去送本家的上帝，一路上大家默默无语，快到村口时，上帝停下了，拄着拐杖对一家人鞠躬:“就送到这儿吧,谢谢你们这一年的收留和照顾,真的谢谢,不管飞到宇宙的哪个角落，我都会记住这个家的。”他说着把那块球形的大手表摘下来，放到兵兵手里，“送给你啦。”

“那……你以后怎么同其他上帝通信呢？”兵兵问。

“都在飞船上，用不着这东西了。”上帝笑着说。

“上帝爷子啊，”秋生爹一脸伤感地说，“你们那些船可都是破船了，住不了多久了，你们坐着它们能去哪呢？”

上帝抚着胡子平静地说：“飞到哪儿算哪儿吧，太空无边无际，哪儿还不埋人呢？”

玉莲突然哭出声儿来：“上帝爷子啊，我这人……也太不厚道了，把过日子攒起来的怨气全撒到您身上，真像秋生说的，一点良心都没了……”她把一个竹篮子递到上帝手中，“我一早煮了些鸡蛋，您拿着路上吃吧。”

上帝接过了篮子，说道：“谢谢！”他拿出一个鸡蛋剥开皮津津有味地吃了起来，白胡子上沾了星星点点的蛋黄，同时口齿不清地说着，“其实，我们到地球来，并不只是为了活下去，都是活了两三千岁的人了，死有什么可在意的？我们只是想和你们在一起，我们喜欢和珍惜你们对生活的热情、你们的创造力和想象力，这些都是上帝文明早已失去的，我们从你们身上看到了上帝文明的童年。但真没想到给你们带来了这么多的麻烦，实在对不起了。”

“你留下来吧爷爷，我不会再不懂事了！”兵兵流着眼泪说。

上帝缓缓摇摇头：“我们走，并不是因为你们待我们怎么样，能收留我们，已经很满足了。但有一件事让我们没法待下去，那就是：上帝在你们的眼中已经变成了一群老可怜虫，你们可怜我们了，你们竟然可怜我们了。”

上帝扔下手中的蛋壳，抬起白发苍苍的头仰望长空，仿佛透过那湛蓝的大气层看到了灿烂的星海。

“上帝文明怎么会让人可怜呢？你们根本不知道这是一个怎样伟大的文明，不知道它在宇宙中创造了多少壮丽的史诗、多少雄伟的奇迹！记得那是银河一八五七纪元吧，天文学家们发现，有大批的恒星加速了向银河系中心的运动，这恒星的洪水一旦被银心的超级黑洞吞没，产生的辐射将毁灭银河系中的一切生命。于是，我们那些伟大的祖先，在银心黑洞周围沿银河系平面建起了一个直径一万光年的星云屏蔽环，使银河系中的生命和文明延续下去。那是一项多么宏伟的工程啊，整整延续了一千四百万年才完成……紧接着，仙女座和大麦哲伦两个星系的文明对银河系发动了强大的联合入侵，上帝文明的星际舰队跨越几十万光年，在仙女座与银河系的引力平衡点迎击入侵者。当战争进入白热化的时候，双方数量巨大的舰队在缠斗中混为一体，形成了一个直径有太阳系大小的旋涡星云。在战争的最后阶段，上帝文明毅然将剩余的所有战舰和巨量的非战斗飞船投入了这个高速自旋的星云，使得星云总质量急剧增加，引力大于了离心力，这个由星际战舰和飞船构成的星云居然在自身引力下坍缩，生成了一颗恒星！由于这颗恒星中的重元素比例很高，在生成后立刻变成了一颗疯狂爆发的超新星，照亮了仙女座和银河系之间漆黑的宇宙深渊！我们伟大的先祖就是以这样的气概和牺牲消灭了入侵者，把银河系变成一个和平的生命乐园……现在文明是老了，但不是我们的错，无论怎样努力避免，一个文明总是要老的。谁都有老的时候，你们也一样。我们真的不需要你们可怜。”

“与你们相比，人类真算不得什么。”秋生敬畏地说。

“也不能这么说，地球文明还是个幼儿。我们盼着你们快快长大，盼望地球文明能够继承它的创造者的光荣。”上帝把拐杖扔下，两手一高一低地放在秋生和兵兵肩上，“说到这里，我最后有些话要嘱咐你们。”

“我们不一定听得懂，但您说吧。”秋生郑重地点点头说。

“首先，一定要飞出去！”上帝对着长空伸开双臂，他身上宽大的白袍随着秋风飘舞，像一面风帆。

“飞？飞到哪儿？”秋生爹迷惑地问。

“先飞向太阳系的其他行星，再飞向其他的恒星，不要问为什么，只是尽最大的力量向外飞，飞得越远越好！这样要花很多钱死很多人，但一定要飞出去。任何文明，待在它诞生的世界不动就等于自杀！到宇宙中去寻找新的世界新的家，把你们的后代像春雨般撒遍银河系！”

“我们记住了。”秋生点点头，虽然他和自己的父亲、儿子、媳妇一样，都不能真正理解上帝的话。

“那就好。”上帝欣慰地长出一口气，“下面，我要告诉你们一个秘密，一个对你们来说是天大的秘密——”他用蓝幽幽的眼睛依次盯着秋生家的每个人看，那目光如飕飕寒风，让他们心里发毛，“你们，有兄弟。”

秋生一家迷惑不解地看着上帝，是秋生首先悟出了上帝这话的含意:“您是说，你们还创造了其他的地球？”

上帝缓缓地点点头：“是的，还创造了其他的地球，也就是其他的人类文明。目前除了你们，这样的文明还存在着三个，距你们都不远，都在二百光年的范围内，你们是地球四号，是年龄最小的一个。”

“你们去过那里吗？”兵兵问。

上帝又点点头：“去过，在来你们的地球之前，我们先去了那三个地球，想让他们收留我们。地球一号还算好，在骗走了我们的科技资料后，只是把我们赶了出来；地球二号，扣下了我们中的一百万人当人质，让我们用飞船交换，我们付出了一千艘飞船，他们得到飞船后发现不会操作，就让那些人质教他们，发现人质也不会，就将他们全杀了；地球三号也扣下了我们的三百万人质，让我们用几艘飞船分别撞击地球一号和二号，因为他们之间处于一种旷日持久的战争状态中，其实只需一艘反物质动力飞船的撞击就足以完全毁灭一个地球上的全部生命，我们拒绝了，他们也杀了那些人质……”

“这些不肖子孙，你们应该收拾他们几下子！”秋生爹愤怒地说。

上帝摇摇头：“我们是不会攻击自己创造的文明的。你们是这四个兄弟中最懂事的，所以我才对你们说了上面那些话。你们那三个哥哥极具侵略性，他们不知爱和道德为何物，其凶残和嗜杀是你们根本无法想象的。其实我们最初创造了六个地球，另外两个分别与地球一号和三号在同一个行星系，都被他们的兄弟毁灭了。这三个地球之所以还没有互相毁灭，只是因为他们分属不同的恒星，距离较远。他们三个都已经得知了地球四号的存在，并有太阳系的准确坐标，所以，你们必须先去消灭他们，免得他们来消灭你们。”

“这太吓人了！”玉莲说。

“暂时还没那么可怕，因为这三个哥哥虽然文明进化程度都比你们先进，但仍处于低速宇航阶段，他们最高的航行速度不超过光速的十分之一，航行距离也超不出三十光年。这是一场生死赛跑，看你们中谁最先贴近光速航行，这是突破时空禁锢的唯一方式，谁能够首先达到这个技术水平，谁才能生存下来，其他稍慢一步的都必死无疑。这就是宇宙中的生存竞争，孩子们，时间不多了，要抓紧！”

“这些事情，地球上那些最有学问、最有权力的人都知道了吧？”秋生爹战战兢兢地问。

“当然知道，但不要只依赖他们，一个文明的生存要靠其每个个体的共同努力，当然也包括你们这些普通人。”

“听到了吧兵兵，要好好学习！”秋生对儿子说。

“当你们以近光速飞向宇宙，解除了那三个哥哥的威胁，还要抓紧办一件重要的事：找到几颗比较适合生命生存的行星，把地球上的一些低等生物，如细菌、海藻之类的，播撒到那些行星上，让他们自行进化。”

秋生正要提问，却见上帝弯腰拾起了地上的拐杖，于是一家人同他一起向大轿车走去，其他的上帝已在车上了。

“哦，秋生啊，”上帝想起了什么，又站住了，“走的时候没经你同意就拿了你几本书，”他打开小包袱让秋生看，“你上中学时的数理化课本。”

“啊，拿走好了，可您要这个干什么？”

上帝系起包袱说：“学习呗，从解一元二次方程学起，以后太空中的漫漫长夜里，总得找些打发时间的办法。谁知道呢，也许有那么一天，我真的能试着修好我们那艘飞船的反物质发动机，让它重新进入光速呢！”

“对了，那样你们又能跨越时间了，就可以找个星球再创造一个文明给你们养老了！”秋生兴奋地说。

上帝连连摇头：“不不不，我们对养老已经不感兴趣了，该死去的就让它死去吧。我这么做，只是为了自己最后一个心愿，”他从怀里掏出了那个小电视机，屏幕上，他那两千年前的情人还在慢慢说着那三个字中的最后一个，“我只想再见到她。”

“这念头儿是好，但也就是想想罢了。”秋生爹摇摇头说，“你想啊，她已经飞出去两千多年了，以光速飞的，谁知道飞到什么地方去了，你就是个修好了船，也追不上她了。你不是说过，没什么能比光走得更快吗？”

上帝用拐杖指指天空：“这个宇宙，只要你耐心等待，什么愿望都有可能实现，虽然这种可能性十分渺茫，但总是存在的。我对你们说过，宇宙诞生于一场大爆炸，现在，引力使它的膨胀速度慢了下来，然后宇宙的膨胀会停下来，转为坍缩。如果我们的飞船真能再次接近光速，我就让它无限逼近光速飞行，这样就能跨越无限的时间，直接到达宇宙的末日时刻。那时，宇宙已经坍缩得很小很小，会比乒乓的皮球还小，会成为一个点。那时，宇宙中的一切都在一起了，我和她，自然也在一起了。”一滴泪滑出上帝的眼眶，滚到胡子上，在上午的阳光中晶莹闪烁着，“宇宙啊，就是《梁祝》最后的坟墓，我和她，就是墓中飞出的两只蝶啊——”

八

一个星期后，最后一艘外星飞船从地球的视野中消失，上帝走了。

西岑村恢复了以前的宁静，夜里，秋生一家坐在小院中看着满天的星星，已是深秋，田野里的虫鸣已经消失了，微风吹动着脚下的落叶，感觉有些寒意了。

“他们在那么高的地方飞，多大的风啊，多冷啊——”玉莲喃喃自语道。

秋生说：“哪有什么风啊，那是太空，连空气都没有呢！冷倒是真的，冷到了头儿，书上叫绝对零度。唉，那黑漆漆的一片，不见底也没有边，那是噩梦都梦不见的地方啊！”

玉莲的眼泪又出来了，但她还是找话说加以掩饰：“上帝最后说的那两件事儿，地球的三个哥哥我倒是听明白了，可他后面又说，要我们向别的星球撒细菌什么的，我想到现在也不明白。”

“我明白了，”秋生爹说。在这灿烂的星空下，他愚拙了一辈子的脑袋终于开了一次窍，他仰望着群星，头顶着它们过了一辈子，他发现自己今天才真切地看到它们的样子，一种从未有过的感觉充满了他的血液，使他觉得自己仿佛与什么更大的东西接触了一下，虽远未融为一体，但这感觉还是令他震惊不已。

他对着星海长叹一声，说：

“人啊，该考虑养老的事了。”

赡养人类

业务就是业务，与别的无关。这是滑膛所遵循的铁的原则，但这一次他遇到了一些困惑。

首先客户的委托方式不对，他要与自己面谈，在这个行业中，这可是件很稀奇的事。三年前，滑膛听教官不止一次地说过，他们与客户的关系，应该是前额与后脑勺的关系，永世不得见面，这当然是为了双方的利益考虑。见面的地点更令滑膛吃惊，是在这座大城市中最豪华的五星级酒店中最豪华的总统大厅里，那可是世界上最不适合委托这种业务的地方。据对方透露，这次委托加工的工件有三个，这倒无所谓，再多些他也不在乎。

服务生拉开了总统大厅包金的大门，滑膛在走进去前，不为人察觉地把手向夹克里探了一下，轻轻拉开了左腋下枪套的暗扣。其实这没有必要，没人会在这种地方对他干太意外的事。

大厅金碧辉煌，仿佛是与外面现实毫无关系的另一个世界，巨型水晶吊灯就是这个世界的太阳，猩红色的地毯就是这个世界的草原。这里初看很空旷，但滑膛还是很快发现了人，他们围在大厅一角的两个落地窗前，撩开厚重的窗帘向外面的天空看，滑膛扫了一眼，立刻数出竟有十三个人。客户是他们而不是他，也出乎滑膛的预料。教官说过，客户与他们还像情人关系——尽管可能有多个，但每次只能与他们中的一人接触。

滑膛知道他们在看什么，哥哥飞船又移到南半球上空了，现在可以清晰地看到。上帝文明离开地球已经三年了，那次来自宇宙的大规模造访，使人类对外星文明的心理承受能力增强了许多，况且，上帝文明有铺天盖地的两万多艘飞船，而这次到来的哥哥飞船只有一艘。它的形状也没有上帝文明的飞船那么奇特，只是一个两头圆的柱体，像是宇宙中的一粒感冒胶囊。

看到滑膛进来，那十三个人都离开窗子，回到了大厅中央的大圆桌旁。滑膛认出了他们中的大部分，立刻感觉这间华丽的大厅变得寒陋了。这些人中最引人注目的是朱汉扬，他的华软集团的“东方 3000”操作系统正在全球范围内取代老朽的 Windows。其他的人，也都在《福布斯》《财富》五百排行的前五十内，这些人每年的收益，可能相当于一个中等国家的 GDP，滑膛处于一个小型版的全球财富论坛中。

这些人与齿哥是绝对不一样的，滑膛暗想，齿哥是一夜的富豪，他们则是三代修成的贵族。虽然真正的时间远没有那么长，但他们确实是贵族，财富在他们这里已转化成内敛的高贵。就像朱汉扬手上的那枚钻戒，纤细精致，在他修长的手指上若隐若现，只是偶尔闪一下温润的柔光，但它的价值，也许能买几十个齿哥手指上那颗核桃大小金光四射的玩意儿。

但现在，这十三名高贵的财富精英聚在这里，却是要雇职业杀手杀人，而且要杀三个人。据首次联系的人说，这还只是第一批。

其实滑膛并没有去注意那枚钻戒，他看的是朱汉扬手上的那三张照片，那显然就是委托加工的工件了。朱汉扬起身越过圆桌，将三张照片推到他面前。扫了一眼后，滑膛又有微微的挫折感。教官曾说过，对于自己开展业务的地区，要预先熟悉那些有可能被委托加工的工件，至少在这个大城市，滑膛做到了。但照片上这三个人，滑膛是绝对不认识的。这三张照片显然是用长焦距镜头拍的，上面的脸孔蓬头垢面，与眼前这群高贵的人简直不是一个物种。细看后才发现，其中有一个是女性，还很年轻，与其他两人相比她要整洁些，头发虽然落着尘土，但细心地梳过。她的眼神很特别，滑膛很注意人的眼神，他这个专业的人都这样，他平时看到的眼神分为两类：充满欲望焦虑的和麻木的，但这双眼睛充满少见的平静。滑膛的心微微动了一下，但转瞬即逝，像一缕随风飘散的轻雾。

“这桩业务，是社会财富液化委员会委托给你的，这里是委员会的全体常委，我是委员会的主席。”朱汉扬说。

社会财富液化委员会？奇怪的名字，滑膛只明白了它是一个由顶级富豪构成的组织，并没有去思考它名称的含义，他知道这是属于那类如果没有提示不可能想象出其真实含义的名称。

“他们的地址都在背面写着，不太固定，只是一个大概范围，你得去找，应该不难找到的。钱已经汇到你的账户上，先核实一下吧。”朱汉扬说，滑膛抬头看看他，发现他的眼神并不高贵，属于充满焦虑的那一类，但令他微微惊奇的是，其中的欲望已经无影无踪了。

滑膛拿出手机，查询了账户，数清了那串数字后面零的个数后，他冷冷地说：“第一，没有这么多，按我的出价付就可以；第二，预付一半，完工后付清。”

“就这样吧。”朱汉扬不以为然地说。

滑膛按了一阵手机后说：“已经把多余款项退回去了，您核实一下吧。先生，我们也有自己的职业准则。”

“其实现在做这种业务的很多，我们看重的就是您的这种敬业和荣誉感。”许雪萍说。这个女人的笑很动人，她是远源集团的总裁，远源是电力市场完全放开后诞生的亚洲最大的能源开发实体。

“这是第一批，请做得利索些。”海上石油巨头薛桐说。

“快冷却还是慢冷却？”滑膛问，同时加了一句，“需要的话我可以解释。”

“我们懂，这些无所谓，你看着做吧。”朱汉扬回答。

“验收方式？录像还是实物样本？”

“都不需要，你做完就行，我们自己验收。”

“我想就这些了吧？”

“是，您可以走了。”

滑膛走出酒店，看到高厦间狭窄的天空中，哥哥飞船正在缓缓移过。飞船的体积大了许多，运行的速度也更快了，显然降低了轨道高度。它光滑的表面涌现着绚丽的花纹，那花纹在不断地缓缓变化，看久了对人有一种催眠作用。其实飞船表面什么都没有，只是一层全反射镜面，人们看到的花纹，只是地球变形的映像。滑膛觉得它像一块钝银，很美。他喜欢银，不喜欢金，银很静，很冷。

三年前，上帝文明在离去时告诉人类，他们共创造了六个地球，现在还有四个存在，都在距地球两百光年的范围内。上帝敦促地球人类全力发展技术，必须先去消灭那三个兄弟，免得他们来消灭自己。但这信息来得晚了。

那三个遥远地球世界中的一个——第一地球，在上帝船队走后不久就来到了太阳系，他们的飞船泊入地球轨道。他们的文明历史比太阳系人类长两倍，所以这个地球上的人类应该叫他们哥哥。

滑膛拿出手机，又看了一下账户中的金额。齿哥，我现在的钱和你一样多了，但总还是觉得少什么。而你，总好像是认为自己已经得到了一切，所做的就是竭力避免它们失去……滑膛摇摇头，想把头脑中的影子甩掉，这时候想起齿哥，不吉利。

齿哥得名，源自他从不离身的一把锯，那锯薄而柔软，但极其锋利，锯柄是坚硬的海柳做的，有着美丽的浮世绘风格的花纹。他总是将锯像腰带似的绕在腰上，没事儿时取下来，拿一把提琴弓在锯背上划动，借助于锯身不同宽度产生的音差，加上将锯身适当地弯曲，居然能奏出音乐来，乐声飘忽不定，音色忧郁而阴森，像一个幽灵在呜咽。这把利锯的其他用途滑膛当然听说过，但只有一次看到过齿哥以第二种方式使用它。那是在一间旧仓库中的一场豪赌中，一个叫半头砖的二老大输了个精光，连他父母的房子都输掉了，眼红得冒血，要把自己的两条胳膊押上翻本。齿哥手中玩着骰子对他微笑了一下，说胳膊不能押的，来日方长啊，没了手，以后咱们兄弟不就没法玩了吗？押腿吧。于是半头砖就把两条腿押上了。他再次输光后，齿哥当场就用那把锯把他的两条小腿齐膝锯了下来。滑膛清楚地记得利锯划过肌腱和骨骼时的声音，当时齿哥一脚踩着半头砖的脖子，所以他的惨叫声发不出来，宽阔阴冷的大仓库中只回荡着锯拉过骨肉的声音，像欢快的歌声，在锯到膝盖的不同位置时呈现出丰富的音色层次，雪白雪白的骨末撒在鲜红的血泊上，形成的构图呈现出一种妖艳的美。滑膛当时被这种美震撼了，他身上的每一个细胞都加入了锯和血肉的歌声中，这才叫生活！那天是他十八岁生日，绝好的成年礼。完事后，齿哥把心爱的锯擦了擦缠回腰间，指着已被抬走的半头砖和两根断腿留下的血迹说：“告诉砖儿，后半辈子我养活他。”

滑膛虽年轻，也是自幼随齿哥打天下的元老之一，见血的差事每月都有。当齿哥终于在血腥的社会阴沟里完成了原始积累，由黑道转向白道时，一直跟追着他的人都被封了副董事长、副总裁之类的，唯有滑膛只落得给齿哥当保镖。但知情的人都明白，这种信任非同小可。齿哥是个非常小心的人，这可能是源于他干爹的命运。齿哥的干爹也是非常小心的，用齿哥的话说恨不得把自己用一块铁包起来。许多年的平安无事后，那次干爹乘飞机，带了两个最可靠的保镖，在一排座位上，他坐在两个保镖中间。在珠海降落后，空姐发现这排座上的三个人没有起身，坐在那里若有所思的样子，接着发现他们的血已淌过了十多排座位。有许多根极细的长钢针从后排座位透过靠背穿过来，两个保镖每人的心脏都穿过了三根，至于干爹，足足被十四根钢针穿透，像一个被精心钉牢的蝴蝶标本。这十四肯定是有说头的，也许暗示着他不合规则吞下的一千四百万，也许是复仇者十四年的等待……与干爹一样，齿哥出道的征途，使得整个社会对于他来说除了暗刃的森林就是陷阱的沼泽，他实际上是将自己的命交到了滑膛手上。

但很快，滑膛的地位就受到了老克的威胁。老克是俄罗斯人。那时，在富人们中有一个时髦的做法：聘请前克格勃人员做保镖，有这样一位保镖，与拥有一个影视明星情人一样值得炫耀。齿哥周围的人叫不惯那个绕口的俄罗斯名，就叫这人克格勃，时间一长就叫老克了。其实老克与克格勃没什么关系，真正的前克格勃机构中，大部分人不过是坐办公室的文职人员，即使是那些处于秘密战最前沿的，对安全保卫也都是外行。老克是那时的中央警卫局的保卫人员，曾是葛罗米克的警卫之一，是这个领域货真价实的精英。而齿哥以相当于公司副董事长的高薪聘请他，完全不是为了炫耀，真的是出于对自身安全的考虑。老克一出现，立刻显出了他与普通保镖的不同。这之前那些富豪的保镖，在饭桌上比他们的雇主还能吃能喝，还喜欢在主人谈生意时乱插嘴，真正出现危险情况时，他们要么像街头打群架那样胡来，要么溜得比主人还快。而老克，不论是在宴席还是谈判时，都静静地站在齿哥身后，他那魁梧的身躯像一堵厚实坚稳的墙，随时准备挡开一切威胁。老克并没有机会遇到威胁他的保护对象的危险情况，但他的敬业和专业使人们都相信，一旦那种情况出现时，他将是绝对称职的。虽然与别的保镖相比，滑膛更敬业一些，也没有那些坏毛病，但他从老克的身上看到了自己的差距。过了好长时间他才知道，老克不分昼夜地戴着墨镜，并非是扮酷，而是为了掩藏自己的视线。

虽然老克的汉语学得很快，但他和包括自己雇主在内的周围人都没什么交往，直到有一天，他突然把滑膛请到自己简朴的房间里，给他和自己倒上一杯伏特加后，用生硬的汉语说：“我，想教你说话。”

“说话？”

“说外国话。”

于是滑膛就跟老克学外国话，几天后他才知道老克教自己的不是俄语而是英语。滑膛也学得很快，当他们能用英语和汉语交流后，有一天老克对滑膛说：“你和别人不一样。”

“这我也感觉到了。”滑膛点点头。

“三十年的职业经验，使我能够从人群中准确地识别出具有那种潜质的人，这种人很稀少，但你就是，看到你第一眼时我就打了个寒战。冷血一下并不难，但冷下去的血再温不起来就很难了，你会成为那一行的精英，可别埋没了自己。”

“我能做什么呢？”

“先去留学。”

齿哥听到老克的建议后，倒是满口答应，并许诺费用的事他完全负责。其实有了老克后，他一直想摆脱滑膛，但公司中又没有空位子了。

于是，在一个冬夜，一架喷气客机载着这个自幼失去父母、从最底层黑社会中成长起来的孩子，飞向遥远的陌生国度。

开着一辆很旧的桑塔纳，滑膛按照片上的地址去踩点。他首先去的是春花广场，没费多少劲儿就找到了照片上的人，那个流浪汉正在垃圾桶中翻找着，然后提着一个鼓鼓的垃圾袋走到一个长椅处。他的收获颇丰，一盒几乎没怎么动的盒饭，还是菜饭分放的那种大盒，一根只咬了一口的火腿肠，几块基本完好的面包，还有大半瓶可乐。滑膛本以为流浪汉会用手抓着盒饭吃，但看到他从这初夏仍穿着的脏大衣口袋中掏出了一个小铝勺。他慢慢地吃完晚餐，把剩下的东西又扔回垃圾桶中。滑膛四下看看，广场四周华灯初上，他很熟悉这里，但现在觉得有些异样。很快，他弄明白了这个流浪汉轻易填饱肚子的原因。这里原是城市流浪者聚集的地方，但现在他们都不见了，只剩下他的这个目标。他们去哪里了？都被委托“加工”了吗？

滑膛接着找到了第二张照片上的地址。在城市边缘一座交通桥的桥孔下，有一个用废瓦楞和纸箱搭起来的窝棚，里面透出昏黄的灯光。滑膛将窝棚的破门小心地推开一道缝，探进头去，出乎意料，他竟进入了一个色彩斑斓的世界，原来窝棚里挂满了大小不一的油画，形成了另一层墙壁。顺着一团烟雾，滑膛看到了那个流浪画家，他像一头冬眠的熊一般躺在一个破画架下，头发很长，穿着一件涂满油彩像长袍般肥大的破T恤衫，抽着五毛一盒的玉蝶烟。他的眼睛在自己的作品间游移，目光充满了惊奇和迷惘，仿佛他才是第一次到这里来的人。他的大部分时光大概都是在这种对自己作品的自恋中度过的。这种穷困潦倒的画家在二十世纪九十年代曾有过很多，但现在不多见了。

“没关系，进来吧。”画家说，眼睛仍扫视着那些画，没朝门口看一眼。听他的口气，就像这里是一座帝王宫殿似的。在滑膛走进来之后，他又问，“喜欢我的画吗？”

滑膛四下看了看，发现大部分的画只是一堆零乱的色彩，就是随意将油彩泼到画布上都比它们显得有理性。但有几幅画面却很写实，滑膛的目光很快被其中的一幅吸引了：占满整幅画面的是一片干裂的黄土地，从裂缝间伸出几株干枯的植物，仿佛已经枯死了几个世纪。而在这个世界上，水也似乎从来就没有存在过。在这干旱的土地上，放着一个骷髅头，它也干得发白，表面布满裂纹，但从它的口洞和一个眼窝中居然长出了两株活生生的绿色植物，它们青翠欲滴，与周围的酷旱和死亡形成鲜明对比，其中一株植物的顶部还开着一朵娇艳的小花。这个骷髅头的另一个眼窝中，有一只活着的眼睛，清澈的眸子瞪着天空，目光就像画家的眼睛一样，充满惊奇和迷惘。

“我喜欢这幅。”滑膛指指那幅画说。

“这是《贫瘠》系列之二，你买吗？”

“多少钱？”

“看着给吧。”

滑膛掏出皮夹，将里面所有的百元钞票都取了出来，递给画家，但后者只从中抽了两张。

“只值这么多，画是你的了。”

滑膛发动了车子，然后拿起第三张照片看上面的地址，旋即将车熄了火，因为这个地方就在桥旁边，是这座城市最大的一个垃圾场。滑膛取出望远镜，透过挡风玻璃从垃圾场上那一群拾荒者中寻找着目标。

这座大都市中靠垃圾为生的拾荒者有三十万人，已形成了一个阶层，而他们内部也有明确的等级。最高等级的拾荒者能够进入高档别墅区，在那里如艺术雕塑般精致的垃圾桶中，每天都能拾到只穿用过一次的新衬衣、袜子和床单，这些东西在这里是一次性用品；垃圾桶中还常常出现只有轻微损坏的高档皮鞋和腰带，以及只抽了三分之一的哈瓦纳雪茄和只吃了一角的高级巧克力……但进入这里捡垃圾要重金贿赂社区保安，所以能来的只是少数人，他们是拾荒者中的贵族。拾荒者的中间阶层都集中在城市中众多的垃圾中转站里，那是城市垃圾的第一个集中地，在那里，垃圾中最值钱的部分：废旧电器、金属、完整的纸制品、废弃的医疗器械、被丢弃的过期药品等，都被捡拾得差不多了。那里也不是随便就能进去的，每个垃圾中转站都是某个垃圾把头控制的地盘，其他拾荒者擅自进入，轻者被暴打一顿赶走，重者可能丢了命。经过中转站被送往城市外面的大型堆放和填埋场的垃圾已经没有多少“营养”了，但靠它生存的人最多，他们是拾荒者中的最底层，就是滑膛现在看到的这些人。留给这些最底层拾荒者的，都是不值钱又回收困难的碎塑料、碎纸等，再就是垃圾中的腐烂食品，可以以每公斤一分的价格卖给附近农民当猪饲料。在不远处，大都市如一块璀璨的巨大宝石闪烁着，它的光芒传到这里，给恶臭的垃圾山镀上了一层变幻的光晕。其实，就是从拾到的东西中，拾荒者们也能体会到那不远处大都市的奢华：在他们收集到的腐烂食品中，常常能依稀认出只吃了四条腿的烤乳猪、只动了一筷子的石斑鱼、完整的鸡……最近整只乌骨鸡多了起来，这源自一道刚时兴的名叫乌鸡白玉的菜，这道菜是把豆腐放进乌骨鸡的肚子里炖出来的，真正的菜就是那几片豆腐，鸡虽然美味，但只是包装，如果不知道吃了，就如同吃粽子连芦苇叶一起吃一样，会成为有品位的食客的笑柄……

这时，当天最后一趟运垃圾的环卫车来了，当自卸车厢倾斜着升起时，一群拾荒者迎着山崩似的垃圾冲上来，很快在飞扬的尘土中与垃圾山融为一体。这些人似乎完成了新的进化，垃圾山的恶臭、毒菌和灰尘似乎对他们都不产生影响。当然，这是只看到他们如何生存而没见到他们如何死亡的普通人产生的印象，正像普通人平时见不到虫子和老鼠的尸体，因而也不关心它们如何死去一样。事实上，这个大垃圾场多次发现拾荒者的尸体，他们静悄悄地死在这里，然后被新的垃圾掩埋了。

在场边一盏泛光灯昏暗的灯光中，拾荒者们只是一群灰尘中模糊的影子，但滑膛还是很快在他们中发现了自己要找的目标。这么快找到她，滑膛除了借助自己锐利的目光外，还有一个原因：与春花广场上的流浪者一样，今天垃圾场上的拾荒者人数明显减少了。这是为什么？

滑膛在望远镜中观察着目标，她初看上去与其他的拾荒者没有太大区别，腰间束着一根绳子，手里拿着大编织袋和顶端装着耙勺的长杆，只是她看上去比别人瘦弱，挤不到前面去，只能在其他拾荒者的圈外捡拾着，她翻找的，已经是垃圾中的垃圾了。

滑膛放下望远镜，沉思片刻，轻轻摇摇头。世界上最离奇的事正在他的眼前发生：一个城市流浪者，一个穷得居无定所的画家，加上一个靠拾垃圾为生的女孩子，这三个世界上最贫穷、最弱势的人，在什么地方威胁到那些处于世界财富之巅的超级财阀呢？这种威胁甚至于迫使他们雇用杀手将其置之于死地！

后座上放着那幅《贫瘠》系列之二，骷髅头上的那只眼睛在黑暗中凝视着滑膛，令他如芒刺在背。

垃圾场那边发出了一阵惊叫声，滑膛看到，车外的世界笼罩在一片蓝光中，蓝光来自东方地平线，那里，一轮蓝太阳正在快速升起，那是运行到南半球的哥哥飞船。飞船一般是不发光的，晚上，自身反射的阳光使它看上去像一轮小月亮，但有时它也会突然发出照亮整个世界的蓝光，这总是令人们陷入莫名的恐惧之中。这一次飞船发出的光比以往都亮，可能是轨道更低的缘故。蓝太阳从城市后面升起，使高楼群的影子一直拖到这里，像一群巨人的手臂，但随着飞船的快速上升，影子渐渐缩回去了。

在哥哥飞船的光芒中，垃圾场上那个拾荒女孩看得更清楚了，滑膛再次举起望远镜，证实了自己刚才的观察，就是她，她蹲在那里，编织袋放在膝盖上，仰望的眼睛有一丝惊恐，但更多的还是他在照片上看到的平静。滑膛的心又动了一下，但像上次一样这触动转瞬即逝，他知道这涟漪来自心灵深处的某个地方，为再次失去它而懊悔。

飞船很快划过长空，在西方地平线落下，在西天留下了一片诡异的蓝色晚霞，然后，一切又没入昏暗的夜色中，远方的城市之光又灿烂起来。

滑膛的思想又回到那个谜上来: 世界最富有的十三个人要杀死最穷的三个人，这不是一般的荒唐，这真是对他的想象力最大的挑战。但思路没走多远就猛地刹住，滑膛自责地拍了一下方向盘，他突然想到自己已经违反了这个行业的最高精神准则，校长的那句话浮现在他的脑海中，这是行业的座右铭:

瞄准谁，与枪无关。

到现在，滑膛也不知道他是在哪个国家留学的，更不知道那所学校的确切位置。他只知道飞机降落的第一站是莫斯科，那里有人接他，那人的英语没有一点儿俄罗斯口音，他被要求戴上一副不透明的墨镜，伪装成一个盲人，以后的旅程都是在黑暗中度过了。又坐了三个多小时的飞机，再坐一天的汽车，才到达学校，这时是否还在俄罗斯境内，滑膛真的说不准了。学校地处深山，围在高墙中，学生在毕业之前绝对不准外出。被允许摘下墨镜后，滑膛发现学校的建筑明显地分为两大类，一类是灰色的，外形毫无特点；另一类的色彩和形状都很奇特。他很快知道，后一类建筑实际上是一堆巨型积木，可以组合成各种形状，以模拟变化万千的射击环境。整所学校，基本上就是一个设施精良的大靶场。

开学典礼是全体学生唯一的一次集合，他们的人数刚过四百。校长一头银发，一副令人肃然起敬的古典学者风度，他讲了如下一番话：

“同学们，在以后的四年中，你们将学习一个我们永远不会讲出其名称的行业所需的专业知识和技能，这是人类最古老的行业之一，同样会有光辉的未来。从小处讲，它能够为做出最后选择的客户解决只有我们才能解决的问题‘从大处讲，它能够改变历史。’

“曾有不同的政治组织出高价委托我们训练游击队员，我们拒绝了，我们只培养独立的专业人员。是的，独立，除钱以外独立于一切。从今以后，你们要把自己当成一支枪，你们的责任，就是实现枪的功能，在这个过程中展现枪的美感，至于瞄准谁，与枪无关。A 持枪射击 B，B 又夺过同一支枪射击 A，枪应该对这每一次射击一视同仁，都以最高的质量完成操作，这是我们最基本的职业道德。”

在开学典礼上，滑膛还学会了几个最常用的术语：该行业的基本操作叫加工，操作的对象叫工件，死亡叫冷却。

学校分 L、M 和 S 三个专业，分别代表长、中、短三种距离。

L 专业是最神秘的，学费高昂，学生人数很少，且基本不和其他专业的人交往。滑膛的教官也劝他们离 L 专业的人远些：“他们是行业中的贵族，是最有可能改变历史的人。”L 专业的知识博大精深，他们的学生使用的狙击步枪价值几十万美元，装配起来有两米多长。L 专业的加工距离均超过一千米，据说最长可达到三千米！

一千五百米以上的加工操作是一项复杂的工程，其中的前期工作之一就是沿射程按一定间距放置一系列的“风铃”，这是一种精巧的微型测风仪，它可将监测值以无线发回，显示在射手的眼镜显示器上，以便他（她）掌握射程不同阶段的风速和风向。

M 专业的加工距离在十米至三百米之间，是最传统的专业，学生也最多，他们一般使用普通制式步枪。M 专业的应用面最广，但也是平淡和缺少传奇的。

滑膛学的是 S 专业，加工距离在十米以下，对武器要求最低，一般使用手枪，甚至还可能使用冷兵器。在三个专业中，S 专业无疑是最危险的，但也是最浪漫的。校长就是这个专业的大师，亲自为 S 专业授课，他首先开的课程竟然是——英语文学。

“你们首先要明白 S 专业的价值。”看着迷惑的学生们，校长庄重地说，“在 L 和 M 专业中，工件与加工者是不见面的，工件都是在不知情的状态下被加工并冷却的。这对他们当然是一种幸运，但对客户却不是，相当一部分客户，需要让工件在冷却之前得知他们被谁、为什么委托加工的，这就要由我们来告知工件。这时，我们已经不是自己，而是客户的化身，我们要把客户传达的最后信息向工件庄严完美地表达出来，让工件在冷却前受到最大的心灵震慑和煎熬，这就是 S 专业的浪漫和美感之所在。工件冷却前那恐惧绝望的眼神，将是我们在工作中最大的精神享受。但要做到这些，就需要我们具有相当的表达能力和文学素养。”

于是，滑膛学了一年的文学。他读《荷马史诗》，背莎士比亚，读了很多经典和现代名著。滑膛感觉这一年是自己留学生涯中最有收获的一年，因为后面学的那些东西他以前多少都知道一些，以后迟早也能学到，但深入地接触文学，这是他唯一的机会。通过文学，他重新发现了人，惊叹人原来是那么一种精致而复杂的东西，以前杀人，在他的感觉中只是打碎盛着红色液体的粗糙陶罐，现在惊喜地发现自己击碎的原来是精美绝伦的玉器，这更增加了他杀戮的快感。

接下来的课程是人体解剖学。与其他两个专业相比，S 专业的另一大优势是可以控制被加工后的工件冷却到环境温度的时间，术语叫快冷却和慢冷却。很多客户是要求慢冷却的，冷却的过程还要录像，以供他们珍藏和欣赏。当然这需要很高的技术和丰富的经验，人体解剖学当然也是不可缺少的知识。

然后，真正的专业课才开始。

垃圾场上拾荒的人渐渐走散，只剩下包括目标在内的几个人。滑膛当即决定，今晚就把这个工件加工了。按行业惯例，一般在勘察时是不动手的，但也有例外，合适的加工时机会稍纵即逝。

滑膛将车开离桥下，经过一阵颠簸后在垃圾场边的一条小路旁停下。滑膛观察到这是拾荒者离开垃圾场的必经之路，这里很黑，只能隐约看到荒草在夜风中摇曳的影子，是很合适的加工地点，他决定在这里等着工件。

滑膛抽出枪，轻轻放在驾驶台上。这是一支外形粗陋的左轮，七点六口径，可以用大黑星（注：黑社会对五四手枪的称呼）的子弹，按其形状，他叫它大鼻子，是没有牌子的私造枪，他从西双版纳的一个黑市上花三千元买到的。枪虽然外形丑陋，但材料很好，且各个部件的结构都加工正确，最大的缺陷就是最难加工的膛线没有做出来，枪管内壁光光的。滑膛有机会得到名牌好枪，他初做保镖时，齿哥给他配了一支三十二发的短乌齐，后来，又将一支七七式当作生日礼物送给他，但那两支枪都被他压到箱底，从来没带过，他只喜欢大鼻子。现在，它在城市的光晕中冷冷地闪亮，将滑膛的思绪又带回了学校的岁月。

专业课开课的第一天，校长要求每个学生展示自己的武器。当滑膛将大鼻子放到那一排精致的高级手枪中时，很是不好意思。但校长却拿起它把玩着，由衷地赞赏道：“好东西。”

“连膛线都没有，消音器也拧不上。”一名学生不屑地说。

“S 专业对准确性和射程要求最低，膛线并不重要；消音器嘛，垫个小枕头不就行了？孩子，别让自己变得匠气了。在大师手中，这把枪能产生出你们这堆昂贵的玩意儿产生不了的艺术效果。”

校长说得对，由于没有膛线，大鼻子射出的子弹在飞行时会翻跟头，在空气中发出正常子弹所没有的令人恐惧的尖啸，在射入工件后仍会持续旋转，像一柄锋利的旋转刀片，切碎沿途的一切。

“我们以后就叫你滑膛吧！”校长将枪递还给滑膛时说，“好好掌握它，孩子，看来你得学飞刀了。”滑膛立刻明白了校长的话：专业飞刀是握着刀尖出刀的，这样才能在旋转中产生更大的穿刺动量，这就需要在到达目标时刀尖正好旋转到前方。校长希望滑膛像掌握飞刀那样掌握大鼻子射出的子弹！这样，就可以使子弹在工件上的创口产生丰富多彩的变化。经过长达两年的苦练，消耗了近三万发子弹，滑膛竟真的练成了这种在学校最优秀的射击教官看来都不可能实现的技巧。

滑膛的留学经历与大鼻子是分不开的。在第四学年，他认识了同专业的一个名叫火的女生，她的名字也许来自那头红发。这里当然不可能知道她的国籍，滑膛猜测她可能来自西欧某个国家。这里不多的女生，几乎个个都是天生的神枪手，但火的枪打得很糟，匕首根本不会用，真不知道她以前是靠什么吃饭的。但在一次勒杀课程中，她从自己手上那枚精致的戒指中抽出一根肉眼看不见的细线，熟练地套到用作教具的山羊脖子上，那根如利刃般的细线竟将山羊的头齐齐地切了下来。据火介绍，这是一段纳米丝，这种超高强度的材料未来可能被用来建造太空电梯。

火对滑膛没什么真爱可言，那种东西也不可能在这里出现。她同时还与外系一个名叫黑冰狼的北欧男生交往，并在滑膛和黑冰狼之间像斗蛐蛐似的反复挑逗，企图引起一场流血争斗，以便为枯燥的学习生活带来一点儿消遣。她很快成功了，两个男人决定以俄罗斯轮盘赌的形式决斗。这天深夜，全班同学将靶场上的巨型积木摆放成罗马斗兽场的形状，决斗就在斗兽场中央进行，使用的武器是大鼻子。火做裁判，她优雅地将一颗子弹塞进大鼻子的空弹仓，然后握住枪管，将弹仓在她那如常青藤般的玉臂上来回滚动了十几次，然后，两个男人谦让了一番，火微笑着将大鼻子递给滑膛。滑膛缓缓举起枪，当冰凉的枪口吻到太阳穴时，一种前所未有的空虚和孤独向他袭来，他感到无形的寒风吹透了世界万物，漆黑的宇宙中只有自己的心是热的。一横心，他连扣了五下扳机，击锤点了五下头，弹仓转动了五下，枪没响。"咔咔咔咔咔"，这五声清脆的金属声敲响了黑冰狼的丧钟。全班同学欢呼起来，火更是快活得流出了眼泪，对着滑膛高呼她是他的了。这中间笑得最轻松的是黑冰狼，他对滑膛点点头，由衷地说："东方人，这是自柯尔特（注：左轮手枪的发明者）以来最精彩的赌局了。"然后转向火，"没关系亲爱的，人生于我，一场豪赌而已。"说完他抓起大鼻子对准自己的太阳穴，一声有力的闷响，血花和碎骨片溅得很潇洒。

之后不久滑膛就毕业了，他又戴上了那副来时戴的墨镜离开了这所没有名称的学校，回到了他长大的地方。他再也没有听到过学校的一丝消息，仿佛它从来就没有存在过似的。

回到外部世界后，滑膛才听说世界上发生的一件大事：上帝文明来了，要接受他们培植的人类的赡养，但在地球的生活并不如意，他们只待了一年多时间就离去了，那两万多艘飞船已经消失在茫茫宇宙中。

回来后刚下飞机，滑膛就接到了一桩加工业务。

齿哥热情地欢迎滑膛归来，摆上了豪华的接风宴，滑膛要求和齿哥单独待在宴席上，他说自己有好多心里话要说。其他人离开后，滑膛对齿哥说：

"我是在您身边长大的，从内心里，我一直没把您当大哥，而是当成亲父亲。您说，我应当去干所学的这个专业吗？就一句话，我听您的。"

齿哥亲切地扶着滑膛的肩膀说:“只要你喜欢,就干嘛,我看得出来你是喜欢的,别管白道黑道，都是道儿嘛，有出息的人，哪股道上都能出息。”

“好，我听您的。”

滑膛说完，抽出手枪对着齿哥的肚子就是一枪，飞旋的子弹以恰到好处的角度划开一道横贯齿哥腹部的大口子，然后穿进地板中。齿哥透过烟雾看着滑膛，眼中的震惊只是一掠而过,随之而来的是恍然大悟后的麻木,他对着滑膛笑了一下，点点头。

“已经出息了，小子。”齿哥吐着血沫说完，软软地倒在地上。

滑膛接的这桩业务是一小时慢冷却，但不录像，客户信得过他。滑膛倒上一杯酒，冷静地看着地上血泊中的齿哥，后者慢慢地整理着自己流出的肠子，像码麻将那样，然后塞回肚子里，滑溜溜的肠子很快又流出来，齿哥就再整理好将其塞回去……当这工作进行到第十二遍时，他咽了气，这时距枪响正好一小时。

滑膛说把齿哥当成亲父亲是真心话。在他五岁时的一个雨天，输红了眼的父亲逼着母亲把家里全部的存折都拿出来，母亲不从，便被父亲殴打致死，滑膛因阻拦也被打断鼻梁骨和一条胳膊，随后父亲便消失在雨中。后来滑膛多方查找也没有消息，如果找到，他也会让其享受一次慢冷却的。

事后，滑膛听说老克将自己的全部薪金都退给了齿哥的家人，返回了俄罗斯。他走前说：送滑膛去留学那天，他就知道齿哥会死在他手里，齿哥的一生是刀尖上走过来的，却不懂得一个纯正的杀手是什么样的人。

垃圾场上的拾荒者一个接一个离开了，只剩下目标一人还在那里埋头刨找着，她力气小，垃圾来时抢不到好位置，只能借助更长时间的劳作来弥补了。这样，滑膛就没有必要等在这里了，于是他拿起大鼻子塞到夹克口袋中，走下了车，径直朝垃圾中的目标走去。他脚下的垃圾软软的，还有一股温热，他仿佛踏在一只巨兽的身上。当距目标四五米时，滑膛抽出了握枪的手……

这时，一阵蓝光从东方射过来，哥哥飞船已绕地球一周，又转到了南半球，仍发着光。这突然升起的蓝太阳同时吸引了两人的目光，他们都盯着蓝太阳看了一会儿，然后互相看了对方一眼。当两人的目光相遇时，滑膛身上发生了一名职业杀手绝对不会发生的事：手中的枪差点滑落了，震撼令他一时感觉不到手中枪的存在，他几乎失声叫出：

果儿——

但滑膛知道她不是果儿，十四年前，果儿就在他面前痛苦地死去了。但果儿在他心中一直活着，一直在成长，他常在梦中见到已经长成大姑娘的果儿，就是眼前她这样儿。

齿哥早年一直在做着他永远不会对后人提起的买卖：他从人贩子手中买下一批残疾儿童，将他们放到城市中去乞讨，那时，人们的同情心还没有疲劳，这些孩子收益颇丰，齿哥就是借此完成了自己的原始积累。

一次，滑膛跟着齿哥去一个人贩子那里接收新的一批残疾孩子，到那个旧仓库中，看到有五个孩子，其中的四个是先天性畸形，但另一个小女孩儿却是完全正常的。那女孩儿就是果儿，她当时六岁，长得很可爱，大眼睛水灵灵的，同旁边的畸形儿形成鲜明对比。她当时就用这双后来滑膛一想起来就心碎的大眼睛看看这个看看那个，全然不知等待着自己的是怎样的命运。

“这些就是了。”人贩子指指那四个畸形儿说。

“不是说好五个吗？”齿哥问。

“车厢里闷，有一个在路上完了。”

“那这个呢？”齿哥指指果儿。

“这不是卖给你的。”

“我要了，就按这些的价儿。”齿哥用一种不容商量的语气说。

“可……她好端端的，你怎么拿她挣钱？”

“死心眼，加工一下不就得了？”

齿哥说着，解下腰间的利锯，朝果儿滑嫩的小腿上划了一下，划出了一道贯穿小腿的长口子，血在果儿的惨叫声中涌了出来。

“给她裹裹，止住血，但别上消炎药，要烂开才好。”齿哥对滑膛说。

滑膛于是给果儿包扎伤口，血浸透了好几层纱布，直流得果儿脸色惨白。滑膛背着齿哥，还是给果儿吃了些利菌沙和抗菌优之类的消炎药，但是没有用，果儿的伤口还是发炎了。

两天以后，齿哥就打发果儿上街乞讨，果儿可爱而虚弱的小样儿，她的伤腿，都立刻产生了超出齿哥预期的效果，头一天就挣了三千多块。以后的一个星期里，果儿挣的钱每天都不少于两千块，最多的一次，一对外国夫妇一下子就给了四百美元。但果儿每天得到的只是一盒发馊的盒饭，这倒也不全是由于齿哥吝啬，他要的就是孩子挨饿的样子。滑膛只能在暗中给她些吃的。

一天傍晚，他上果儿乞讨的地方去接她回去，小女孩儿附在他的耳边悄悄地说：“哥，我的腿不疼了呢。”一副高兴的样子。在滑膛的记忆中，这是他除母亲惨死外唯一一次流泪，果儿的腿是不疼了，那是因为神经都已经坏死，整条腿都发黑了，她已经发了两天的高烧。滑膛再也不顾齿哥的禁令，抱着果儿去了医院，医生说已经晚了，孩子的血液中毒。第二天深夜，果儿在高烧中去了。

从此以后，滑膛的血变冷了，而且像老克说的那样，再也没有温起来。杀人成了他的一项嗜好，比吸毒更上瘾，他热衷于打碎那一个个叫作人的精致器皿，看着它们盛装的红色液体流出来，冷却到与环境相同的温度，这才是它们的真相，以前那些红色液体里的热度，都是伪装。

完全是下意识地，滑膛以最高的分辨率真切地记下了果儿小腿儿上那道长伤口的形状，后来在齿哥腹部划出的那一道，就是它准确的拷贝。

拾荒女站起身，背起那个对她而言显得很大的编织袋慢慢走去。她显然并非因滑膛的到来而走，她没注意到他手里拿的是什么，也不会想到这个穿着体面的人的到来与自己有什么关系，她只是该走了。哥哥飞船在西天落下，滑膛一动不动地站在垃圾中，看着她的身影消失在短暂的蓝色黄昏里。

滑膛把枪插回枪套，拿出手机拨通了朱汉扬的电话："我想见你们，有事要问。"

"明天九点，老地方。"朱汉扬简洁地回答，好像早就预料到了这一切。

走进总统大厅，滑膛发现社会财富液化委员会的十三个常委都在，他们将严肃的目光聚集在他身上。

"请提你的问题。"朱汉扬说。

"为什么要杀这三个人？"滑膛问。

"你违反了自己行业的职业道德。"朱汉扬用一个精致的雪茄剪切开一根雪茄的头部，不动声色地说。

"是的，我会让自己付出代价的，但必须清楚原因，否则这桩业务无法进行。"

朱汉扬用一根长火柴转着圈点着雪茄，缓缓地点点头："现在我不得不认为，你只接针对有产阶级的业务。这样看来，你并不是一个真正的职业杀手，只是一名进行狭隘阶级报复的凶手，一名警方正在全力搜捕的，三年内杀了四十一个人的杀人狂，你的职业声望将从此一泻千里。"

"你现在就可以报警。"滑膛平静地说。

"这桩业务是不是涉及你的某些个人经历？"许雪萍问。

滑膛不得不佩服她的洞察力，他没有回答，默认了。

"因为那个女人？"

滑膛沉默着，对话已超出了合适的范围。

"好吧，"朱汉扬缓缓吐出一口白烟，"这桩业务很重要，我们在短时间内也找不到更合适的人，只能答应你的条件，告诉你原因，一个你做梦都想不到的原因。我们这些社会上最富有的人，却要杀掉社会上最贫穷、最弱势的人，这使我们现在在你的眼中成了不可理喻的变态恶魔，在说明原因之前，我们首先要纠正你的这个印象。”

“我对黑与白不感兴趣。”

“可事实已证明不是这样，好，跟我们来吧。”朱汉扬将只抽了一口的整根雪茄扔下，起身向外走去。

滑膛同社会财富液化委员会的全体常委一起走出酒店。

这时，天空中又出现了异常，大街上的人们都在紧张地抬头仰望。哥哥飞船正在低轨道上掠过，由于初升太阳的照射，它在晴朗的天空上显得格外清晰。飞船沿着运行的轨迹，撒下一颗颗银亮的星星，那些星星等距离排列，已在飞船后面形成了一条穿过整个天空的长线，而哥哥飞船本身的长度已经明显缩短了，它释放出星星的一头变得参差不齐，像折断的木棒。滑膛早就从新闻中得知，哥哥飞船是由上千艘子船形成的巨大组合体，现在，这个组合体显然正在分裂为子船船队。

“大家注意了！”朱汉扬挥手对常委们大声说，“你们都看到了，事态正在发展，时间可能不多了，我们工作的步伐要加快，各小组立刻分头到自己分管的液化区域，继续昨天的工作。”

说完，他和许雪萍上了一辆车，并招呼滑膛也上来。滑膛这才发现，酒店外面等着的，不是这些富豪平时乘坐的豪华车，而是一排五十铃客货车。“为了多拉些东西。”许雪萍看出了滑膛的疑惑，对他解释说。滑膛看看后面的车厢，里面整齐地装满了一模一样的黑色小手提箱，那些小箱子看上去相当精致，估计有上百个。

没有司机，朱汉扬亲自开车驶上了大街。车很快拐入了一个林荫道，然后放慢了速度，滑膛发现原来朱汉扬在跟着路边的一个行人慢行，那人是个流浪汉。这个时代流浪汉的衣着不一定褴褛，但还是一眼就能看出来，流浪汉的腰上挂着一个塑料袋，每走一步袋里的东西就叮咣响一下。

滑膛知道，昨天他看到的那个流浪者和拾荒者大量减少的谜底就要揭开了，但他不相信朱汉扬和许雪萍敢在这个地方杀人，他们多半是先将目标骗上车，然后带到什么地方除掉。按他们的身份，用不着亲自干这种事，也许只是为了向滑膛示范？滑膛不打算干涉他们，但也绝不会帮他们，他只管合同内的业务。

流浪汉显然没觉察到这辆车的慢行与自己有什么关系，直到许雪萍叫住了他。

“你好！”许雪萍摇下车窗说，流浪汉站住，转头看着她，脸上覆盖着这个阶层的人那种厚厚的麻木，“有地方住吗？”许雪萍微笑着问。

“夏天哪儿都能住。”流浪汉说。

“冬天呢？”

“暖气道，有的厕所也挺暖和。”

“你这么过了多长时间了？”

“我记不清了，反正征地费花完后就进了城，以后就这样了。”

“想不想在城里有套三室一厅的房子，有个家？”

流浪汉麻木地看着女富豪，没听懂她的话。

“认字吗？”许雪萍问，流浪汉点点头后，她向前一指，“看那边——”那里有一幅巨大的广告牌，在上面，青翠绿地上点缀着乳白色的楼群，像一处世外桃源，“那是一个商品房广告。”流浪汉扭头看看广告牌，又看看许雪萍，显然不知道那与自己有什么关系，“好，现在你从我车上拿一个箱子。”

流浪汉走到车厢处拎了一个小提箱走过来，许雪萍指着箱子对他说：“这里面是一百万元人民币，用其中的五十万你就可以买一套那样的房子，剩下的留着过日子吧。然，如果你花不了，也可以像我们这样把一部分送给更穷的人。”

流浪汉眼睛转转，捧着箱子仍面无表情，对于被愚弄，他很漠然。

“打开看看。”

流浪汉用黑乎乎的手笨拙地打开箱子，刚开一条缝就啪的一声合上了，他脸上那冰冻三尺的麻木终于被击碎，一脸震惊，像见了鬼。

“有身份证吗？”朱汉扬问。

流浪汉下意识地点点头，同时把箱子拎得尽量离自己远些，仿佛它是一颗炸弹。

“去银行存了，用起来方便一些。”

“你们……要我干啥？”流浪汉问。

“只要你答应一件事：外星人就要来了，如果他们问起你，你就说自己有这么多钱。就这一个要求，你能保证这样做吗？”

流浪汉点点头。

许雪萍走下车，冲流浪汉深深鞠躬：“谢谢。”

“谢谢。”朱汉扬也在车里说。

最令滑膛震惊的是，他们表达谢意时看上去是真诚的。

车开了，将刚刚诞生的百万富翁丢在后面。前行不远，车在一个转弯处停下了，滑膛看到路边蹲着三个找活儿的外来装修工，他们每人的工具只是一把三角形的小铁铲，外加地上摆着的一个小硬纸板，上书“刮家”。那三个人看到停在面前的车，立刻起身跑过来，问：“老板有活吗？”

朱汉扬摇摇头：“没有，最近生意好吗？”

“哪有啥生意啊，现在都用喷上去的新涂料，就是一通电就能当暖气的那种，没有刮家的了。”

“你们从哪儿来？”

“河南。”

“一个村儿的？哦，村里穷吗？有多少户人家？”

“山里的，五十多户。哪能不穷呢，天旱，老板你信不信啊，浇地是拎着壶朝苗根儿上一根根地浇呢。”

“那就别种地了……你们有银行账户吗？”

三人都摇摇头。

“那又是只好拿现金了，挺重，辛苦你们了……从车上拿十几个箱子下来。”

“十几个啊？”其中的一个问。对朱汉扬刚才的话，他们谁都没有去细想，更没在意，只是从车上拿了箱子，堆放到路边。

“十多个吧，无所谓，你们看着拿。”很快，十五个箱子堆在地上，朱汉扬指着这堆箱子说，“每只箱子里面装着一百万元，共一千五百万元，回家去，给全村分了吧。”

一名装修工对朱汉扬笑笑，好像是在赞赏他的幽默感，另一名蹲下去打开了一只箱子，同另外两人一起看了看里面，然后他们一起露出同刚才那名流浪汉一样的表情。

“东西挺重的，去雇辆车回河南，如果你们中有会开车的，买一辆更方便些。”许雪萍说。

三名装修工呆呆地看着面前这两个人，不知他们是天使还是魔鬼。很自然地，一名装修工问出了刚才流浪汉所问的问题：“让我们干什么？”

回答也一样：“只要你们答应一件事：外星人就要来了，如果他们问起你们，你们就说自己有这么多钱。就这一个要求，你们能保证做到吗？”

三个穷人点点头。

“谢谢。”“谢谢。”两位超级富豪又真诚地鞠躬致谢，然后上车走了，留下那三个人茫然地站在那堆箱子旁。

“你一定在想，他们会不会把钱独吞了。”朱汉扬扶着方向盘对滑膛说，“开始也许会，但他们很快就会把多余的钱分给穷人的，就像我们这样。”

滑膛沉默着，面对眼前的怪异和疯狂，他觉得沉默是最好的选择。现在，理智能告诉他的只有一点：世界将发生根本的变化。

“停车！”许雪萍喊道，然后对在一个垃圾桶旁搜寻易拉罐和可乐瓶的小脏孩儿喊，“孩子，过来！”

孩子跑了过来，同时把他拾到的半编织袋瓶罐也背过来，好像怕丢了似的。

“从车上拿一个箱子。”孩子拿了一个，“打开看看。”孩子打开了，看了，很吃惊，但没到刚才那四个成年人的那种程度。、

“是什么？”许雪萍问。

“钱。”孩子抬起头看着她说。

“一百万块钱，拿回去给你的爸爸妈妈吧。”

“这么说真有这事儿？”孩子扭头看看仍装着许多箱子的车厢，眨眨眼说。

“什么事？”

“送钱啊，说有人在到处送大钱，像扔废纸似的。”

“但你要答应一件事，这钱才是你的。外星人就要来了，如果他们问起你，你就说自己有这么多钱。你确实有这么多钱，不是吗？就这一个要求，你能保证做到吗？”

“能！”

“那就拿着钱回家吧，孩子，以后世界上不会有贫穷了。”朱汉扬说着，启动了汽车。

“也不会有富裕了。”许雪萍说，神色黯然。

“你应该振作起来，事情是很糟，但我们有责任阻止它变得更糟。”朱汉扬说。

“你真觉得这种游戏有意义吗？”

朱汉扬猛地刹住了刚开动的车，在方向盘上方挥着双手喊道：“有意义！当

然有意义！！！难道你想在后半生像那些人一样穷吗？你想挨饿和流浪吗？”

“我甚至连活下去的兴趣都没有了。”

“使命感会支撑你活下去，这些黑暗的日子里我就是这么过来的，我们的财富给了我们这种使命。”

“财富怎么了？我们没偷没抢，挣的每一分钱都是干净的！我们的财富推动了社会前进，社会应该感谢我们！”

“这话你对哥哥文明说吧。”朱汉扬说完走下车，对着长空长出了一口气。

“你现在看到了，我们不是杀穷人的变态凶手。”朱汉扬对跟着走下车的滑膛说，“相反，我们正在把自己的财富散发给最贫穷的人，就像刚才那样。在这座城市里，在许多其他的城市里，在国家一级贫困地区，我们公司的员工都在这样做。他们带着集团公司的全部资产：上千亿的支票、信用卡和存折，一卡车一卡车的现金，去消除贫困。”

这时，滑膛注意到了空中的景象：一条由一颗颗银色星星连成的银线横贯长空，哥哥飞船联合体完成了解体，一千多艘子飞船变成了地球的一条银色星环。

“地球被包围了。”朱汉扬说，“这每颗星星都有地球上的航空母舰那么大，一艘单独的子船上的武器，就足以毁灭整个地球。”

“昨天夜里，它们毁灭了澳大利亚。”许雪萍说。

“毁灭？怎么毁灭？”滑膛看着天空问。

“一种射线从太空扫描了整个澳大利亚，射线能够穿透建筑物和掩体，人和大型哺乳动物都在一小时内死去，昆虫和植物安然无恙，城市中，连橱窗里的瓷器都没有打碎。”

滑膛看了许雪萍一眼，又继续看着天空，对于这种恐惧，他的承受力要强于一般人。

“一种力量的显示，之所以选中澳大利亚，是因为它是第一个明确表示拒绝保留地方案的国家。”朱汉扬说。

“什么方案？”滑膛问。

“从头说起吧。来到太阳系的哥哥文明其实是一群逃荒者，他们在第一地球无法生存下去，他们失去了自己的家园，这是他们的原话。具体原因他们没有说明。他们要占领我们的地球四号，作为自己新的生存空间。至于地球人类，将被全部迁移至人类保留地，这个保留地被确定为澳大利亚，地球上的其他领土都归哥哥文明所有……这一切在今天晚上的新闻中就要公布了。”

“澳大利亚？大洋中的一个大岛，地方倒挺合适，澳大利亚的内陆都是沙漠，五十多亿人挤在那个地方很快就会全部饿死的。”

“没那么糟，在澳大利亚保留地，人类的农业和工业将不再存在，他们不需要从事生产就能活下去。”

“靠什么活？”

“哥哥文明将养活我们，他们将赡养人类，人类所需要的一切生活资料都将由哥哥种族长期提供，所提供的生活资料将由他们平均分配，每个人得到的数量相等，所以，未来的人类社会将是一个绝对不存在贫富差别的社会。”

“可生活资料将按什么标准分配给每个人呢？”

“你一下子就抓住了问题的关键：按照保留地方案，哥哥文明将对地球人类进行全面的社会普查，调查的目的是确定目前人类社会最低的生活标准，哥哥文明将按这个标准配给每个人生活资料。”

滑膛低头沉思了一会儿，突然笑了起来：“呵，我有些明白了，对所有的事，我都有些明白了。”

“你明白了人类文明面临的处境吧。”

“其实嘛，哥哥的方案对人类还是很公平的。”

“什么？你竟然说公平？！你这个……”许雪萍气急败坏地说。

“他是对的，是很公平。”朱汉扬平静地说，“如果人类社会不存在贫富差距，最低的生活水准与最高的相差不大，那保留地就是人类的乐园了。”

“可现在……”

“现在要做的很简单，就是在哥哥文明的社会普查展开之前，迅速抹平社会财富的鸿沟！”

“这就是所谓的社会财富液化吧？”滑膛问。

“是的，现在的社会财富是固态的，固态就有起伏，像这大街旁的高楼，像那平原上的高山，但当这一切都液化后，一切都变成了大海，海面是平滑的。”

“但像你们刚才那种做法，只会造成一片混乱。”

“是的，我们只是做出一种姿态，显示财富占有者的诚意。真正的财富液化很快就要在全世界展开，它将在各国政府和联合国的统一领导下进行，大扶贫即将开始，那时，富国将把财富向第三世界倾倒，富人将把金钱向穷人抛撒，而这一切，都是完全真诚的。”

“事情可能没那么简单。”滑膛冷笑着说。

“你是什么意思？你个变态的……”许雪萍指着滑膛的鼻子咬牙切齿地说，朱汉扬立刻制止了她。

“他是个聪明人，他想到了。”朱汉扬朝滑膛偏了一下头说。

“是的，我想到了，有穷人不要你们的钱。”

许雪萍看了滑膛一眼，低头不语了，朱汉扬对滑膛点点头：“是的，他们中有人不要钱。你能想象吗？在垃圾中寻找食物，却拒绝接受一百万元……哦，你想到了。”

“但这种穷人，肯定是极少数。”滑膛说。

“是的，但他们只要占贫困人口十万分之一的比例，就足以形成一个社会阶层，在哥哥那先进的社会调查手段下，他们的生活水准，就会被当作人类最低的生活水准，进而成为哥哥进行保留地分配的标准……知道吗，只要十万分之一！”

“那么，现在你们知道的比例有多大？”

“大约千分之一。”

“这些下贱变态的千古罪人！”许雪萍对着天空大骂一声。

“你们委托我杀的就是这些人了。”这时，滑膛也不想再用术语了。

朱汉扬点点头。

滑膛用奇怪的目光看着朱汉扬，突然仰天大笑起来：“哈哈哈……我居然在为人类造福？！”

“你是在为人类造福，你是在拯救人类文明。”

“其实，你们只需用死去威胁，他们还是会接受那些钱的。”

“这不保险！”许雪萍凑近滑膛低声说，“他们都是变态的狂人，是那种被阶级仇恨扭曲的变态，即使拿了钱，也会在哥哥面前声称自己一贫如洗，所以，必须尽快从地球上彻底清除这种人。”

“我明白了。”滑膛点点头说。

“那么你现在的打算呢？我们已经满足了你的要求，说明了原因；当然，钱以后对谁意义都不大了，你对为人类造福肯定也没兴趣。”

“钱对我早就意义不大了，后面那件事从来没想过……不过，我将履行合同。今天零点前完工，请准备验收。”滑膛说完，起身离开。

“有一个问题，”朱汉扬在滑膛后面说，“也许不礼貌，你可以不回答。如果你是穷人，是不是也不会要我们的钱？”

“我不是穷人。”滑膛没有回头地说，但走了几步，他还是回过头来，用鹰一般的眼神看着两人，“如果我是，是的，我不会要。”说完，大步走去。

“你为什么不要他们的钱？”滑膛问一号目标，那个上次在广场上看到的流浪汉。现在，他们站在距广场不远处公园里的小树林中，有两种光透进树林，一种幽幽的蓝光来自太空中哥哥飞船构成的星环，这片蓝光在林中的地上投下斑驳的光影；另一种是城市的光，从树丛外斜照进来，在剧烈地颤动着，变幻着色彩，仿佛表达着对蓝光的恐惧。

流浪汉“嘿嘿”一笑：“他们在求我，那么多的有钱人在求我，有个女的还流泪呢！我要是要了钱，他们就不会求我了，有钱人求我，很爽的。”

“是，很爽。”滑膛说着，扣动了大鼻子的扳机。

流浪汉是个惯偷，一眼就看出这个叫他到公园里来的人右手拿着的外套里面裹着东西，他一直很好奇那是什么，现在突然看到衣服上亮光一闪，像是里面的什么活物眨了下眼，接着便坠入了永恒的黑暗。

这是一次超速快冷加工，飞速滚动的子弹将工件眉毛以上的部分几乎全切去了，在衣服覆盖下枪声很闷，没人注意到。

垃圾场。滑膛发现，今天拾垃圾的只有她一人了，其他的拾荒者显然都拿到了钱。

在星环的蓝光下，滑膛踏着温软的垃圾向目标大步走去。这之前，他一百次提醒自己，她不是果儿，现在不需要对自己重复了。他的血一直是冷的，不会因一点点少年时代记忆中的火苗就热起来。拾荒女甚至没有注意到来人，滑膛就开了枪。垃圾场上不需要消音，他的枪是露在外面开的，声音很响，枪口的火光像小小的雷电将周围的垃圾山照亮了一瞬间，由于距离远，在空气中翻滚的子弹来得及唱出它的歌，那呜呜的声音像万鬼哭号。

这也是一次超速快冷却，子弹像果汁机中飞旋的刀片，瞬间将目标的心脏切得粉碎，她在倒地之前已经死了。她倒下后，立刻与垃圾融为一体，本来能显示出她存在的鲜血也被垃圾吸收了。

在意识到背后有人的一瞬间，滑膛猛地转身，看到画家站在那里，他的长发在夜风中飘动，浸透了星环的光，像蓝色的火焰。

“他们让你杀了她？”画家问。

“履行合同而已，你认识她？”

“是的，她常来看我的画，她认字都不多，但能看懂那些画，而且和你一样喜欢它们。”

“合同里也有你。”

画家平静地点点头，没有丝毫恐惧：“我想到了。”

“只是好奇问问，为什么不要钱？”

“我的画都是描写贫穷与死亡的，如果一夜之间成了百万富翁，我的艺术就死了。”

滑膛点点头：“你的艺术将活下去，我真的很喜欢你的画。”说着他抬起了枪。

“等等，你刚才说是在履行合同，那能和我签一个合同吗？”

滑膛点点头：“当然可以。”

“我自己的死无所谓，为她复仇吧。”画家指指拾荒女倒下的地方。

“让我用我们这个行业的商业语言说明你的意思：你委托我加工一批工件，这些工件曾经委托我加工你们两个工件。”

画家再次点点头：“是这样的。”

滑膛郑重地说：“没有问题。”

“可我没有钱。”

滑膛笑笑：“你卖给我的那幅画，价钱真的太低了，但它已足够支付这桩业务了。”

“那谢谢你了。”

“别客气，履行合同而已。”

死亡之火再次喷出枪口，子弹翻滚着，呜哇怪叫着穿过空气，穿透了画家的心脏，血从他的胸前和背后喷向空中，他倒下后两三秒钟，这些飞扬的鲜血才像温热的雨洒落下来。

“这没必要。”

声音来自滑膛背后，他猛地转身，看到垃圾场的中央站着一个人，一个男人，穿着几乎与滑膛一样的皮夹克，看上去还年轻，相貌平常，双眼映出星环的蓝光。

滑膛手中的枪下垂着，没有对准新来的人，他只是缓缓扣动扳机，大鼻子的击锤懒洋洋地抬到了最高处，处于一触即发的状态。

“是警察吗？”滑膛问，口气很轻松随便。

来人摇摇头。

“那就去报警吧。”

来人站着没动。

“我不会在你背后开枪的，我只加工合同中的工件。”

“我们现在不干涉人类的事。”来人平静地说。

这话像一道闪电击中了滑膛，他的手不由得一松，左轮的击锤落回到原位。他细看来人，在星环的光芒下，无论怎么看，他都是一个普通的人。

“你们，已经下来了？”滑膛问，他的语气中出现了少有的紧张。

“我们早就下来了。”

接着，在第四地球的垃圾场上，来自两个世界的两个人长时间地沉默着。这凝固的空气使滑膛窒息，他想说点什么，这些天的经历，使他下意识地提出了一个问题：

“你们那儿，也有穷人和富人吗？”

第一地球人微笑了一下说：“当然有，我就是穷人，”他又指了一下天空中的星环，“他们也是。”

“上面有多少人？”

“如果你是指现在能看到的这些，大约有五十万人，但这只是先遣队，几年后到达的一万艘飞船将带来十亿人。”

“十亿？他们……不会都是穷人吧？”

“他们都是穷人。”

“第一地球上的世界到底有多少人呢？”

“十亿。”

“一个世界里怎么可能有那么多穷人？”

“一个世界里怎么不可能有那么多穷人？”

“我觉得，一个世界里的穷人比例不可能太高，否则这个世界就变得不稳定，那富人和中产阶级也过不好了。”

“以目前第四地球所处的阶段，很对。”

“还有不对的时候吗？”

第一地球人低头想了想，说：“这样吧，我给你讲讲第一地球上穷人和富人的故事。”

“我很想听。”滑膛把枪插回怀里的枪套中。

“两个人类文明十分相似，你们走过的路我们都走过，我们也有过你们现在的时代：社会财富的分配虽然不均，但维持着某种平衡，穷人和富人都不是太多，人们普通相信，随着社会的进步，贫富差距将进一步减小，他们憧憬着人人均富的大同时代。但人们很快会发现事情要复杂得多，这种平衡很快就被打破了。”

“被什么东西打破的？”

“教育。你也知道，在你们目前的时代，教育是社会下层进入上层的唯一途径，如果社会是一个按温度和含盐度分成许多水层的海洋，教育就像一根连通管，将海底水层和海面水层连接起来，使各个水层之间不至于完全隔绝。”

“你接下来可能想说，穷人越来越上不起大学了。”

“是的，高等教育费用日益昂贵，渐渐成了精英子女的特权。但就传统教育而言，即使仅仅是为了市场的考虑，它的价格还是有一定限度的，所以那条连通管虽然已经细若游丝，但还是存在着。可有一天，教育突然发生了根本的变化，一个技术飞跃出现了。”

“是不是可以直接向大脑里灌知识了？”

“是的，但知识的直接注入只是其中的一部分。大脑中将被植入一台超级计算机，它的容量远大于人脑本身，它存贮的知识可变为被植入者的清晰记忆。但这只是它的一个次要功能，它是一个智力放大器，一个思想放大器，可将人的思维提升到一个新的层次。这时，知识、智力、深刻的思想，甚至完美的心理和性格、艺术审美能力等，都成了商品，都可以买得到。”

“一定很贵。”

“是的，很贵，将你们目前的货币价值做个对比，一个人接受超等教育的费用，与在北京或上海的黄金地段买两到三套一百五十平方米的商品房相当。”

“要是这样，还是有一部分人能支付得起的。”

“是的，但只是一小部分有产阶层，社会海洋中那条连通上下层的管道彻底中断了。完成超等教育的人的智力比普通人高出一个层次，他们与未接受超等教育的人之间的智力差异，就像后者与低等动物之间的差异一样大。同样的差异还表现在其他许多方面，比如艺术感受能力等。于是，这些超级知识阶层就形成了自己的文化，而其余的人对这种文化完全不理解，就像低等动物不理解交响乐一样。超级知识分子可能都精通上百种语言，在某种场合，对某个人，都要按礼节使用相应的语言。在这种情况下，在超级知识阶层看来，他们与普通民众的交流，就像我们与动物的交流一样简陋了……于是，一件事就自然而然地发生了，你是个聪明人，应该能想到。”

“富人和穷人已经不是同一个……同一个……”

“到那时候，甚至可能会说富人和穷人已经不是同一个物种了，就像穷人和动物不是同一个物种一样，穷人不再是人了。”

“哦，那事情可真的变了很多。”

“变了很多，首先，你开始提到的那个维持社会财富平衡、限制穷人数量的因素不存在了。即使动物的数量远多于人，它们也无力制造社会不稳定，只能制造一些需要费神去解决的麻烦。对穷人的同情，关键在于一个‘同’字，当双方相同的物种基础不存在时，同情也就不存在了。这是人类的第二次进化，第一次与猿分开来，靠的是自然选择；这一次与穷人分开来，靠的是另一条同样神圣的法则：私有财产不可侵犯。”

“这法则在我们的世界也很神圣的。”

“在第一地球的世界里，这项法则由一个叫社会机器的系统维持。社会机器是一种强有力的执法系统，它的执法单元遍布世界的每一个角落，有的执法单元只有蚊子大小，但足以在瞬间同时击毙上百人。他们的法则不是你们那个阿西莫夫的三定律，而是第一地球的宪法基本原则：私有财产不可侵犯。他们带来的并不是专制，他们的执法是绝对公正的，并非倾向于有产阶层，如果穷人那点儿可怜的财产受到威胁，他们也会根据宪法去保护的。

“在社会机器强有力的保护下，第一地球的财富不断地向少数人集中。而技术发展导致了另一件事，有产阶层不再需要无产阶层了。在你们的世界，富人还是需要穷人的，工厂里总得有工人。但在第一地球，机器已经不需要人来操作了，高效率的机器人可以做一切事情，无产阶层连出卖劳动力的机会都没有了，他们真的一贫如洗。这种情况的出现，完全改变了第一地球的经济实质，大大加快了社会财富向少数人集中的速度。

“财富集中的过程十分复杂，我向你说不清楚，但其实质与你们世界的资本运作是相同的。在我曾祖父的时代，第一地球百分之六十的财富掌握在一千万人手中；在爷爷的时代，世界财富的百分之八十掌握在一万人手中；在爸爸的时代，财富的百分之九十掌握在四十二人手中。

“在我出生时，第一地球的资本主义达到了顶峰上的顶峰，创造了令人难以置信的资本奇迹：百分之九十九的世界财富掌握在一个人的手中！这个人被称作终产者。

“这个世界的其余二十多亿人虽然也有贫富差距，但他们总体拥有的财富只是世界财富总量的百分之一，也就是说，第一地球变成了由一个富人和二十亿个穷人组成的世界，穷人是二十亿，不是我刚才告诉你的十亿，而富人只有一个。这时，私有财产不可侵犯的宪法仍然有效，社会机器仍在忠实地履行着它的职责，保护着那一个富人的私有财产。

“想知道终产者拥有什么吗？他拥有整个第一地球！这个行星上所有的大陆和海洋都是他家的客厅和庭院，甚至第一地球的大气层都是他私人的财产。

“剩下的二十亿穷人，他们的家庭都住在全封闭的住宅中，这些住宅本身就是一个自给自足的微型生态循环系统，他们用自己拥有的那可怜的一点点水、空气和土壤等资源在这全封闭的小世界中生活着，能从外界索取的，只有不属于终产者的太阳能了。

“我的家坐落在一条小河边，周围是绿色的草地，一直延伸到河岸，再延伸到河对岸翠绿的群山脚下，在家里就能听到群鸟鸣叫和鱼儿跃出水面的声音，能看到悠然的鹿群在河边饮水，特别是草地在和风中的波纹最让我陶醉。但这一切不属于我们，我们的家与外界严格隔绝，我们的窗是密封舷窗，永远都不能开的。要想外出，必须经过一个过渡舱，就像从飞船进入太空一样。事实上，我们的家就像一艘宇宙飞船，不同的是，恶劣的环境不是在外面而是在里面！我们只能呼吸家庭生态循环系统提供的污浊的空气，喝经千万次循环过滤的水，吃以我们的排泄物为原料合成再生的难以下咽的食物。而与我们仅一墙之隔，就是广阔而富饶的大自然，我们外出时，穿着像一名宇航员，食物和水要自带，甚至自带氧气瓶，因为外面的空气不属于我们，是终产者的财产。

“当然，有时也可以奢侈一下，比如在婚礼或节日什么的，这时我们走出自己全封闭的家，来到第一地球的大自然中，最令人陶醉的是呼吸第一口大自然的空气时，那空气是微甜的，甜得让你流泪。但这是要花钱的，外出之前我们都得吞下一粒药丸大小的空气售货机，这种装置能够监测和统计我们吸入空气的量，我们每呼吸一次，银行账户上的钱就被扣除一点。对于穷人，这真的是一种奢侈，每年也只能有一两次。我们来到外面时，也不敢剧烈活动，甚至不动，只是坐着，以控制自己的呼吸量。回家前还要仔细地刮刮鞋底，因为外面的土壤也不属于我们。

“现在告诉你我母亲是怎么死的。为了节省开支，她那时已经有三年没有去过一次户外了，节日也舍不得出去。这天深夜，她竟在梦游中通过过渡门到了户外！她当时做的一定是一个置身于大自然中的梦。当执法单元发现她时，她已经离家有很远的距离了，执法单元也发现了她没有吞下空气售货机，就把她朝家里拖，同时用一只机械手卡住她的脖子，它并没想掐死她，只是不让她呼吸，以保护另一个公民不可侵犯的私有财产——空气。但到家时她已经被掐死了，执法单元放下她的尸体对我们说：她犯了盗窃罪。我们要被罚款，但我们已经没有钱了，于是母亲的遗体就被没收抵账。要知道，对一个穷人家庭来说，一个人的遗体是很宝贵的，占它重量百分之七十的是水啊，还有其他有用的资源。但遗体的价值还不够交纳罚款，社会机器便从我们家抽走了相当数量的空气。

“我们家生态循环系统中的空气本来已经严重不足，一直没钱补充，在被抽走一部分后，已经威胁到了内部成员的生存。为了补充失去的空气，生态系统不得不电解一部分水，这个操作使得整个系统的状况急剧恶化。主控电脑发出了警报：如果我们不向系统中及时补充十五升水的话，系统将在三十小时后崩溃。警报灯的红色光芒迷漫每个房间。我们曾打算到外面的河里偷些水，但旋即放弃了，因为我们打到水后还来不及走回家，就会被无所不在的执法单元击毙。父亲沉思了一会儿，让我不要担心，先睡觉。虽然处于巨大的恐惧中，但在缺氧的状态下，我还是睡着了。不知过了多长时间，一个机器人推醒了我，它是从与我家对接的一辆资源转换车上进来的，它指着旁边一桶清澈晶莹的水说：这就是你父亲。资源转换车是一种将人体转换成能为家庭生态循环系统所用资源的流动装置，父亲就是在那里将自己体内的水全部提取出来的。而这时，就在离我家不到一百米处，那条美丽的河在月光下哗哗地流着。资源转换车从他的身体还提取了其他一些对生态循环系统有用的东西：一盒有机油脂、一瓶钙片，甚至还有硬币那么大的一小片铁。

“父亲的水拯救了我家的生态循环系统，我一个人活了下来，一天天长大。五年过去了，在一个秋天的黄昏，我从舷窗望出去，突然发现河边有一个人在跑步，我惊奇是谁这么奢侈，竟舍得在户外这样呼吸？！仔细一看，天啊，竟是终产者！他慢下来，放松地散着步，然后坐在河边的一块石头上，将一只赤脚伸进清澈的河水里。他看上去是一个健壮的中年男人，但实际已经两千多岁了，基因工程技术还可以保证他再活这么长时间，甚至永远活下去。不过在我看来，他真的是一个很普通的人。

“又过了两年，我家的生态循环系统的运行状况再次恶化，这样小规模的生态系统，它的寿命肯定是有限的。终于，它完全崩溃了。空气中的含氧量在不断减少，在缺氧昏迷之前，我吞下了一枚空气售货机，走出了家门。像每一个家庭生态循环系统崩溃的人一样，我坦然地面对着自己的命运：呼吸完我在银行那可怜的存款，然后被执法机器掐死或击毙。

“这时我发现外面的人很多，家庭生态循环系统开始大批量地崩溃了。一个巨大的执法机器悬浮在我们上空，播放着最后的警告：公民们，你们闯入了别人的家里，你们犯了私闯民宅罪，请尽快离开！不然……离开？我们能到哪里去？

自己的家中已经没有可供呼吸的空气了。

“我与其他人一起，在河边碧绿的草地上尽情地奔跑，让清甜的春风吹过我们苍白的面庞，让生命疯狂地燃烧……

“不知过了多长时间，我们突然发现自己银行里的存款早就呼吸完了，但执法单元们并没有采取行动。这时，从悬浮在空中的那个巨型执法单元中传出了终产者的声音：‘各位好，欢迎光临寒舍！有这么多的客人我很高兴，也希望你们在我的院子里玩得愉快，但还是请大家体谅我，你们来的人实在是太多了。现在，全球已有近十亿人因生态循环系统崩溃而走出了自己的家，来到我家，另外那十多亿可能也快来了，你们是擅自闯入，侵犯了我这个公民的居住权和隐私，社会机器采取行动终止你们的生命是完全合理合法的，如果不是我劝止了它们那么做，你们早就全部被激光蒸发了。但我确实劝止了他们，我是个受过多次超等教育的有教养的人，对家里的客人，哪怕是违法闯入者，都是讲礼貌的。但请你们设身处地地为我想想，家里来了二十亿客人，毕竟是稍微多了些，我是个喜欢安静和独处的人，所以还是请你们离开寒舍。我当然知道大家在地球上无处可去，但我为你们，为二十亿人准备了两万艘巨型宇宙飞船，每艘都有一座中等城市大小，能以光速的百分之一航行。上面虽没有完善的生态循环系统，但有足够容纳所有人的生命冷藏舱，足够支持五万年。我们的星系中只有地球这一颗行星，所以你们只好在恒星际间寻找自己新的家园，但相信一定能找到的。宇宙之大，何必非要挤在我这间小小的陋室中呢？你们没有理由恨我，得到这幢住所，我是完全合理合法的。我从一个经营妇女卫生用品的小公司起家，一直做到今天的规模，完全是凭借自己的商业才能，没有做过任何违法的事，所以，社会机器在以前保护了我，以后也会继续保护我，保护我这个守法公民的私有财产。它不会容忍你的违法行径，所以，还是请大家尽快动身吧。看在同一进化渊源的分儿上，我会记住你们的，也希望你们记住我，保重吧。’

“我们就是这样来到了第四地球，航程延续了三万年，在漫长的星际流浪中，损失了近一半的飞船，有的淹没于星际尘埃中，有的被黑洞吞食……但，总算有一万艘飞船，十亿人到达了这个世界。好了，这就是第一地球的故事，二十亿个穷人和一个富人的故事。”

“如果没有你们的干涉，我们的世界也会重复这个故事吗？”听完了第一地球人的讲述，滑膛问道。

“不知道，也许会，也许不会，文明的进程像一个人的命运，变幻莫测的……好，我该走了，我只是一名普通的社会调查员，也在为生计奔忙。”

“我也有事要办。”滑膛说。

“保重，弟弟。”

“保重，哥哥。”

在星环的光芒下，两个世界的两个男人分别向两个方向走去。

滑膛走进了总统大厅，社会财富液化委员会的十三个常委一起转向他。朱汉扬说：

“我们已经验收了，你干得很好，另一半款项已经汇入你的账户，尽管钱很快就没用了……还有一件事想必你已经知道：哥哥文明的社会调查员已君临地球，我们和你做的事都无意义，我们也没有进一步的业务给你了。”

“但我还是揽到了一项业务。”

滑膛说着，掏出手枪，另一只手向前伸着，啪啪啪啪啪啪啪，七颗橙黄的子弹掉在桌面上，与手中大鼻子弹仓中的六颗加起来，正好十三颗。

在十三个富翁脸上，震惊和恐惧都只闪现了很短的时间，接下来的只有平静，这对他们来说，可能只意味着解脱。

外面，一群巨大的火流星划破长空，强光穿透厚厚的窗帘，使水晶吊灯黯然失色，大地剧烈震动起来。第一地球的飞船开始进入大气层。

“还没吃饭吧？”许雪萍问滑膛，然后指着桌上的一堆方便面说，“咱们吃了饭再说吧。”

他们把一个用于放置酒和冰块的大银盆用三个水晶烟灰缸支起来，在银盆里加上水。然后，他们在银盆下烧起火来，用的是百元钞票，大家轮流着将一张张钞票放进火里，出神地看着黄绿相间的火焰像一个活物般欢快地跳动着。

当烧到一百三十五万时，水开了。

坍缩

坍缩将在凌晨一时二十四分十七秒发生。

对坍缩的观测将在国家天文台最大的观测厅进行，这个观测厅接收在同步轨道上运行的太空望远镜发回的图像，并把它投射到一面面积有一个篮球场大小的巨型屏幕上。现在，屏幕上还是空白。到场的人并不多，但都是理论物理学、天体物理学和宇宙学的权威，对即将到来的这一时刻，他们是这个世界上少数真正能理解其含义的人。此时他们静静地坐着，等着那一时刻，就像刚刚用泥土做成的亚当、夏娃等着上帝那一口生命之气一样。只有天文台的台长在焦躁地来回踱着步。巨型屏幕出了故障，而负责维修的工程师到现在还没来，如果她来不了的话，来自太空望远镜的图像只能在小屏幕上显示，那这一伟大时刻的气氛就差多了。丁仪教授走进了大厅。

科学家们都提前变活了，他们一齐站了起来。除了半径二百光年的宇宙，能让他们感到敬畏的就是这个人了。

丁仪同往常一样目空一切，没有同任何人打招呼，也没有坐到那把为他准备的大而舒适的椅子上去，而是信步走到大厅的一角，欣赏起那里放在玻璃柜中的一个大陶土盘。这个陶土盘是天文台的镇台之宝，是价值连城的西周时代的文物，上面刻着几千年前已化为尘土的眼睛所看到的夏夜星图。这个陶土盘经历了沧海桑田的漫长岁月已到了崩散的边缘，上面的星图模糊不清，但大厅外面的星空却丝毫没变。

丁仪掏出一个大烟斗，向一个上衣口袋里挖了一下，就挖出了满满一斗烟丝，然后旁若无人地点上烟斗抽了起来。大家都很惊诧，因为他有严重的气管炎，以前是不抽烟的，别人也不敢在他面前抽烟。再说，观测大厅里严禁吸烟，而那个大烟斗产生的烟比十支香烟都多。

但，丁教授是有资格做任何事情的。他创立了统一场论，实现了爱因斯坦的梦。他的理论对宇宙大尺度空间所做的一系列预言都得到了实际观测的精确证实。后来，使用统一场论的数学模型，上百台巨型计算机不间断地运行了三年，得出了令人难以置信的结论：已膨胀了二百亿年的宇宙将在两年后转为坍缩。

现在，这两年时间只剩不到一个小时了。白色的烟雾在丁仪的头上聚集盘旋，形成梦幻般的图案，仿佛是他那不可思议的思想从大脑中飘出……台长小心翼翼地走到丁仪身边，说："丁老，今天省长要来，请到他不容易，请您一定对省长施加一些压力，让他给我们多少拨一些钱。本来不该用这些事使您分心的，但台里的经费状况已到了山穷水尽的地步，国家今年不可能再给钱，只能向省里要了。我们是国内主要的宇宙学观测基地，可您看我们到了什么地步，连射电望远镜的电费都拿不出。现在，我们已经开始打它的主意了，"台长指了指丁仪正欣赏的古老的星图盘，"要不是有文物保护法，我们早就卖掉它了！"

这时，省长同两名随行人员一起走进了大厅，他们的脸上露出忙碌的疲惫，把一缕尘世的气息带进这超脱的地方。"对不起，哦，丁老您好，大家好，对不起来晚了。今天是连续暴雨后的第一个晴天，洪水形势很紧张，长江已接近一九九八年的最高水位了。"

台长激动地说了许多欢迎的话，然后把省长领到丁仪面前，"下面请丁老为您介绍一下宇宙坍缩的概念……"他同时向丁仪递了个眼色。

"这样好不好，我先说说自己对这个概念的理解，然后请丁老和各位科学家指正。首先，哈勃发现了宇宙的红移现象，是哪一年我记不清了。我们所能观测到的所有星系的光谱都向红端移动，根据开普勒效应，这显示所有的星系都在离我们远去。由以上现象我们可以得出结论：宇宙在膨胀之中。由此又得出结论：宇宙是在二百亿年前的一次大爆炸中诞生的。如果宇宙的总质量小于某一数值，宇宙将永远膨胀下去；如果总质量大于某一数值，则万有引力逐渐使膨胀减速，最后使其停止，之后，宇宙将在引力作用下走向坍缩。以前宇宙中所能观测到的物质总量使人们倾向于第一个结论，但后来发现中微子具有质量，并且在宇宙中发现了大量的以前没有观测到的暗物质，这使宇宙的总质量大大增加，使人们又转向了后一个结论，认为宇宙的膨胀将逐渐减慢，最后转为坍缩，宇宙中的所有星系将向一个引力中心聚集。这时，同样由于开普勒效应，在我们眼中所有星系的光谱将向蓝端移动，即蓝移。现在，丁老的统一场论计算出了宇宙由膨胀转为坍缩的精确时间。”

“精彩！”台长恭维地拍了几下手，“像您这样对基础科学有如此了解的领导是不多的，我想，丁老也是这么认为的。”他又向丁仪使了个眼色。

“他说的基本正确。”丁仪慢慢地把烟灰磕到干净的地毯上。

“对，对，如果丁老都这么认为……”台长高兴得眉飞色舞。

“正确到足以显示他的肤浅。”丁仪又从上衣口袋挖出一斗烟丝。

台长的表情凝固了，科学家们那边传来了低低的几声笑。

省长很宽容地笑了笑，“我也是学的物理专业，但之后这三十年，我都差不多忘光了，同在场的各位相比，我的物理学和宇宙学知识怕是连肤浅都达不到。唉，我现在只记得牛顿三大定律了。”

“但离理解它还差得很远。”丁仪点上了新装的烟丝。

台长哭笑不得地摇摇头。

“丁老，我们生活在两个完全不同的世界里。”省长感慨地说，“我的世界是一个现实的、无诗意的、烦琐的世界，我们整天像蚂蚁一样忙碌，目光也像蚂蚁一样受到局限。有时深夜从办公室里出来，抬头看看星空，已是难得的奢侈了。您的世界充满着空灵与玄妙，您的思想跨越上百光年的空间和上百亿年的时间，地球对于您只是宇宙中的一粒灰尘，现世对于您只是永恒中短得无法测量的一瞬，整个宇宙似乎都是为了满足您的好奇心而存在的。说句真心话，丁老，我真有些嫉妒您。我年轻时做过那样的梦，但进入您的世界太难了。”

“但今天晚上并不难，您至少可以在丁老的世界中待一会儿，一起目睹这个世界最伟大的一瞬间。”台长说。

“我没有这么幸运。各位，很对不起，长江大堤已出现多处险情，我得马上赶到防总去。在走之前，我还有个问题想请教丁老，这些问题在您看来可能幼稚可笑，但我苦想了很长时间也没有弄明白。第一个问题，坍缩的标志是宇宙由红移转为蓝移，我们将看到所有星系的光谱同时向蓝端移动。但目前能观测到的最远的星系距我们二百亿光年，按您的计算，宇宙将在同一时刻坍缩，那样的话，我们要过二百亿年才能看到这些星系的蓝移出现。即使最近的半人马座，也要在四年之后才能看到它的蓝移。”

丁仪缓缓地吐出一口烟雾，那烟雾在空中飘浮，像微缩的旋涡星系。“很好，能看到这一点，使您有点像一个物理系的学生了，尽管仍是一个肤浅的学生。是的，我们将同时看到宇宙中所有星系光谱的蓝移，而不是在从四年到二百亿年的时间上能到。这源于宇宙大尺度范围内的量子效应，它的数学模型复杂，是物理学和宇宙学中最难表述的概念，没希望您能理解。但由此您已得到第一个启示，它提醒您，宇宙坍缩产生的效应远比人们想象的复杂。您有问题吗？哦，您没有必要马上走，您要去处理的事情并不像您想象的那样紧迫。”

“同您的整个宇宙相比，长江的洪水当然微不足道了。但丁老，神秘的宇宙固然令人神往，现实生活也还是要过的。我真的该走了，谢谢丁老的教诲，祝各位今晚看到你们想看的。”

“您不明白我的意思，”丁仪说，”现在长江大堤上一定有很多人在抗洪。”

“但我有我的责任，丁老，我必须回去。”

“您还是不明白我的意思，我是说大堤上的人们一定很累了，您可以让他们也离开。”

所有的人都惊呆了。

“什么……离开？！干什么，看宇宙坍缩吗？”

“如果他们对此不感兴趣，可以回家睡觉。”

“丁老，您真会开玩笑！”

“我是认真的，他们干的事已没有意义。”

“为什么？”

“因为坍缩。”

沉默了好长时间，省长指了指大厅一角陈列的那个古老的星图盘说：“丁老，宇宙一直在膨胀，但从上古时代到今天，我们所看到的宇宙没有什么变化。坍缩也一样，人类的时空同宇宙时空相比，渺小到可以忽略不计，除了纯理论的意义外，我不认为坍缩会对人类生活产生任何影响。甚至，我们可能在一亿年之后都不会观测到坍缩使星系产生的微小位移，如果那时还有我们的话。”

“十五亿年，”丁仪说，“如果用我们目前最精密的仪器，十五亿年后我们才能观测到这种位移，那时太阳早已熄灭，大概没有我们了。”

“而宇宙完全坍缩要二百亿年，所以，人类是宇宙这棵大树上的一滴小露珠，在它短暂的寿命中，是绝对感觉不到大树的成长的。您总不至于同意互联网上那些可笑的谣言，说地球会被坍缩挤扁吧！”

这时，一位年轻姑娘走了进来，她脸色苍白，目光暗淡，她就是负责巨型显示屏的工程师。

“小张，你也太不像话了！你知道这是什么时候吗？！”台长气急败坏地冲她喊道。

“我父亲刚在医院去世。”

台长的怒气立刻消失了：“真对不起，我不知道，可你看……”

工程师没再说什么，只是默默地走到大屏幕的控制计算机前，开始埋头检查故障。丁仪叼着烟斗慢慢走了过去。

“哦，姑娘，如果你真正了解宇宙坍缩的含义，父亲的死就不会让你这么悲伤了。”

丁仪的话激怒了在场的所有人，工程师猛地站起来，她苍白的脸由于愤怒而涨红，双眼充满泪水。

“您不是这个世界上的人！也许，同您的宇宙相比，父亲不算什么，但父亲对我重要，对我们这些普通人重要！而您的坍缩，那不过是夜空中那弱得不能再弱的光线频率的一点点变化而已，这变化，甚至那光线，如果不是由精密仪器放大上万倍，谁都看不到！坍缩是什么？对普通人来说什么都不是！宇宙膨胀或坍缩，对我们有什么区别？！但父亲对我们是重要的，您明白吗？！”

当工程师意识到自己是在向谁发火时，她克制了自己，转身继续她的工作。

丁仪叹息着摇摇头，对省长说：“是的，如您所说，两个世界。我们的世界，”他挥手把自己和那一群物理学家和宇宙学家画到一个圈里，然后指指物理学家们，“小的尺度是亿亿分之一毫米，”又指指宇宙学家们，“大的尺度是百亿光年。这是一个只能用想象来把握的世界；而你们的世界，有长江的洪水，有紧张的预算，有逝去的和还活着的父亲……一个实实在在的世界。但可悲的是，人们总要把这两个世界分开。”

“可您看到它们是分开的。”省长说。

“不！基本粒子虽小，却组成了我们；宇宙虽大，我们身在其中。微观和宏观世界的每一个变化都牵动着我们的一切。”

“可即将发生的宇宙坍缩牵动着我们的什么吗？”

丁仪突然大笑起来，这笑除了神经质外，还包含着一种神秘的东西，让人毛骨悚然。

“好吧，物理系的学生，请背诵您所记住的时间、空间和物质的关系。”

省长像一个小学生那样顺从地背了起来：“由相对论和量子力学所构成的现代物理学已证明，时间和空间不能离开物质而独立存在，没有绝对时空，时间、空间和物质世界是融为一体的。”

“很好，但有谁真正理解呢？您吗？”丁仪问省长，然后转向台长，“您吗？”转向埋头工作的工程师，“您吗？”又转向大厅中的其他技术人员，“你们吗？”最后转向科学家们，“甚至你们？！不，你们都不理解。你们仍按绝对时空来思考宇宙，就像脚踏大地一样自然，绝对时空就是你们思想的大地，离开它你们对一切都无从把握。谈到宇宙的膨胀和坍缩，你们认为那只是太空中的星系在绝对的时间、空间中散开和汇聚。”他说着，踱到那个玻璃陈列柜前，伸手打开柜门，把那个珍贵的星图盘拿了出来，放在手上抚摩着、欣赏着。台长万分担心地抬起两只手在星图盘下护着，这件宝物放在那儿二十多年，还没有人敢动一下。台长焦急地等着丁仪把星图盘放回原位，但他没有，而是一抬手，把星图盘扔了出去！

价值连城的古老珍宝，在地毯上碎成了无数陶土块。

空气凝固了，大家呆若木鸡。只有丁仪还在悠然地踱着步，是这僵住的世界中唯一活动的因素，他的话音仍不间断地响着。

“时空和物质是不可分的，宇宙的膨胀和坍缩包括整个时空，是的，朋友们，包括整个时间和空间！”

又响起了破裂声，一只玻璃水杯从一名物理学家手中掉下去。引起他们震惊的原因同其他人不一样，不是星图盘，而是丁仪话中的含义。

“您是说……”一名宇宙学家死死地盯住丁仪，话卡在喉咙里说不出来。

“是的。”丁仪点点头，然后对省长说，“他们明白了。”

“那么，这就是统一场数学模型的计算结果中那个负时间参量的含义？！”一名物理学家恍然大悟地说。丁仪点点头。

“为什么不早些把它公布于世？！您太不负责任了！”另一名物理学家愤怒地说。

“有什么用？只能引起全世界范围的混乱，对时空，我们能做些什么？”

“你们都在说些什么？！”省长一头雾水地问。

“坍缩……”台长，同时是一名天体物理学家，做梦似的喃喃地说。

“宇宙坍缩会对人类产生影响，是吗？”

“影响？不，它将改变一切。”

“能改变什么呢？”

科学家们都在匆匆地整理着自己的思绪，没人回答他。

“你们就告诉我，坍缩时，或宇宙蓝移开始时，会发生什么？”省长着急地问。

“时间将反演。”丁仪回答。

“……反演？”省长迷惑地望望台长，又望望丁仪。

“时光倒流。”台长简短地解释。

巨型屏幕这时修好了，壮丽的宇宙出现在大家面前。为了使坍缩的出现更为直观，太空望远镜发回的图像由计算机进行变频处理，并对频率变化所产生的色彩效应进行了视觉上的夸张。现在所有的恒星和星系发出的光在大屏幕上都呈红色，象征着目前膨胀中宇宙的红移。当坍缩开始时，它们将同时变为蓝色。屏幕的一角显示出蓝移出现的倒计时：一百五十秒。

“我们的时间随宇宙膨胀了二百亿年，但现在，这膨胀的时间只剩不到三分钟了，之后，时间将随宇宙坍缩，时光将倒流。”丁仪走到木然的台长面前，指指摔碎的星图盘，“不必为这件古物而痛心，蓝移出现后不久，碎片就会重新复原，它会回到陈列柜中去，多少年以后，回到土中深埋，再过几千年的时间，它将回到燃烧的窑中，然后作为一团潮泥回到那位上古天文学家的手中……”他走到那位年轻的女工程师身边，“也不要为你的父亲悲伤，他将很快复活，你们很快就会见面。如果父亲对你很重要，你应该感到安慰，因为在坍缩的宇宙中，他比你长寿，他将看着你作为婴儿离开这个世界。是的，我们这些老人都是刚刚踏上人生旅途，而你们年轻人则已近暮年，或说幼年。”他又走到省长面前，“如果过去没有，那么长江的洪水未来永远不会在您的任期内越出江堤，因为现在宇宙中的未来只剩一百秒了。坍缩宇宙中的未来就是膨胀宇宙中的过去。最大的险情要到一九九八年才会出现，但那时您的生命已接近幼年，那不是您的责任了。还有一分钟，现在无论做什么，都不会对将来产生后果，大家可以做各自喜欢的事情而不必顾虑将来，在这个时间里已经没有将来了。至于我，我现在只是干我喜欢但以前由于气管炎而不能干的一件小事。”丁仪又用大烟斗从口袋里挖了一锅烟丝点上，悠然地抽了起来。

蓝移倒计时五十秒。

“这不可能！”省长叫道，“从逻辑上这说不通，时间反演？一切都将反过来进行，难道我们倒着说话吗？这太难以想象了！”

“您会适应的。”

蓝移倒计时四十秒。

“也就是说，以后的一切都是重复，那历史和人生变得多么乏味。”

“不会的，你将在另一个时间里，现在的过去将是您的未来，我们现在就在那时的未来里。您不可能记住未来，蓝移开始时，您的未来一片空白，对它，您什么都不记得，什么都不知道。”

蓝移倒计时二十秒。

“这不可能！”

“您将会发现，从老年走向幼年，从成熟走向幼稚是多么合理多么理所当然。如果有人谈起时间还有另一个流向，您会认为他是痴人说梦。快了，还有十几秒，十几秒后，宇宙将通过一个时间奇点，在那一点时间不存在。然后，我们将进入坍缩宇宙。”

蓝移倒计时八秒。

“这不可能！真的不可能！！！”

“没关系，您很快就会知道的。”

蓝移倒计时五秒，四、三、二、一、零！

宇宙中的星光由使人烦躁的红色变为空洞的白色……

……时间奇点……

……星光由白色变为宁静美丽的蓝色，蓝移开始了，坍缩开始了。

……

……

。了始开缩坍，了始开移蓝，色蓝的丽美静宁为变色白由光星……

……点奇间时……

……色白的洞空为变色红的躁烦人使由光星的中宙宇

！零、一、二、三、四、秒五时计倒移蓝

“。的道知会就快很您，系关没”

“！！！能可不的真！能可不这”

。秒八时计倒移蓝

“。宙宇缩坍入进将们我，后然。在存不间时点一那在，点奇间时个一过通将宙宇，后秒几十，秒几十有还，了快。梦说人痴是他为认会您，向流个一另有还间时起谈人有果如。然当所理么多……”

天使时代

对桑比亚国的攻击即将开始。

执行“第一伦理”行动的三个航空母舰战斗群到达非洲沿海已十多天了，这支舰队以林肯号航母战斗群为核心展开在海上，如同大西洋上一盘威严的棋局。

此时天已经黑了下来，舰队的探照灯集中照亮了林肯号的飞行甲板，那里整齐地站列着上千名陆战队员和海军航空兵飞行员，站在队列最前面的是“第一伦理”行动的最高指挥官菲利克斯将军和林肯号的舰长布莱尔将军，前者身材修长，一派学者风度；后者粗壮强悍，是一名典型的老水兵。在蒸汽弹射器的起点，面对队列站着一位身着黑色教袍的随军牧师，他手捧《圣经》，诵起了为这次远征而作的祷词：

“全能的主，我们来自文明的世界，一路上，我们看到了您是如何主宰大地、天空和海洋，以及这世界上的万种生灵，组成我们的每一个细胞都渗透着您的威严。现在，有魔鬼在这遥远的大陆上出现，企图取代您神圣的至高无上的权威，用它那肮脏的手拨动生命之弦。请赐予我们正义的利剑，扫除恶魔，以维护您的尊严与荣耀，阿门——”

他的声音在带有非洲大陆土腥味的海风中回荡，令所有的人沉浸在一种比脚下的大海更为深广的庄严与神圣感之中，在上空纷纷飞过的巡航导弹火流星般的光芒中，他们都躬下身来，用发自灵魂的虔诚合道：“阿门——”

上 篇

自人类基因组测序完成以后，人们就知道飞速发展的分子生物学带来的危机迟早会出现，联合国生物安全理事会就是为了预防这种危机而成立的。生物安理会是与已有的安理会具有同等权威的机构，它审查全世界生物学的所有重大研究课题，以确定这项研究是否合法，并进而投票决定是否终止它。

今天将召开生物安理会第一百一十九次例会，接受桑比亚国的申请，审查该国提交的一项基因工程的成果。按照惯例，申请国在申请时并不提及成果的内容，只在会议开始后才公布。这就带来了一个问题：许多由小国提交的成果在会议一开始就发现根本达不到审查的等级。但各成员国的代表们却不敢轻视这个非洲最贫穷的国度提交的东西，因为这项研究是由诺贝尔奖获得者、基因软件工程学的创始人伊塔博士做出的。

伊塔博士走了进来，这位年过五十的黑人穿着桑比亚的民族服装，那实际上就是一大块厚实的披布，他骨瘦如柴的身躯似乎连这块布的重量都禁不起，像一根老树枝似的被压弯了。他更深地躬着腰，缓缓向圆桌的各个方向鞠躬，他的眼睛始终看着地面，动作慢得令人难以忍受，使这个过程持续了很长时间。印度代表低声地问旁边的美国代表："您觉得他像谁？"美国代表说："一个老佣人。"印度代表摇摇头，美国代表看了看他，又看了看伊塔，"你是说……像甘地？哦，是的，真像。"

本届生物安理会轮值国主席站起来宣布会议开始，他请伊塔在身旁就座后说："伊塔博士是我们大家都熟悉的人，虽然近年来深居简出，但科学界仍然没有忘记他。不过按惯例，我们还是对他进行一个简单的介绍。博士是桑比亚人，在三十二年前于麻省理工学院获计算机科学博士学位，而后回到祖国从事软件研究，但在十年后，突然转向分子生物学领域，并取得了众所周知的成就。"他转向伊塔问，“博士，我有个问题，纯粹是出于好奇：您离开软件科学转向分子生物学，除了预见到软件工程学与基因工程的奇妙结合外，是不是还有另一层原因，对计算机技术能够给您的祖国带来的利益感到失望？”

“计算机是穷人的假上帝。”伊塔缓缓地说，这是他进来后第一次开口。

“可以理解，虽然当时桑比亚政府在首都这样的大城市极力推行信息化，但这个国家的大部分地区还没有用上电。”

当分子生物学对生物大分子的操纵和解析技术达到一定高度时，这门学科就面对着它的终极目标：通过对基因的重新组合改变生物的性状，直到创造新的生物。这时，这门学科将发生深刻变化，将由操纵巨量的分子变为操纵巨量的信息，这对于与数学仍有一定距离的传统分子生物学来说是极其困难的。直接操纵四种碱基来对基因进行编码，使其产生预期的生物体，就如同用 0 和 1 直接编程产生 Windows XP 一样不可想象。伊塔最早敏锐地意识到了这一点，他深刻地揭示出了基因工程和软件工程共同的本质，把基础已经相当雄厚的软件工程学应用到分子生物学中。他首先发明了用于基因编程的宏汇编语言，接着创造了面向过程的基因高级编程语言，被称为“生命 BASIC”。当面向对象的基因高级语言“伊甸园++”出现时，人类真的拥有了一双上帝之手。

这时，人们惊奇地发现，创造生命实际上就是编程序，上帝原来是个程序员。与此同时，程序员也成了上帝。这些原来混迹于硅谷或什么什么技术园区的人纷纷混进生命科学行业来，他们都是些头发蓬乱、衣冠不整的毛头小子，过着睡两天醒三天的日子，其中有许多人连有机物和无机物都分不清，但都是性能良好的编程机器。有一天，项目经理把一个光盘递给一位临时召来的这样的上帝，告诉他光盘中存有两个未编译的基因程序模块，让他给这两个模块编一个接口程序。谈好价钱后上帝拿着光盘回到他那间闷热的小阁楼中，在电脑前开始他那为期一周的创世工作。他干起活来与上帝没有任何共同之处，倒很像一个奴隶。一周后，他摇晃着从电脑前站起来，从驱动器中取出另一块拷好的光盘，蹚着淹没小腿的烟蒂和速溶咖啡袋走出去，到那家生命科学公司，把那个光盘交给项目经理。项目经理把光盘放入基因编译器中，在一个球形透明容器的中央，肉眼看不见的分子探针精巧地拨弄着几个植物细胞的染色体。然后，这些细胞被放入一个试管的营养液中培养，直至长成一个小小的植株，后来这个植株被放入无木栽培车间，长成树苗后再被种进一个热带种植园，最后长成了一棵香蕉树。当第一串沉重的果实从树上砍下后，你掰下一个香蕉剥开来，发现里面是一个硕大的橘瓣……

当然，以上只是一个生动的比喻，实际的基因软件开发都是庞大的工程，绝非个人的力量所能及。例如，仅编制一个视网膜感光细胞的基因软件，其代码量与一个最新的视窗操作系统相当。所以完全凭借基因编程创造新的生命还只能是病毒级别，科学家们倾向于从生物的自然基因中分离出各种功能模块和函数，通过引用和组合这些模块和函数来得到具有新的特性的生物。对此，面向对象的基因编程语言“伊甸园 ++”是一个强有力的工具。

“伊塔博士，在宣布会议议程正式开始之前，我想提醒您：您看上去很虚弱。”会议主席关切地对伊塔说。

一位桑比亚官员起身说：“各位，伊塔博士每天吃得很少，你们一定知道，桑比亚国内目前正面临着严重的旱灾，博士自愿同他的人民一同挨饿。”

法国代表说：“上个月，作为发展计划署考察团的一员，我到过桑比亚和相邻的其他两个受灾的国家，那里的旱情确实可怕，如果大量的救济不能及时到位，下半年会饿死很多人的。”

“不过，伊塔博士，”美国代表说，“作为一位从事基础研究的科学家，过分的责任心会影响您的研究，结果反而不能够尽到自己的责任。”

伊塔点点头，并半起身冲他微微鞠躬：“您说得很对，唉，小时候留下来的毛病，很难改了……哦，各位想不想听听我小时候的事情？”

这显然离题了，但出于尊敬，大家都没有出声。伊塔用低缓的声音讲述起来，仿佛在回忆中自语。

“那也是一个大旱之年，大地像一个满是裂缝的火炉子，地上被渴死的蛇又被烈日烤干，脚一踏就碎成了粉末……当时桑比亚正在连年的内战中，就是那场由东方政治集团操纵的推翻布萨诺政权的战争。我们的村子被遗弃了，什么吃的都没有了，雅拉就去吃干草和树叶。哦，雅拉是我的小妹妹，刚懂事，大大的眼睛……她去吃干草和树叶……”伊塔的声音平缓而单调，像是早期的语音软件在读一个文本文件，“她吃得浑身浮肿，肠道也堵塞了……那大晚上，她嘴里含了什么东西，碰着牙咔啦啦响，我问她含着什么，她说在吃糖……她以前只吃过一块糖，是一年前一个来村里招募游击队员的苏联顾问给的。我看到一道血从她嘴里流出来，就掰开她的嘴看，雅拉含的不是糖块，是一个箭头，一个涂着响尾蛇的毒液用来射杀豺狗的箭头。她最后对我说：雅拉难受，雅拉不想再活了，雅拉死后哥哥把雅拉吃了吧，然后哥哥就有劲儿走到城里去，听说那里有吃的……我还记得那天晚上的月亮从干旱的大地尽头升起来，昏红昏红的……我没吃小妹妹，但那年在村子里，确实发生了人吃人的事，有些老人立下遗嘱，饿死了后让孩子们吃……”

会场陷入长长的沉默。

主席说：“博士，我们现在理解了你在过去十多年用基因软件技术改良农作物的努力。”

“一事无成，一事无成啊……”伊塔摇头叹息，“想当初桑比亚独立之时，我们曾想在祖先的土地上建起天堂，但后来知道，在这样一块苦难深重的土地上，对生活的期望是不能太高的。我们理想的底线在不断后退，我们不要工业化了，我们不要民主了，我们甚至可能连国家和个人的尊严都不要了，但桑比亚人对生活的要求不可能再后退，我们不能不吃饭。这个国家仍然有三分之二的人在挨饿，我们必须想出办法。”

伊塔的话在会场里引起了很大的反响，代表们纷纷低声议论起来。

美国代表说：“非洲确实是一个被文明进程抛下的大陆，但，博士，这是一个涉及社会、政治、历史、地理条件等诸多复杂因素的问题，不是科学家们仅凭手中的科学能够解决的。”

伊塔摇摇头说：“不，科学也许真能解决饥饿问题，关键在于我们要换一个思考方向。”

代表们茫然地互相对视着，主席首先想到了什么，说：“如果我没理解错，伊塔博士已经开始了我们这次会议的议程了。”

伊塔郑重地说：“是的，主席先生，如果您允许，在介绍我们的研究成果前，我想先让各位认识一个孩子，一个能吃饱饭的桑比亚孩子。”

他挥挥手，一个黑人男孩儿走进会议大厅，他赤裸着上身，肌肉饱满，皮肤光亮，浓密卷发下的一双大眼睛闪闪有神，他用强健而轻快的脚步，把一股旺盛的生命力带进了会议大厅。

“哇，好一个小奥塞罗！”有人赞叹道。

伊塔介绍说：“这是卡多，十二岁，一个土生土长的桑比亚孩子。当然，在平均寿命只有四十多岁的桑比亚，他这样的年纪通常已经不算是孩子了，但卡多确实是孩子，而且是个小孩子，因为他的寿命肯定要超过我们在座的各位。”

“这不奇怪，看得出来这孩子的营养状况很好。”代表中的一位医学家说。

伊塔扶着卡多的双肩环视着会场说：“他肯定与各位印象中的桑比亚儿童有很大差别，那些饥饿中的孩子都是细细的脖颈撑着大大的脑袋，四肢像干树枝般枯瘦，肚子因积水而鼓起，脸上落着苍蝇，身上生着疮……所以大家都看到了，只要吃饱了饭，任何民族的孩子都能变得像天神般高贵。”

卡多向大家点头致意，大声说了一句谁都听不懂的话。

“他在向各位问好，”伊塔说，“卡多只会讲桑比亚语。”

“您刚才说，这孩子是在桑比亚土生土长的？”主席问。

“是的，而且是在桑比亚最贫瘠的地区长大，从未离开过那里，在这场旱灾中，他的家乡饿死了不少人。”

所有人都目不转睛地盯着这个健壮的黑孩子，一时谁也说不出话来。

伊塔第一次露出了淡淡的微笑:“大家的下一个问题自然是: 他在那里吃什么? 那么下面，我就请大家看卡多吃一顿午餐。”

他说完又向门的方向挥了一下手，有三个人走进会议大厅，其中两位是参加会议的桑比亚官员，第三个人令大家吃惊，他竟是一名纽约警察，腰上累赘地别着手枪、警棍、对讲机等，手里提着一个大塑料袋，进门后他犹豫地站住了。

“是我们请这位警官进入会场的。”伊塔对主席说，主席示意让那名警察走上前来。

警察走到圆桌旁，两位代表给他让开了位置，他把大塑料袋中的东西都倾倒在桌面上，首先倒出的是一大捆青草，然后是一堆梧桐树叶，最后是一堆深绿色的松针。警察指指这堆青草和树叶，又指指同他一起进来的那两名桑比亚官员说:“这两位先生在庭院里的草坪上拔草，还从树上扯树叶，我去制止他们，他们就把我带到这里来了。”

伊塔起身向警察鞠躬：“尊敬的警官先生，我对我们的粗鲁行为表示歉意，并愿意交纳相应的罚款，我们只是想请您来做个证明，证明这些青草和树叶是真实的。”

警察瞪大双眼说：“当然是真实的！是我把它们收集到袋子里一直提到这里的。”

伊塔点点头：“好吧，卡多该用他的午餐了。”

这个桑比亚孩子抓起一大把青草，卷成粗绳状的一根，像吃香肠那样咬下一大截，津津有味地嚼了起来，草茎被嚼碎时发出的吱吱声清晰可闻……他吃得很快，转眼把那粗粗的一把草吃光了，又开始大口吃树叶……

旁观者们的反应分为两类：一部分人极力忍住呕吐的欲望，另一部分人则抑制不住开始咽口水，这是在看到别人享用他感觉中的美味时的一种自然的条件反射，不管那美味是什么。

卡多又卷了一把草吃，然后开始吃松针，他咀嚼的声音立刻发生了变化，一道墨绿色的汁液顺着他的嘴角流下来，他含着满嘴的松针和青草，高兴地对伊塔说了句什么。

“卡多说这里的草和树叶比桑比亚的味道好。”伊塔解释说，“由于盲目地引进高污染的工业，桑比亚已经成了西方的垃圾倾倒场，那里的环境污染比这里要严重得多。”

在众目睽睽之下，卡多吃光了桌子上所有的青草、梧桐叶和松针，他满意地抹去嘴角的绿色汁液，笑着对伊塔点点头，显然是在感谢这顿美味的午餐。

用后来一位记者的描述，会议大厅陷入了“地狱般的寂静”。不知过了多长时间，这寂静才被主席颤抖的声音打破。

“这么说，伊塔博士，这就是您代表桑比亚国提交生物安理会审查的研究成果了？”

伊塔镇静地点点头：“是的，这就是我刚才说过的换一个思考方向：我们既然可以用基因工程来改造农作物，为什么不能用它来改造人自身呢？比如说这个桑比亚孩子，他的消化系统经过了重新编程，使他的食物范围大大扩展。对于这样的新人类，农作物完全可以改种一些速生或抗旱的植物，那些以前让我们头疼的疯长的野草对他们来说就是万顷良田。即使是种植传统作物，他们从土地中收获的粮食也要比我们多十倍。比如对于小麦来说，麦秸秆甚至根系他们都能食用，粮食对于他们，将真的如空气和阳光一样随手可得了。”

各国代表都如石雕般站在大圆桌旁，把阴沉的目光聚焦到伊塔身上，伊塔坦然地承受着这些目光，平静地说：

“尊敬的各位先生，我向联合国转达鲁维加总统的话：桑比亚已准备好为此承受一切。”

主席首先从呆立的状态中恢复过来，撑着桌沿小心地坐下，好像他已虚弱得站立不稳似的，他两眼平视前方说：“您刚才好像说过，这孩子十二岁？”

伊塔点点头。

“这么说，你们在十二年前就对人类基因重新编程了？”

“确切地说应该是十五年前，第一批编程是使用基因汇编语言进行的，半年后，编程工具改用面向过程的高级语言‘生命 BASIC’。至于卡多，是用面向对象的‘伊甸园 ++’编程，这是三年以后的事了。我们从食草动物中提取了大量的消化系统的函数和子模块，去掉了反刍部分，经过优选和组合后植入人类的受精卵的基因编码中，但其中有许多程序，比如胃液的成分、胃壁的强度和肠道蠕动方式等，没有借用任何自然代码，纯粹是我们自行编制开发的。”

“伊塔博士，我们最后想知道，在桑比亚，经过重新编程的人类有多少？”

“卡多这一批比较少，只有不到一百人，因为我们对面向对象的编程方式还没有十分把握。重新编程的桑比亚人主要是十五年前那两批，使用宏汇编语言和‘生命 BASIC’编程的受精卵共有两万一千零四十三个，其中两万零八百一十六个成活并正常分娩。”

“哗啦”一声，上届诺贝尔生物学奖获得者、法国生物学家弗朗西丝女士晕倒了。她旁边的另一位诺贝尔奖获得者、德国生理学家、本届生物安理会轮值副主席施道芬格博士脸色发紫，呼吸急促，正闭着眼从胸前的衣袋中摸索硝酸甘油片。只有美国代表很镇静，他指着伊塔，转身对那个仍然目瞪口呆的警察说：

“逮捕他。”

他说得很平静，像是朝人借个火儿，看到那个警察茫然不知所措，他平静的薄纱立刻被摧毁了，如火山爆发般咆哮起来：“听到了吗？！逮捕他！！！别管什么豁免权，那是对人的，不是对魔鬼！！！”

主席站起身，试图使美国代表平静下来，然后转向伊塔，眼里含着悲愤的泪水说：“博士，您和您的国家可以违反联合国生物安全条约的最高禁令，对人类基因进行重新编程，但你们不该如此猖狂，竟到这个神圣的地方来向全人类的脸上泼粪！你们违反了第一伦理，你们抽掉了人类文明的基石！”

“人类文明的基石是有饭吃，桑比亚人只是想吃饱饭。”伊塔向主席鞠了一躬，以他特有的缓慢语调说。

“好了，我们还是散会吧。”美国代表对主席一挥手说，这时他真的平静下来了，“其实大家早就预料到这事迟早会发生，早些比晚些好，我想各位都知道我们该去做什么了，至少美国知道，我们要赶快去做了！”说完他匆匆而去。

会议大厅中人们相继走散，最后只剩下伊塔和卡多，还有那个警察。伊塔搂着卡多的双肩向门口走去，警察阴沉地盯着孩子的背影，一手摸着屁股上的短管左轮低声说：“真该崩了这个小怪物。”

消息传出，举世震惊。

第二天，世界各大媒体上都出现了伊塔和卡多的图像和照片，伊塔用枯枝般的双臂把卡多紧紧搂在他那枯枝般的身躯上，眼睛总是看着地面，而那个黑孩子则强壮彪悍，两眼放光，与伊塔形成鲜明对比，两人融为一体，形成了一个不规则的黑色构图，真是活脱脱的一对“魔鬼”。

在以后桑比亚代表团逗留美国的两天里，世界各国要求就地逮捕他们的呼声日益高涨，联合国大厦前每天都有人山人海的抗议游行队伍。社会上对桑比亚代表团，特别是伊塔和卡多两人的人身威胁层出不穷。但美国政府表现得十分克制，只宣布将代表团驱逐出境。

这两天，伊塔不分昼夜地紧紧搂着小卡多，在公共场合他的眼睛总是看着地面，但正如记者描述的，他有着“魔鬼的灵敏”，周围一有风吹草动，他立刻把孩子护到身后，并抬头凝视着异常出现的方向。他的眼窝很深，整个眼睛都隐没于黑暗中，活脱脱的魔鬼！

桑比亚政府提出用专机接代表团回国，但美国政府不准桑比亚的飞机入境，别国又不肯租给他们飞机，只好乘欧洲的一架客机。为了安全，桑比亚政府买下了一等舱的全部机票。当桑比亚代表团登上飞机，伊塔搂着卡多首先走进空荡荡的一等舱时，他长长地松了一口气，紧搂着卡多的手放松了些。在他们登机时，空中小姐们表现出了遇到魔鬼时理所当然的反应：满脸恐惧地避得远远的，只有一位名叫黛丽丝的欧洲空姐勇敢地领着他们进一等舱。这位金发碧眼的姑娘美丽动人，脸上露着真诚的微笑，温暖了桑比亚人那已凉透了的心。在走出机舱前，她双手合十，用不知从哪里学来的东方礼仪向孩子默默地祝福，一时让旁边的桑比亚人的眼睛都湿润了。

然后，她掏出手枪，紧贴孩子的头部开了两枪。

与后来传说的不同，黛丽丝绝对不是美国政府或其他什么国家派来的杀手，她的谋杀完全是个人行为。事实上，在桑比亚代表团留美期间，美国政府对他们是采取了严密的保护措施的，文明世界要对付的是整个桑比亚国，这之前不想横生枝节，但这最后一击实在是防不胜防。班机上的空姐们都配有反劫机手枪，发射不会破坏机舱的橡木弹头，一般来说被击中后不会致命，但黛丽丝是贴着孩子的两眼开枪的。

“我没有杀人！哈哈，我没有杀人！！！哈哈哈！”黛丽丝在开枪后挥着沾满鲜血的双手歇斯底里地欢呼着。

伊塔抱着卡多的尸体，眼睛仍看着地面，一直等到黛丽丝安静下来，她把血淋淋的手指咬在嘴里，用疯狂的目光盯着伊塔，一时间机舱里死一般寂静，只有从孩子头部流出的鲜血的汩汩声。

“姑娘，他是人，他是我的孙子，一个能吃饱饭的孩子。”

黛丽丝在法庭上被判无罪，很快被媒体赞为捍卫人类尊严的英雄。

桑比亚代表团回国后的第二天，联合国向桑比亚政府发出最后通牒：交出境内的所有生物学家和相应的技术人员，交出所有经过重新编程的个体，销毁所有基因工程设施，该国元首到特别法庭同其他主犯和从犯一起接受审判。

现在，全世界都小心地把那些基因被重新编程的桑比亚人称为“个体”。

桑比亚国拒绝了最后通牒，于是，为了维护人类神圣的第一伦理，文明世界向非洲开始了二十一世纪的“十字军东侵”。

下 篇

“您能不能停一会儿，我看着很累，您这么来回走了有一个多小时了。”布莱尔舰长说。

菲利克斯将军仍然以军人标准的步伐来回踱着，“在西点，这是教官惩罚学生的办法之一：让他在操场的一角来回走几个小时。久而久之，我喜欢上了这种惩罚，只有在这时我才能很好地思考。”

“这么说，您在西点是个不讨人喜欢的人，我在安纳波利斯海校却很讨人喜欢，那里也有这种惩罚，我一次也没受过，倒是在高年级时，我常用它来治那些刚进校的毛毛头。”

“世界任何一所军校都不喜欢爱思考的人。安纳波利斯不喜欢，西点不喜欢，圣西尔和伏龙芝都不喜欢。”

“是的，思考，特别是像您那样思考，对我是件很累的事。不过，我不认为这场战争有很多可思考的东西。”

对桑比亚的“外科手术”已持续了二十多天，每天有上千架次的飞机狂轰滥炸，从舰载机上的激光智能炸弹攻击到从阿森松岛飞来的大型轰炸机的地毯式轰炸，还有巡洋舰和驱逐舰上大口径舰炮日夜不停地轰击，这个非洲穷国实在剩不下什么了。他们那只有二十几架老式米格机的空军和只有几艘俄制巡逻艇的海军，在二十天前就被首批发射的巡航导弹在半小时内毁灭了，而桑比亚陆军的二百多辆老式坦克和装甲车也在随后的两三天内被来自空中的打击消灭干净。随后，攻击转向了桑比亚境内所有的车辆、道路和桥梁，而摧毁这些也用不了多长时间。现在，桑比亚国已被打回到石器时代。

参加攻击的三个航母战斗群已撤走了两个，只留下林肯号战斗群完成“第一伦理”行动最后的使命。除林肯号舰母外，战斗群还包括一艘贝尔纳普级巡洋舰、两艘斯普鲁恩斯级驱逐舰、一艘孔兹级驱逐舰、两艘诺克斯级护卫舰、两艘佩里级护卫舰、一艘威奇塔级补给舰，还有三艘看不见的“肛鱼”级攻击潜艇。

菲利克斯将军突然站住，看着布莱尔舰长，舰长很不舒服地想：这人确实像个学者，而且是神经衰弱的那种。

“我还是认为舰队离海岸太近了。”菲利克斯说。

“这样我们可以向桑比亚人更有力地显示自己的存在。我不明白您担心什么。”舰长挥着雪茄说。

舰队，特别是林肯号确实能显示其存在。它是尼米兹级航母的第五艘，于一九八九年服役，排水量近十万吨，全长三百多米，有二十层楼高，是一座带来死亡的海上钢铁城市。

菲利克斯又接着踱起步来，“舰长，您清楚我的观点，我对现代战争中航空母舰在海上的生存能力一直存有疑虑，在我的感觉中，航母总像是一只漂浮在海上的薄壳大鸡蛋，脆弱得很。

“您也知道，在参联会和军备听证会上，我是一贯支持您的看法的。但现在，桑比亚军队拥有射程最远的武器可能就是五十五毫米的迫击炮了，如果有，它也只能藏在地窖里，拉出来十分钟内就会被摧毁……事实上，我也觉得这是一场无聊的战争，军队在精神上正在衰落，主要原因是缺少自己的英雄偶像。二十世纪后期的几场战争，如海湾和科索沃战争，都没有造就出像巴顿、麦克阿瑟、艾森豪威尔这样的英雄，因为敌手太弱了，这次也一样。”

这时，一名参谋递给菲利克斯一份电报，他看后喜上眉梢，这是攻击开始后他第一次真正露出笑容。

“看来这一切都快结束了，桑比亚政府已接受了所有条件，他们将很快交出桑比亚境内的所有生物学家和基因工程师，以及所有基因被重新编程的个体，在这一切都完成后，元首本人将投案自首。”菲利克斯把电报递给布莱尔。

布莱尔看都没看就把电报扔到海图桌上，“我说过这是一场乏味的战争。”

两位将军透过他们所在的航母塔岛上的舰长室宽大的玻璃窗看到，一架海军陆战队的直升机从海岸方向飞来，降落到林肯号的甲板上，伊塔一行几人从直升机上走下来，并在周围陆战队员的枪口下低头向塔岛走来。伊塔走在最前面，他仍穿着那身民族服装，像一根披着一块大布的老树枝。

过了一会儿，这一行人走进塔岛，进入舰长室。除了伊塔仍两眼朝下外，其他人都不由得四下打量起来。如果只看四周，这里仿佛就是一间欧洲庄园的豪华客厅，有着猩红色的地毯，华丽的镶木四壁上刻着浮雕，挂着反映舰长趣味的大幅现代派油画。但抬头一看，就会发现天花板是由错综复杂的管道组成的，这同周围形成了奇特的对比。高大的落地窗外，舰载飞机在不间断地呼啸着起降。

伊塔博士没有抬头，向菲利克斯所在的方向微微弯了一下腰，用虚弱的声音缓缓地说：“尊敬的将军，我带来了桑比亚国真诚的敬意，您率领的舰队那天神般的力量令我们胆寒，我们屈服认罪。”

菲利克斯将军说：“博士，我希望您真的明白你们都做了些什么。”

“我们明白，在文明世界的上帝面前我们跪下，我们认罪，但将军，人要是饿得厉害，就顾不得什么廉耻了。”伊塔深深地鞠躬说。

周围一群年轻的参谋都用鄙夷的目光看着面前这根老干柴。“博士？”一直没说话的布莱尔舰长喊了一声，伊塔微微抬头，舰长呸地一口吐在他的脸上，他仍石雕般一动不动地立着，任白色的唾液顺着他那深纹密布的脸流到纷乱的胡子上。

菲利克斯惋惜地摇摇头：“您本来可以不挨饿的，留在文明世界，您有可能再获一次诺贝尔奖，却去为了个连人类最起码的伦理都不顾的极权政府工作。”

“我为桑比亚人民工作。”伊塔又鞠一躬。

“你给桑比亚人民带来了灾难。”菲利克斯说。

“不管这灾难是谁带来的，将军，鲁维加总统都殷切希望它快些结束。为表达这个和平的心愿，国王还给将军带来了一件小小的礼物。”

伊塔说完，从后面的一个人手中拿过了一个鸟笼大小的木笼子，伊塔把笼子放到地毯上，轻轻打开笼门，一个雪白的小动物跑了出来，舰长室中的所有军人发出了一阵惊叹声。那是一匹小马！它只有小猫大小，但在地毯上奔跑起来矫健灵活，雪白的鬃毛在飘荡，明亮有神的眼睛惊奇地看着这个世界，然后发出了一声清脆悠扬的嘶鸣。更神奇的是，小马居然长着一对雪白的翅膀！他们仿佛看到了从童话中跑出来的精灵！

“啊，太美了！我想这是您的基因软件的杰作吧？”菲利克斯惊喜地问。

伊塔又微微躬了一下身回答：“这是马和鸽子的基因组合体。”

“它能飞吗？”

“不能，它的翅膀没那么大力量。”

菲利克斯说：“博士，我代表贝纳感谢您。哦，贝纳是我的十二岁的小孙女，她为这礼物一定会高兴得发狂的！”

“祝她幸福美丽，也祝未来的桑比亚孩子有她十分之一的幸运。十分之一就足够足够了，将军。”

以后三天，大批的运输直升机频繁往返于桑比亚的内陆和沿海之间，从内地运来大批桑比亚政府交出的经过基因重新编程的个体，他们都是十五岁的黑人，绝大部分是男性。这些人被装上等候在沿海的运输船和登陆艇，每艘船装满后立刻向远海驶去。

由于收到了中央情报局的一份紧急情报，菲利克斯将军决定再次召见伊塔。伊塔走进舰长室后，立刻目不转睛地看着窗外，在不远的海面上，几架体形庞大的支奴干运输直升机正悬停在一艘运输船上方，黝黑的个体不停地从机舱中爬出，顺着软梯下到戒备森严的甲板上，然后在持枪士兵的推搡下进入舱里。

菲利克斯来到伊塔身边，同他一起看着海上的情景，“这是最后几船了，三天运走了两万个个体。”

“他们要被送到哪里？”伊塔问。

“博士，这不是你我需要关心的事情。”菲利克斯冷冷地说。

“我们所在的这艘大船叫‘林肯号’是吗？”伊塔突然问，菲利克斯茫然地点点头，“怎么会叫这个名字呢？在上上个世纪，非洲的黑奴就是这么被运走的，他们的基因并没有经过重新编程。”

菲利克斯笑着摇摇头：“这是两回事，博士，我可以许诺，当这些个体还在我的管辖范围内时尽可能得到人道的待遇，就是野生动物也应该受到保护的，但仅此而已，他们以后的命运与我无关，与您也没有关系了。”

看到伊塔沉默无语，菲利克斯接着说：“那么，我们谈正事吧。博士，我知道那些个体比正常人要健康得多，但他们有时也会得一些正常人不会得的病，比如前不久，在个体中传染一种皮肤病，虽不会致命，但患者十分痛苦。为了制止这种病的传染，你们研制了一种接种疫苗，委托欧洲的一家制药公司生产，据我所知，已交货的疫苗总量够四万个个体用的。”

菲利克斯注意到伊塔掩着披布的一只手难以觉察地抖动了一下，但说话的声调仍是那么沉缓：“只有两万余名个体，将军。”

菲利克斯点点头：“我愿意相信，博士，只是有一个小小的要求：能把那剩下的两万份疫苗让我们看一下吗？只是看一下，我们不带走，它们对正常人没用。”

伊塔不说话。

“您是想说，它们在轰炸中毁了吗？”

伊塔缓缓地摇摇头：“不，那些疫苗都用完了。将军，我清楚您已经什么都知道了。”

“是的博士，您撒了谎：十五年前重新编程的受精卵不是两万个而是四万个，现在桑比亚境内还有两万个个体！立刻把他们交出来。”

伊塔把枯瘦的身体转向菲利克斯，眼睛仍然看着下方，这使人觉得他像一个盲人，他说：“将军，在我的感觉中，您是一个明白人。”

菲利克斯双眉一挑问：“哦，在哪些方面？”

“很多方面，比如，您真是以一个十字军骑士的激情来领导这场战争吗？”

菲利克斯摇摇头：“不，我是以很理性的态度来对待自己的使命的，对于国际社会在这件事情上的大惊小怪，我觉得多少是一种矫情。”

伊塔无动于衷，倒是旁边的布莱尔舰长把目光从伊塔移到菲利克斯身上，吃惊地盯着他："将军……"

"随着本世纪头二十年基因工程突飞猛进的发展，人类社会的宗教情绪也与日俱增，表面看来这是对生命伦理的崇敬和维护，其实是人类在使其茫然的技术社会中试图找到一种精神依托的表现。"

布莱尔大叫起来："怎么能这样说将军？您应该知道，对人类基因的重新编程等于把人类置于与他自己可以随意制造的机器一样的地位，这将摧毁现代文明的整个法制和伦理体系的基础！"

"您对电视上的话背得很熟，"菲利克斯不以为然地笑笑说，"但您所说的信仰和伦理体系是以西方基督教文化为基础的，而别的文化并不一定认同这种体系。在伊塔博士的非洲文化中，创世主的概念是很模糊的，比如马萨伊曾说：'当神着手准备开创世界时，他发现那里有了一支多洛勃（狩猎的部落）、一头象和一条蛇。'就是说人类和其他生命是先在的，是一种自发的创造物。所以在他们的文化中，对人为干预生命的进化，并没有西方基督教文化这么多的忌讳。就以西方文化本身来说，它的法制和伦理也不会因为对人类基因的重新编程而崩溃。事实上，为了更小的理由，我们早就在违反第一伦理，比如本世纪出现的克隆人、上世纪的试管婴儿。更早一些的时候，我们那些高贵的女士为了少一些麻烦和责任，并没有太多的犹豫就去流产和堕胎了。在这些事面前，我们的法制和伦理体系好像也很现实地适应了，并没有丝毫崩溃的迹象。至于西方世界对在非洲发生的这件事这么大惊小怪，不过是因为我们不需要以野草和树叶充饥罢了。"

布莱尔目瞪口呆了好一阵儿，迷惑地摇摇头。

菲利克斯对伊塔笑笑说："别在意，博士，布莱尔舰长显然平时很少思考这类问题。"

"我的任务不是思考。"舰长气鼓鼓地说。

"菲利克斯将军是个明白人。"伊塔真诚地说。

“我已经足够坦率，那么请问博士，您是如何一眼把我看透的呢？”

“不是一眼，我们十多年前见过面，那是在麻省理工的一次鸡尾酒会上，你当时还是一名准将，在南卡罗来纳州的新兵训练营负责新兵训练工作，您说在现在的美国青年中，可以招到像科学家的士兵、像工程师的士兵、像艺术家的士兵、但像士兵的士兵却越来越难找了。接着你就说，基因工程有可能为美国创造出合格的士兵。这是军方人士第一次在这样的生物学家聚会上说这种话，因此我记住了您。”

“这真是一个好主意。”布莱尔舰长赞许地点点头。

“所以，舰长，只要有需要，伦理终究是第二位的。”菲利克斯对布莱尔说，极力掩盖着自己的轻蔑。

“那么，将军，您一定理解我的恳求，求你们放过那两万个桑比亚人吧。”伊塔对“第一伦理”行动的指挥官连连鞠躬，看上去真像一个老乞丐。

菲利克斯坚定地摇摇头：“博士，我是军人，在执行使命，这与我对基因工程的看法没有关系。再说一遍：把那两万个个体交出来，即使您认为他们是桑比亚的未来。”

“将军，他们是全人类的未来。”

“这没有意义，我们不但确切地知道那两万个个体的存在，甚至能猜到他们的隐藏之处，如果你们拒绝交出，我们只能轰炸那些丛林。”菲利克斯把手向下一劈说。

“知道怎样轰炸吗？”布莱尔把脸凑近伊塔说，“不是用林肯号上的飞机，它们太小了，是从阿松森基地飞来的巨型轰炸机，它们装满了燃烧弹，在那些丛林地带沿 X 形的对角线投弹，这样不管风向如何，都能形成一片完美的火场，其中火焰的温度可以烧化钢梁，连细菌都活不下去。”

菲利克斯接着说：“怎么样博士，即使为了那些个体着想，也应该把他们交出来。”

伊塔用当地的土语哀叹了一句什么，整个身体像失去支撑似的摇摇欲坠，“给我电话，我向政府转达你们的意思。”

“很好，还要说明，不能用上次的移交方式，从内陆用直升机运送两万人太困难，在降落点和途中还不时遭到游击队的袭击，我们要求你们把那两万个个体运到海岸来，就在这片沿海平地上，在舰队的火力控制范围内。以上的事完全由你们来做，然后我们用登陆艇一次性接收。”

“我转达。”伊塔无力地点点头。

当伊塔随着押解的陆战队员走到舰长室门口时，他突然转过身来，美国人惊奇地发现，他的腰不驼了，现在站得挺直，这才可以看到他原来是那么高大的一个人。他那双隐没于眼窝黑影中的眼睛，自那仿佛深不见底的黑潭中射出两道冷光，令在场的所有人打了个寒战。

“离开非洲。”伊塔说。

“您说什么？”布莱尔舰长问。

伊塔没有理会，转身迈着大步走出去，那步伐之强健有力也与以前判若两人。

“他说什么？”布莱尔又转身问其他人。

“他让我们离开非洲。”菲利克斯说，双眼沉思地盯着伊塔离去的方向。

“他……哈……他真幽默！”布莱尔大笑起来。

入夜，在舰长室里，菲利克斯将军入神地看着桑比亚人送他的那匹小马，它正站在宽大的海图桌上，津津有味地吃着勤务兵刚送来的卷心菜。然后，他起身来到外面的舰桥上，凝视着远方非洲的海岸，一股热风吹到脸上，风中夹着烟味，远方的陆地笼罩在一片红光之中，那是桑比亚的城市在燃烧。火光映红了半边夜空，并在海水中反射，构成了一个虚假的黎明。

“将军，看得出您很忧虑。”布莱尔舰长也悄声来到舰桥上，在菲利克斯后面说道。

“我们面对的，是一个被逼到墙角的民族。”菲利克斯看着燃烧的大陆说。

“那又怎么样？在这个世界上，鸡蛋就是鸡蛋，石头就是石头，我相信一切都会很顺利的。”

“但愿如此吧。四十多年前的那一天我记得很清楚，我和几名陆战队员一起守在西贡大使馆的楼顶，直升机正在运走最后一批人。文进勇将军指挥的北越军队离那儿只有几百米了，而美国在越南的势力范围，只剩大使馆楼顶这几十平方米了。一颗炮弹飞来，一名陆战队员被齐肩炸成两半，我还记得他的名字，他是最后一个死于越南的美国军人……那一时刻铭心刻骨，从此我明白了战争是一个很深的东西，谁都难以真正看透它。”

当菲利克斯被一名中校参谋叫醒时，天刚蒙蒙亮，参谋告诉他，指定的海岸地段已经集结了两万桑比亚人，好像就是桑比亚政府交出的那两万个个体。

“不可能这么快的！”菲利克斯盯着参谋喊道，“他们靠什么集结？！桑比亚大部分的公路和铁路都难以通行，就是有畅通的道路和足够的车辆也不可能这么快集结两万人！”

菲利克斯起身抓起一个望远镜，冲到舰桥上，清晨的海风让他打了一个寒战，舰桥上已站满了举着望远镜观察海岸的海军军官，布莱尔舰长也在其中。

向岸上望去，望远镜中出现的是从海岸伸延出去的广阔的平原。燃烧的城市升起的烟雾如同平原后面一张巨大的黑灰色幕布。菲利克斯看到平原的地平线上有几个黑点，这些黑点渐渐变成了一条条黑线，很快，这些黑线连接起来，给地平线镶上了一道黑边，菲利克斯立刻看出了这不是那两万个等待接收的个体，而是一支准备发起攻击的陆军部队。他们队形整齐地推进着，菲利克斯放下望远镜，用肉眼也能看到桑比亚军队像黑色的地毯一样渐渐覆盖了平原。他再次举起望远镜，看到阵线在加快速度，很快整个方阵都飞奔起来，黑人士兵们高举着冲锋枪怒吼着，像潮水一样扑向大海。

“桑比亚人要投海自杀？！”舰队中所有目睹这一壮观景象的人都迷惑不解。在林肯号上，菲利克斯首先发现了什么，脸一下变得煞白，他扔下望远镜，声嘶力竭地大叫起来。

“战斗警报！舰炮射击！所有攻击机起飞！快！！！”

战斗警报尖厉地响起。已冲到海边的桑比亚步兵阵线中突然出现了一大片白色的东西，那一片白色急剧抖动着，激起了高高的尘埃，舰队的人们一时无法相信自己的眼睛。

所有的桑比亚士兵都长着一对白色的翅膀，这是两万个会飞的人！

在一片尘埃之上，飞人群升到空中，飞行的阵线黑压压一片，遮住了初升的太阳，这空中军队越海向舰队扑来。

这时，舰队的宙斯盾系统已对来袭的飞人群做出了反应，首批舰对空导弹从林肯号周围的巡洋舰射向飞人，约五十条白色的烟迹扎入了飞人群。这首批导弹都击中了目标，清脆的爆炸声从空中传来，飞人群中在一阵闪光后出现了一团团黑烟，被击中的飞人血肉横飞，翅膀的白色羽毛如一片片细微的雪花在天空飘散。航母上观战的人们发出一阵欢呼声，但凭理智仔细观察攻击效果的菲利克斯将军和布莱尔舰长心凉了半截，一道简单但严酷的算术题摆在他们面前。

从现在的情况看，每枚舰空导弹在击中目标时，弹头爆炸的杀伤力可击落周围 2 到 3 个飞人。舰队的舰空导弹的弹头是为击毁空中战机这样的点状目标而设计的，爆炸时只产生很少的高速弹片，因而面积杀伤力不大，而飞人群受到导弹攻击后正以很快的速度散开，所以，一枚舰空导弹很快只能击落一个飞人。具有较强面积杀伤能力的舰对舰导弹和巡航导弹对这样方向和距离的目标毫无用处。

这里还有一个致命的弱点：舰队的舰空导弹中只有不到一半采用传统的红外、雷达和激光制导方式，这大多是上世纪就已装备的“海标枪”“海麻雀”和“标准”型舰空导弹。近年来，被这支强大舰队真正引以为傲的是采用像素制导的舰空导弹，像素制导是上世纪的导弹设计师们追求已久的梦想，在这种制导方式下，导弹感受到的目标不再是传统制导方式下的点状，而是一个三维图像，通过高超的模式匹配技术对目标进行识别，正如给导弹装上了一双智慧的眼睛，这就使得导弹可以打击目标最致命的部位，因而像素制导导弹的战斗力较传统导弹大为减小。但现在在这双智慧之眼中，那些飞人怎么看也不像是需要打击的空中目标，更像是大点的飞鸟，所以这些聪明的导弹都做出了理智的选择：绕开他们。人工智能再一次变成了人工愚蠢，更换每个导弹的模式数据库是无论如何也来不及了，整个舰队携带的舰对空导弹约为三千枚，这比正常情况已超载一倍了。这样数量的导弹在宙斯盾系统的引导下，足以对付一个大国的全部空军力量对舰队发动的攻击，进行这种攻击的敌机可能有两千架左右。而现在，舰队面对着十倍数量的飞人，每个飞人对舰只的攻击能力当然无法同战机相比，但要击落他，也要耗费一枚导弹。用航母上的战斗机对付飞人，道理也一样，况且战斗机可能来不及起飞。两位将军统率着这个星球上最强大的舰队，现在不得不承认这样的现实。

对于飞人，舰母战斗群的主要武器不再具有优势，质量代替不了数量。

林肯号的周围，舰空导弹一批接着一批地发射，导弹的尾迹在空中组成一团巨大的乱麻。舰队没有人欢呼了，现在即使普通水兵也解开了那道算术题，以往他们最引以为豪的东西现在靠不上了。

当所有的舰空导弹全部用光后，只击中了不到两千个飞人，而现在，从海岸方向向舰队冲来的飞人阵线的前锋，已掠过了战斗群外围的巡洋舰和驱逐舰，直向林肯号航母扑来。

现在，舰队只能依靠舰炮和机枪火力了，几乎所有的舰炮都全力射击。打击飞人最为有效的武器是密集阵火炮系统，它原是用于击落一千五百米范围内突破舰队防御系统的漏网反舰导弹的，由六管二十毫米火炮组成，具有每分钟三千发的高射速。密集阵火炮的每一次扫射，都在空中划出一条死亡的曲线，都有一排飞人被它那密集的弹流击落。但密集阵火炮无法长时间连续射击，它的高射速和快出速使炮管很快发热老化，必须频繁地更换，加上数量有限，最终也无法对来袭的大批飞人形成有力的阻击。其他的大口径舰炮射速太慢，同时，飞人的飞行轨迹是一条不断波动的正弦线，用普通舰炮对他们射击就像用步枪打蝴蝶一样，命中率很低。所以现在唯一能依靠的武器就是机枪了。

这时，菲利克斯的脑海中浮现出古代中国关于冷兵器战争的一句话“临敌不过三发”，意思是说，在敌人的骑兵冲到阵地前这段时间里，弓箭手只能射出三支箭，这绝妙地反映了目前林肯号的处境。

现在，飞人开始对林肯号冲击了，飞人从各个高度接近航母，最高的飞人飞到上千米，最低的紧贴海面掠过，近两万名飞人使林肯号笼罩在一团死亡的阴云中，航母上的人听到从各个方向上传来的飞人的呼喊声，这些声音使他们头皮发麻，抬头看着那密密麻麻的遮住阳光的飞人群在头顶盘旋，他们仿佛身处噩梦之中，同时也意识到一个严酷的现实：在高技术的温床中沉浸了几十年后，他们终于获得了一个成为真正战士的机会——要同敌人面对面肉搏了。

意识到这点，菲利克斯反而冷静了许多，他拿起扩音器，沉着地发出命令：“立刻向舰上人员分发所有轻武器，重点防守塔岛、升降机口、弹药库、航空油库和核反应堆。这是最高指挥官在说话，全舰人员，准备接敌近战！”

布莱尔舰长茫然地看着菲利克斯将军，好半天才理解了他话的含义。他默默地走到海图桌前，从一个抽屉里拿出自己的手枪，看着枪，无言地沉思着。突然，他听到了一声悠扬的嘶鸣声，是那匹小飞马发出的。舰长抬枪对着小马射出三发子弹，那个美丽的小精灵倒在血泊中。

又一个措手不及的尴尬场面出现了：在早期航母中，轻武器是由各战位分散保管的，但由于自“二战”以来舰上人员从未有使用轻武器的机会，所以不知从什么时候起，现代舰母上的轻武器都在一个专用仓库中集中保管。林肯号上有近六千人，除了岗位不能离开的人外去，有近四千人涌向位于航母中层的军火库中去领枪，一时把狭窄的通道堵塞了。军火库门口更是乱作一团，负责分发武器的军官只能把步枪向人群中扔去，领到枪的人也挤不出去，只能把枪向后传，看上去很像近代某个城市暴动的场面。这时林肯号广阔的飞行甲板只能由舰上数量不多的海军陆战队守卫了。

第一个飞人在林肯号的飞行甲板上着陆了，他那雪白的双翅轻盈地抖动，双脚接触甲板时没发出一点声音。这时谁也不会认为他是魔鬼，这是希腊神话中才有的人物，是神灵的化身，它来自远古的梦幻，如同一个美丽的幻影降落到人类这粗陋的钢铁世界中。甲板上的陆战队队员被他那惊人的美震慑了，很多人呆呆地看着，忘了开枪。但这个飞人战士还是很快就被来自各个方向的弹雨击倒了，飞人倒在甲板上，双翅上雪白的羽毛被他自己的鲜血染红了。紧接着又有三个飞人着舰，其中一名幸存下来，躲到飞行甲板左舷的一个光学着舰引导装置后面，同陆战队队员们对射起来。

又有几个飞人降落被击毙后，飞人战士们意识到这时着舰代价太大，就开始从空中向航母投掷手榴弹。航母上的人们也尝到了被轰炸的滋味，当一大群飞人呼啸着从飞行甲板上空掠过后，手榴弹如冰雹般噼里啪啦地落下，然后在一片爆炸声中，那些仍停在甲板上的昂贵的“雄猫”和“大黄蜂”一架架被炸成碎片。

来自空中的手榴弹成功地遏制了航母上的轻武器火力，飞人的第二次强行降落取得了成功，很快有上百名飞人战士登上了林肯号，他们依托着左右舷的下陷结构和甲板上飞机的残骸同舰上的陆战队和水兵枪战，掩护更多的飞人着舰。

现在，令林肯号的守卫者们最尴尬的局面出现了：首先，他们在人员素质上处于劣势。经过基因优化，又在非洲丛林中成长的飞人是天生的战士，在这传统的近战中，他们骁勇敏捷，所向披靡。而林肯号上的人，除了为数不多的海军陆战队员外，其他人与其说是军人，还不如说是工程师和技师，受过的陆战训练不多，在这残酷的近战中根本不是飞人战士的对手。最可怜的要数那些飞行员了，这些曾令多少敌人闻风丧胆的空中杀手，航母战斗群的刀锋，现在什么都不是了。布莱尔悲哀地从舰长室的窗中看到一名中校飞行员缩在 F14 的座舱中，伸出手枪乱射一通，弹夹打光了还在不停扣扳机，直到一名脸上涂着红黑相间条纹的飞人爬上飞机，用一把猎刀砍下他的脑袋为止……

更令“第一伦理”行动的执行者们无法忍受的是，他们现在在武器上也处于劣势！在这样的近战中，他们的 M16 步枪并不比桑比亚飞人手中古老的 AK-47 好多少。而且，林肯号上轻武器库中的步枪只有不到两千支，这样，舰上大部分人只能用手枪作战了。林肯号上的六千官兵不过是被堵在钢铁中的一堆肉而已。

在三个足球场大小的飞行甲板上，飞人仍在以很快的速度降落，现在，他们在舰上的人数已过千。林肯号虽然在人数上仍占优势，但大部分人都被刚才飞人从空中的手榴弹轰炸堵在舰内，飞行甲板渐渐被飞人战士控制。现在，他们重点攻击的目标有两个：一个是飞机升降机口，这是进入舰体内最宽敞的通道；另一个是塔岛，这是航母的神经中枢。

一群飞人从舰长室外掠过，可以听到手榴弹乒乒乓乓地砸在舱壁上，有一枚破窗而入，落到海图桌上。看着那个冒着青烟旋转的东西，菲利克斯将军仿佛走进了时间隧道，又闪回到他的青年时代。那是在热带暴雨中的南越丛林中，十八岁的他也看到一枚手榴弹在眼前冒着青烟旋转，甚至外形也同眼前这枚一样，是前华约国的制式武器，弹体和弹柄都是绿色的……对历史和现实的感触都凝缩在这生死的一瞬，将军出神地盯着那个东西，多亏一名参谋把他扑倒在地。

又过了十几分钟，着舰的飞人已超过两千，他们完全控制了飞行甲板，也成功地阻击了周围的巡洋舰和驱逐舰上的增援。现在从外面看，林肯号上已全是飞人战士的身影，AK 冲锋枪嘶哑粗放的射击声盖住了一切，M16 步枪纤细的啪啪声只能零星听到。

突然，布莱尔舰长听到了一声爆炸，从升降机方向传来。同到处响起的手榴弹爆炸声相比，它很沉闷，只是隐隐约约能听到。他的心顿时沉到了底，作为一名经验丰富的军人，他不会听错的，这是飞人战士在用塑性炸药炸开舰体内部的水密门，他们已进入了林肯号。菲利克斯也意识到了这点，他知道，现代巨型航空母舰的内部结构是极其复杂的，即使舰上人员，在没有地图的情况下也会迷路。但对于飞人战士，这可能不是个太大的障碍，因为他们要找的地方都是体积庞大、方位明确的。林肯号有三个致命处：弹药库、航空油库（存放着供舰上作战飞机使用的八千吨航空燃油）和为全舰提供动力的两座压水核反应堆，飞人战士找到这三样东西中的任何一样，林肯号就死定了。同时，核动力航母是一个极其复杂的系统，在内部随意地破坏也可能带来致命的后果。

那不祥的爆炸声又响了起来，一声比一声沉闷，如同一只巨兽的脚步，一步步向林肯号的深处走去……

现在，结局只是时间问题。

着舰的飞人已过五千，甲板上的战斗基本停止了，而指挥塔岛同全舰和外界的联系几乎中断，虽然塔岛还未完全失守，但林肯号已失去了大脑。

在以后的一个多小时内，林肯号几乎沉静下来，只有舰体内的爆炸声能隐约听到，而且向不同的方向扩散。飞人战士像进入林肯号这只巨兽体内的无数只蚂蚁，正在吞食着它的内脏。同时，飞人加强了对塔岛的攻击，在从下面攻打的同时，他们从空中直接跳到塔岛的上层建筑上。

突然，林肯号微微振动了一下，布莱尔冲到窗边，看到大团的白色蒸气从舰体两侧升起，并听到一阵隆隆声，那是舰体下面海水沸腾的声音。舰长知道，飞人战士找到了林肯号三个致命处的一个：核反应堆。虽然反应堆在舰体的最下部，但它们的方位是最明确的。飞人战士显然已炸毁了反应堆的冷却系统，布莱尔可以想象，堆中的反应物质如火山岩浆般流了出来，但它比岩浆灼热许多倍，它流到航母的舰底，就如同把烧红的火炭放到硬纸板上一样，很快把舰底烧穿了。

又一阵冰雹般的手榴弹扔到舰长室周围，震耳欲聋的爆炸后，AK 冲锋枪密集地在外面响了起来，好像是一阵突然爆发的狂笑。保卫舰长室的陆战队队员们在舱门和窗口相继倒毙，一群飞人战士撞开门冲了进来，他们的翅膀合在身后，像是披着白色的斗篷。布莱尔舰长伸手去拿放在海图上的手枪，立刻同几名年轻参谋一起被眼疾手快的飞人战士乱枪打死。菲利克斯将军手里握着枪，但没举起来，飞人战士盯着他肩上的四颗星，没有再开枪，他们就这样对峙着。

飞人们突然向两边分开，伊塔博士走了进来。他仍披着那块披布，同周围戎装的飞人战士形成鲜明对比，一个飞人用生疏的英语让菲利克斯放下武器。

菲利克斯仍紧握着手枪，用另一只手整理了一下军服：“开枪吧，黑鬼。”

伊塔博士抬起头来，菲利克斯又一次看到了他那深邃的双眼。

“将军，我们的血也是红的。”

“你们可以击沉林肯号，但最终一个也跑不掉的！”

伊塔笑了一下，这是菲利克斯第一次看到他笑。“他们当然能跑掉，他们可以任意飞越国境，雷达系统不能把他们同飞鸟区别开来。他们到处都能得到食物，即使是现代社会，要消灭这样一批人也是不容易的。更重要的是，他们很快就会成为合法的人，将享有作为一个人的一切权利。”

“这我不明白。”

“您是个聪明人，正如您所说，即使在所谓的文明世界，只要有需要，伦理是第二位的。那里的人们当然不需要吃野草和树叶，但他们肯定需要飞翔，这是人类最古老的梦幻，没人能抵挡它的诱惑。您将会看到，想象中的魔鬼并不存在，天使时代即将到来，在那个美好的时代里，人类在城市和原野上空飞翔，蓝天和白云是他们散步的花园。人类还将像鱼一样潜游在海底，并且以上千岁的寿命来享受这一切。将军，您已经看到了这个时代的曙光。”

伊塔博士说完，转身走了出去，同时用桑比亚语说了句什么，接着所有的飞人战士都转身走了，没有一个人再看菲利克斯一眼。

林肯号航空母舰直到黄昏时才完全沉没，当舰上的塔岛最后没入水中时，被压出的空气发出巨大的嘶鸣声，像非洲海岸凄厉的号角，菲利克斯将军站在一艘巡洋舰的舰桥上，用困惑的目光望着远方非洲古老的土地。

在那块百万年前诞生人类的土地上，飞人们正在夕阳中盘旋。

乡村教师

作者附言：

这篇小说同我以前的作品相比有一些变化，主要是不那么“硬”了，重点放在营造意境上。不要被开头所迷惑，它不是你想象的那种东西。我不敢说它的水准高到哪里去，但从中你将看到中国科幻史上最离奇最不可思议的意境。

他知道，这最后一课要提前讲了。

又一阵剧痛从肝部袭来，几乎使他晕厥过去。他已没有气力下床了，便艰难地移近床边的窗口。月光映在窗纸上，银亮亮的，使小小的窗户看上去像是通向另一个世界的门，那个世界的一切一定都是银亮亮的，像用银子和不冻人的雪做成的盆景。他颤抖着抬起头，从窗纸的破洞中望出去，幻觉立刻消失了，他看到了远处自己度过了一生的村庄。

村庄静静地卧在月光下，像是百年前就没人似的。那些黄土高原上特有的平顶小屋，形状上同村子周围的黄土包没啥区别，在月夜中颜色也一样，整个村子仿佛已融入这黄土坡之中。只有村前那棵老槐树很清楚，树上干枯枝杈间的几个老鸦窝更是黑黑的，像是滴在这暗银色画面上的几滴醒目的墨点……其实村子也有美丽温暖的时候，比如秋收时，外面打工的男人女人们大都回来了，村里有了人声和笑声，家家屋顶上是金灿灿的玉米，打谷场上的娃们在秸秆堆里打滚；再比如过年的时候，打谷场被汽灯照得通亮，在那里连着几天闹红火、摇旱船、舞狮子。那几个狮子只剩下咔嗒作响的木头脑壳，上面油漆都脱了，村里没钱置新狮子皮，就用几张床单代替，玩得也挺高兴……但正月十五一过，村里的青壮年都外出打工挣生活去了，村子一下没了生气。只有每天黄昏，当稀拉拉几缕炊烟升起时，村头可能出现一两个老人，扬起山核桃一样的脸，眼巴巴地望着那条通向山外的路，直到被老槐树挂住的最后一抹夕阳消失。天黑后，村里早早就没了灯光，娃娃和老人们睡得都早，电费贵，现在到了一块八一度了。

这时村里隐约传出了一声狗叫，声音很轻，好像那狗在说梦话。他看着村子周围月光下的黄土地，突然觉得那好像是纹丝不动的水面。要真是水就好了，今年是连着第五个旱年了，要想有收成，又要挑水浇地了。想起田地，他的目光向更远方移去，那些小块的山田，月光下像一个巨人登山时留下的一个个脚印。在这只长荆条和毛蒿的石头山上，田也只能是这么东一小块西一小块的，别说农机，连牲口都转不开身，只能凭人力种了。去年一家什么农机厂到这儿来，推销一种微型手扶拖拉机，可以在这些巴掌大的地里干活儿。那东西真是不错，可村里人说他们这是闹笑话哩！他们想过那些巴掌地能产出多少东西来吗？就是绣花似的种，能种出一年的口粮就不错了，遇上这样的旱年，可能种子钱都收不回来呢！为这样的田买那三五千一台的拖拉机，再搭上两块多一升的柴油？！唉！这山里人的难处，外人哪能知晓呢？

这时，窗前走过了几个小小的黑影，这几个黑影在不远的田垄上围成一圈蹲下来，不知要干什么。他知道这都是自己的学生，其实只要他们在近旁，不用眼睛他也能感觉到他们的存在，这直觉是他一生积累出来的，只是在这生命的最后时间里更敏锐了。

他甚至能认出月光下的那几个孩子，其中肯定有刘宝柱和郭翠花。这两个孩子都是本村人，本来不必住校的，但他还是收他们住了。刘宝柱的爹十年前买了个川妹子成亲，生了宝柱，五年后娃大了，对那女人看得也松了，结果有一天她跑回四川了，还卷走了家里所有的钱。这以后，宝柱爹也变得不成样儿了，开始是赌，同村子里那几个老光棍一样，把个家折腾得只剩四堵墙、一张床。然后是喝，每天晚上都用八毛钱一斤的地瓜烧把自己灌得烂醉，拿孩子出气，每天一小揍，三天一大揍，直到上个月的一天半夜，抡了根烧火棍差点把宝柱的命要了。郭翠花更惨了，要说她妈还是正经娶来的，这在这儿可是个稀罕事，男人也很荣光了。可好景不长，喜事刚办完大家就发现她是个疯子，之所以迎亲时没看出来，大概是吃了什么药。本来嘛，好端端的女人哪会到这穷得鸟都不拉屎的地方来？但不管怎么说，翠花还是生下来了，并艰难地长大。但她那疯妈妈的病也越来越重，犯起病来，白天拿菜刀砍人，晚上放火烧房，更多的时间还是在阴森森地笑，那声音让人汗毛直竖……

剩下的都是外村的孩子了，他们的村子距这里最近的也有十里山路，只能住校了。在这所简陋的乡村小学里，他们一住就是一个学期。娃们来时，除了带自己的铺盖，每人还背了一袋米或面，十多个孩子在学校的那个大灶做饭吃。当冬夜降临时，娃们围在灶边，看着菜面糊糊在大铁锅中翻腾，灶膛里秸秆橘红色的火光映在他们脸上……这是他一生中看到过的最温暖的画面，他会把这画面带到另一个世界的。

窗外的田垄上，在那圈娃们中间，亮起了几点红色的小火星星，在这一片银灰色的月夜的背景上，火星星的红色格外醒目。这些娃们在烧香，接着他们又烧起纸来，火光使娃们的形象以橘红色在冬夜银灰色的背景上显现出来，这使他又想起了那灶边的画面。他脑海中还出现了另外一个类似的画面：当学校停电时（可能是因为线路坏了，但大多数时间是因为交不起电费），他给娃们上晚课。他手里举着一根蜡烛照着黑板，问：“看见不？”“看不显！”娃们总是这样回答。那么一点点亮光，确实难看清，但娃们缺课多，晚课是必须上的。于是他再点上一根蜡，手里举着两根蜡。“还是不显！”娃们喊。他于是再点上一根，虽然还是看不清，但娃们不喊了，他们知道再喊老师也不会加蜡了，蜡太多了也是点不起的。烛光中，他看到下面那群娃的面容时隐时现，像一群用自己的全部生命挣脱黑暗的小虫虫。

娃们和火光，娃们和火光，总是娃们和火光，总是夜中的娃们和火光，这是这个世界深深刻在他脑子中的画面，但他始终不明其含义。

他知道娃们是在为他烧香和烧纸，他们以前多次这么干过，只是这次，他已没有力气像以前那样斥责他们迷信了。他用尽了一生在娃们的心中燃起科学和文明的火苗，但他明白，同笼罩着这偏远山村的愚昧和迷信相比，那火苗是多么弱小，像这深山冬夜中教室里的那根蜡烛。半年前，村里的一些人来到学校，要从本来已经很破旧的校舍取下椽子木，说是修村头的老君庙用。问他们校舍没顶了，娃们以后住哪儿，他们说可以睡教室里嘛。他说那教室四面漏风，大冬天能住？他们说反正都是外村人。他拿起一根扁担和他们拼命，结果被人家打断了两根肋骨。好心人抬着他走了三十多里山路，送到了镇医院。

就是在那次检查伤势时，意外发现他患了食道癌。这并不稀奇，这一带是食道癌高发区。镇医院的医生恭喜他因祸得福，因为他的食道癌现处于早期，还未扩散，动手术就能治愈，食道癌是手术治愈率最高的癌症之一，他算捡了条命。

于是他去了省城，去了肿瘤医院，在那里，他问医生动一次这样的手术要多少钱，医生说像你这样的情况可以住我们的扶贫病房，其他费用也可适当减免，最后下来不会太多的，也就两万多元吧。想到他来自偏远山区，医生接着很详细地给他介绍住院手续怎么办，他默默地听着，突然问：

“要是不手术，我还有多长时间？”

医生呆呆地看了他好一阵儿，才说：“半年吧。”并不解地看到他长出了一口气，好像得到了很大安慰。

至少能送走这届毕业班了。

他真的拿不出这两万多元。虽然民办教师工资很低，但干了这么多年，孤身一人无牵无挂，按说也能攒下一些钱了。只是他把钱都花在娃们身上了，他已记不清给多少学生代交了学杂费，最近的就有刘宝柱和郭翠花。更多的时候，他看到娃们的饭锅里没有多少油星星，就用自己的工资买些肉和猪油回来……反正到现在，他全部的钱也只有手术所需用的十分之一。

沿着省城那条宽敞的大街，他向火车站走去。这时天已黑了，城市的霓虹灯开始发出迷人的光芒，那光芒之多彩之斑斓，让他迷惑；还有那些高楼，一入夜就变成了一盏盏高耸入云的巨大彩灯。音乐声在夜空中飘荡，疯狂的、轻柔的，走一段一个样。

就在这个不属于他的世界里，他慢慢地回忆起自己不算长的一生。他很坦然，各人有各人的命，早在二十年前初中毕业回到山村小学时，他就选定了自己的命。再说，他这条命很大一部分是另一位乡村教师给的。他就是在自己现在任教的这所小学度过童年的，他爹妈死得早，那所简陋的乡村小学就是他的家，他的小学老师把他当亲儿子待，日子虽然穷，但他的童年并不缺少爱。那年，放寒假了，老师要把他带回自己的家里过冬。老师的家很远，他们走了很长的积雪的山路，当看到老师家所在的村子的一点灯光时，已是半夜了。这时他们看到身后不远处有四点绿荧荧的亮光，那是两双狼眼。那时山里狼很多，学校周围就能看到一堆堆狼屎。有一次他淘气，把那灰白色的东西点着扔进教室里，使浓浓的狼烟充满了教室，把娃们都呛得跑了出来，让老师很生气。现在，那两只狼向他们慢慢逼近，老师折下一根粗树枝，挥动着它拦住狼的来路，同时大声喊着让他向村里跑。他当时吓糊涂了，只顾跑，只想着那狼会不会绕过老师来追他，只想着会不会遇到其他的狼。当他上气不接下气地跑进村子，然后同几个拿猎枪的汉子去接老师时，发现他躺在一片已冻成糊状的血泊中，半条腿和整只胳膊都被狼咬掉了。老师在送往镇医院的路上就咽了气，当时在火把的光芒中，他看到了老师的眼睛，老师的腮帮被深深地咬下一大块，已说不出话，但用目光把一种心急如焚的牵挂传给了他，他读懂了那牵挂，记住了那牵挂。

初中毕业后，他放弃了在镇政府里一个不错的工作机会，直接回到了这个举目无亲的山村，回到了老师牵挂的这所乡村小学，这时，学校因为没有教师已荒废好几年了。

前不久，教委出台新政策，取消了民办教师，其中的一部分经考试考核转为公办。当他拿到教师证时，知道自己已成为一名国家承认的小学教师了，很高兴，但也只是高兴而已，不像别的同事那么激动。他不在乎什么民办公办，他只在乎那一批又一批的娃，从他的学校读完了小学，走向生活。不管他们是走出山去还是留在山里，他们的生活同那些没上过一天学的娃总是有些不一样的。

他所在的山区，是这个国家最贫困的地区之一。但穷不是最可怕的，最可怕的是那里的人们对现状的麻木。记得那是好多年前了，搞包产到户，村里开始分田，然后又分其他的东西。对于村里唯一的一台拖拉机，大伙对于油钱怎么出、机时怎么分配总也谈不拢，最后唯一大家都能接受的办法是把拖拉机分了，真的分了，你家拿一个轮子，他家拿一根轴……再就是两个月前，有一家工厂来扶贫，给村里安了一台潜水泵，考虑到用电贵，人家还给带了一台小柴油机和足够的柴油。挺好的事儿，但人家前脚走，村里后脚就把机器都卖了，连泵带柴油机，只卖了一千五百块钱，全村好吃了两顿，算是过了个好年……一家皮革厂来买地建厂，什么不清楚就把地卖了，那厂子建起后，硝皮子的毒水流进了河里，渗进了井里，人一喝了那些水浑身起红疙瘩，就这也没人在乎，还沾沾自喜那地卖了个好价钱……看村里那些娶不上老婆的光棍汉，每天除了赌就是喝，但不去种地，他们能算清：穷到了头，县里每年总会有些救济，那钱算下来也比在那巴掌大的山地里刨一年土坷垃挣得多……没有文化，人们都变得下作了，那里的穷山恶水固然让人灰心，但真正让人感到没指望的，是山里人那呆滞的目光。

他走累了，就在人行道边坐下来。他面前，是一家豪华的大餐馆，那餐馆靠街的一整堵墙全是透明玻璃，华丽的枝形吊灯把光芒投射到外面。整个餐馆像一个巨大的鱼缸，里面穿着华贵的客人们则像一群多彩的观赏鱼。他看到在靠街的一张桌子旁坐着一个胖男人，这人头发和脸似乎都在冒油，使他看上去像用一大团表面涂了油的蜡做的。他两旁各坐着一个身材高挑、穿着暴露的女郎，那男人转头对一个女郎说了句什么，把她逗得大笑起来，那男人跟着笑起来，而另一个女郎则娇嗔地用两个小拳头捶那个男的……真没想到还有个子这么高的女孩子，秀秀的个儿，大概只到她们一半……他叹了口气，唉，又想起秀秀了。

秀秀是本村唯一一个没有嫁到山外的姑娘，也许是因为她从未出过山，怕外面的世界，也许是别的什么原因。他和秀秀好过两年多，最后那阵好像就成了，秀秀家里也通情达理，只要一千五百块的肚疼钱（注：西北一些农村地区彩礼的一个名目，意思是对娘生女儿肚子疼的补偿）。但后来，村子里一些出去打工的人赚了些钱回来，和他同岁的二蛋虽不识字但脑子活，去城里干起了挨家挨户清洗抽油烟机的活儿，一年下来竟能赚个万把块。前年回来待了一个月，秀秀不知怎的就跟这个二蛋好上了。秀秀一家全是睁眼瞎，家里粗糙的干打垒墙壁上，除了贴着一团一团用泥巴和起来的瓜种子，还画着长长短短的道道儿，那是她爹多年来记的账……秀秀没上过学，但自小对识文断字的人有好感，这是她同他好的主要原因。但二蛋的一瓶廉价香水和一串镀金项链就把这种好感全打消了，“识文断字又不能当饭吃。”秀秀对他说。虽然他知道识文断字是能当饭吃的，但具体到他身上，吃的确实比二蛋差好远，所以他也说不出什么。秀秀看他那样儿，转身走了，只留下一股让他皱鼻子的香水味。

和二蛋成亲一年后，秀秀生娃儿死了。他还记得那个接生婆，把那些锈不拉儿的刀刀铲铲放到火上烧一烧就向里捅，秀秀可倒霉了，血流了一铜盆，在送去镇医院的路上就咽气了。成亲办喜事儿的时候，二蛋花了三万块，那排场在村里真是风光死了，可他怎的就舍不得花点钱让秀秀到镇医院去生娃呢？后来他一打听，这花费一般也就二三百，就二三百呀。但村里历来都是这样儿，生娃是从不去医院的。所以没人怪二蛋，秀秀就这命。后来他听说，比起二蛋妈来，她还算幸运。生二蛋时难产，二蛋爹从产婆那儿得知是个男娃，就决定只要娃了。于是二蛋妈被放到驴子背上，让那驴子一圈圈走，硬是把二蛋挤出来，听当时看见的人说，在院子里血流了一圈……

想到这里他长出了一口气，笼罩着家乡的愚昧和绝望使他窒息。

但娃们还是有指望的，对于那些在冬夜寒冷的教室中盯着烛光照着的黑板的娃来说，他就是那蜡烛，不管能点多长时间，发出的光有多亮，他总算是从头点到尾了。

他站起身来继续走，没走多远就拐进了一家书店，城里就是好，还有夜里开门的书店。除了回程的路费，他把身上所有的钱都买了书，以充实他的乡村小学里那小小的图书室。半夜，提着那两捆沉重的书，他踏上了回家的火车。

在距地球五万光年的远方，在银河系的中心，一场延续了两万年的星际战争已接近尾声。

那里的太空中渐渐现出一个方形区域，仿佛灿烂的群星的背景被剪出一个方口，这个区域的边长约十万公里，区域的内部是一种比周围太空更黑的黑暗，让人感到一种虚空中的虚空。从这黑色的正方形中，开始浮现出一些实体，它们形状各异，都有月球大小，呈耀眼的银色。这些物体越来越多，并组成一个整齐的立方体方阵。这银色的方阵庄严地驶出黑色正方形，两者构成了一幅挂在宇宙永恒墙壁上的镶嵌画，这幅画以绝对黑体的正方形天鹅绒为衬底，由纯净的银光耀眼的白银小构件整齐地镶嵌而成。这又仿佛是一首宇宙交响乐的固化。渐渐地，黑色的正方形消融在星空中，群星填补了它的位置，银色的方阵庄严地悬浮在群星之间。

银河系碳基联邦的星际舰队，完成了本次巡航的第一次时空跃迁。

在舰队的旗舰上，碳基联邦的最高执政官看着眼前银色的金属大地，大地上布满了错综复杂的纹路，像一块无限广阔的银色蚀刻电路板，不时有几个闪光的水滴状的小艇出现在大地上，沿着纹路以令人目眩的速度行驶几秒钟，然后无声地消失在一口突然出现的深井中。时空跃迁带过来的太空尘埃被电离，成为一团团发着暗红色光的云，笼罩在银色大地的上空。

最高执政官以冷静著称，他周围那似乎永远波澜不惊的淡蓝色智能场就是他人格的象征，但现在，像周围的人一样，他的智能场也微微泛出黄光。

“终于结束了。”最高执政官的智能场振动了一下，把这个信息传送给站在他两旁的参议员和舰队统帅。

“是啊，结束了。战争的历程太长太长，以至于我们都忘记了它的开始。”参议员回答。

这时，舰队开始了亚光速巡航，它们的亚光速发动机同时启动，旗舰周围突然出现了几千个蓝色的太阳，银色的金属大地像一面无限广阔的镜子，把蓝太阳的数量又复制了一倍。

远古的记忆似乎被点燃了，其实，谁能忘记战争的开始呢？这记忆虽然遗传了几百代，但在碳基联邦的万亿公民的脑海中，它仍那么鲜活，那么刻骨铭心。

两万年前的那一时刻，硅基帝国从银河系外围对碳基联邦发动全面进攻。在长达一万光年的战线上，硅基帝国的五百多万艘星际战舰同时开始恒星蛙跳。每艘战舰首先借助一颗恒星的能量打开一个时空蛀洞，然后从这个蛀洞时空跃迁至另一个恒星，再用这颗恒星的能量打开第二个蛀洞继续跃迁……由于打开蛀洞消耗了恒星大量的能量，使得恒星的光谱暂时向红端移动，当飞船从这颗恒星完成跃迁后，它的光谱渐渐恢复原状。当几百万艘战舰同时进行恒星蛙跳时，所产生的这种效应是十分恐怖的：银河系的边缘出现一条长达一万光年的红色光带，这条光带向银河系的中心移过来。这个景象在光速视界是看不到的，但在超空间监视器上显示出来。那条由变色恒星组成的红带，如同一道一万光年长的血潮，向碳基联邦的疆域涌来。

碳基联邦最先接触硅基帝国攻击前锋的是绿洋星，这颗美丽的行星围绕着一对双星恒星运行，它的表面全部被海洋覆盖。那生机盎然的海洋中漂浮着由柔软的长藤植物构成的森林，温和美丽、身体晶莹透明的绿洋星人在这海中的绿色森林间轻盈地游动，创造了绿洋星伊甸园般的文明。突然，几万道刺目的光束从天而降，硅基帝国舰队开始用激光蒸发绿洋星的海洋。在很短的时间内，绿洋星变成了一口沸腾的大锅，这颗行星上包括五十亿绿洋星人在内的所有生物在沸水中极度痛苦地死去，他们被煮熟的有机质使整个海洋变成了绿色的浓汤。最后海洋全部蒸发了，昔日美丽的绿洋星变成了一个由厚厚蒸气包裹着的地狱般的灰色行星。

这是一场几乎波及整个银河系的星际大战，是银河系中碳基和硅基文明之间惨烈的生存竞争，但双方谁都没有料到战争会持续两万银河年！

现在，除了历史学家，谁也记不清有百万艘以上战舰参加的大战役有多少次了。规模最大的一次超级战役是第二旋臂战役，战役在银河系第二旋臂中部进行，双方投入了上千万艘星际战舰。据历史记载，在那广漠的战场上，被引爆的超新星就达两千多颗，那些超新星像第二旋臂中部黑暗太空中怒放的焰火，使那里变成超强辐射的海洋，只有一群群幽灵似的黑洞漂行于其间。战役的最后，双方的星际舰队几乎同归于尽。一万五千年过去了，第二旋臂战役现在听起来就像上古时代缥缈的神话，只有那仍然存在的古战场证明它确实发生过。但很少有飞船真正进入过古战场，那里是银河系中最恐怖的区域，这并不仅仅是因为辐射和黑洞。当时，双方数量多得难以想象的战舰群为了进行战术机动，进行了大量的超短距离时空跃迁，据说当时的一些星际歼击机在空间格斗时，时空跃迁的距离竟短到令人难以置信的几千米！这样就把古战场的时空结构搞得千疮百孔，像一块内部被老鼠钻了无数长洞的大乳酪。飞船一旦误入这个区域，可能在一瞬间被畸变的空间扭成一根细长的金属绳，或压成一张面积有几亿平方公里但厚度只有几个原子的薄膜，立刻被辐射狂风撕得粉碎。但更为常见的是飞船变为建造它们时的一块块钢板，或者立刻老得只剩下一个破旧的外壳，内部的一切都变成古老灰尘；人在这里也可能瞬间回到胚胎状态或变成一堆白骨……

但最后的决战不是神话，它就发生在一年前。在银河系第一和第二旋臂之间的荒凉太空中，硅基帝国集结了最后的力量，这支由一百五十万艘星际战舰组成的舰队在自己周围构筑了半径一千光年的反物质云屏障。碳基联邦投入攻击的第一个战舰群刚完成时空跃迁就陷入了反物质云中。反物质云十分稀薄，但对战舰具有极大的杀伤力，碳基联邦的战舰立刻变成一个个刺目的火球，但它们仍奋勇冲向目标。每艘战舰都拖着长长的火尾，在后面留一条发着荧光的航迹，这由三十多万个火流星组成的阵列形成了碳硅战争中最为壮观、最为惨烈的画面。在反物质云中，这些火流星渐渐缩小，最后在距硅基帝国战舰阵列很近的地方消失了，但它们用自己的牺牲为后续的攻击舰队在反物质云中打开了一条通道。在这场战役中，硅基帝国的最后舰队被赶到银河系最荒凉的区域：第一旋臂的顶端。

现在，这支碳基联邦舰队将完成碳硅战争中的最后一项使命：他们将在第一旋臂的中部建立一条五百光年宽的隔离带，隔离带中的大部分恒星将被摧毁，以制止硅基帝国的恒星蛙跳。恒星蛙跳是银河系中大吨位战舰进行远距离快速攻击的唯一途径，而一次蛙跳的最大距离是二百光年，隔离带一旦产生，硅基帝国的重型战舰要想进入银河系中心区域，只能以亚光速跨越这五百光年的距离，这样，硅基帝国实际上被禁锢在第一旋臂顶端，再也无法对银河系中心区域的碳基文明构成任何严重威胁。

“我带来了联邦议会的意愿，”参议员用振动的智能场对最高执政官说，“他们仍然强烈建议：在摧毁隔离带中的恒星前，对它们进行生命级别的保护甄别。”

“我理解议会。”最高执政官说，“在这场漫长的战争中，各种生命流出的血足够形成上千颗行星的海洋了，战后，银河系中最迫切需要重建的是对生命的尊重。这种尊重不仅是对碳基生命的，也是对硅基生命的，正是基于这种尊重，碳基联邦才没有彻底消灭硅基文明。但硅基帝国并没有这种对生命的感情，如果说碳硅战争之前，战争和征服对于它们还仅仅是一种本能和乐趣的话，现在这种东西已根植于它们的每个基因和每行代码之中，成为它们生存的终极目的。由于硅基生物对信息的存贮和处理能力大大高于我们，可以预测硅基帝国在第一旋臂顶端的恢复和发展将是神速的，所以我们必须在碳基联邦和硅基帝国之间建成足够宽的隔离带。在这种情况下，对隔离带中数以亿计的恒星进行生命级别的保护甄别是不现实的，第一旋臂虽属银河系中最荒凉的区域，但其带有生命行星的恒星数量仍可能达到蛙跳密度，这种密度足以使中型战舰进行蛙跳，而即使只有一艘硅基帝国的中型战舰闯入碳基联邦的疆域，可能造成的破坏也是巨大的。所以在隔离带中只能进行文明级别的甄别。我们不得不牺牲隔离带中某些恒星周围的低级生命，是为了拯救银河系中更多的高级和低级生命。这一点我已向议会说明。”

参议员说：“议会也理解您和联邦防御委员会，所以我带来的只是建议而不是立法。但隔离带中周围已形成 3C 级以上文明的恒星必须被保护。”

“这一点无须质疑，”最高执政官的智能场闪现出坚定的红色，“对隔离带中带有行星的恒星的文明检测将是十分严格的！”

舰队统帅的智能场第一次发出信息：“其实我觉得你们多虑了，第一旋臂是银河系中最荒凉的荒漠，那里不会有 3C 级以上文明的。”

“但愿如此。”最高执政官和参议员同时发出了这个信息，他们智能场的共振使一道弧形的等离子体波纹向银色金属大地的上空扩散开去。

舰队开始了第二次时空跃迁，以近乎无限的速度奔向银河系的第一旋臂。

夜深了，烛光中，全班的娃们围在老师的病床前。

“老师歇着吧，明儿个讲也行的。”一个男娃说。

他艰难地苦笑了一下，“明儿个有明儿个的课。”

他想，如果真能拖到明天当然好，那就再讲一堂课，但直觉告诉他怕是不行了。

他做了个手势，一个娃把一块小黑板放到他胸前的被单上，这最后一个月，他就是这样把课讲下来的。他用软弱无力的手接过娃递过来的半截粉笔，吃力地把粉笔头放到黑板上，这时又一阵剧痛袭来，手颤抖了几下，粉笔嗒嗒地在黑板上敲出了几个白点儿。从省城回来后，他再也没去过医院。两个月后，他的肝部疼了起来，他知道癌细胞已转移到那儿了，这种疼痛越来越厉害，最后变成了压倒一切的痛苦。他一只手在枕头下摸索着，找出了一些止痛片，是最常见的用塑料长条包装的那种。对于癌症晚期的剧疼，这药已经没有任何作用，可能是由于精神暗示，他吃了后总觉得好一些。杜冷丁倒也不算贵，但医院不让带出来用，就是带回来也没人给他注射。他像往常一样从塑料条上取下两片药来，但想了想，便把所有剩下的十二片全剥出来，一把吞了下去，他知道以后再也用不着了。他又挣扎着想在黑板上写字，但头突然偏向一边，一个娃赶紧把盆接到他嘴边，他吐出了一口黑红的血，然后虚弱地靠在枕头上喘息着。

娃们中传出了低低的抽泣声。

他放弃了在黑板上写字的努力，无力地挥了一下手，让一个娃把黑板拿走。他开始说话，声音如游丝一般。

“今天的课同前两天一样，也是初中的课。这本来不是教学大纲上要求的，我是想到，你们中的大部分人，这一辈子永远也听不到初中的课了，所以我最后讲一讲，也让你们知道稍深一些的学问是什么样子。昨天讲了鲁迅的《狂人日记》，你们肯定不大懂，不管懂不懂都要多看几遍，最好能背下来，等长大了，总会懂的。鲁迅是个很了不起的人，他的书每一个中国人都应该读读的，你们将来也一定要找来读读。”

他累了，停下来喘息着歇歇，看着跳动的烛光，鲁迅写下的几段文字在他的脑海中浮现出来。那不是《狂人日记》中的，课本上没有，他是从自己那套本数不全已经翻烂的《鲁迅全集》上读到的，许多年前读第一遍时，那些文字就深深地刻在他脑子里。

“假如一间铁屋子，是绝无窗户而万难破毁的，里面有许多熟睡的人，不久都要闷死了，然而是从昏睡入死灭，并不感到就死的悲哀。现在你大嚷起来，惊起了较为清醒的几个人，使这不幸的少数者来受无可挽救的临终的苦楚，你倒以为对得起他们吗？”

“然而几个人既然起来，你不能说绝没有毁坏这铁屋的希望。”

他用尽最后的力气，接着讲下去。

“今天我们讲初中物理。物理你们以前可能没有听说过，它讲的是物质世界的道理，是一门很深很深的学问。

“这节课讲牛顿三大定律。牛顿是从前的一个英国大科学家，他说了三句话，这三句话很神的，它把人间、天上所有的东西的规律都包括进去了，上到太阳、月亮，下到流水、刮风，都跑不出这三句话划定的圈圈。用这三句话，可以算出什么时候日食，就是村里老人说的天狗吃太阳，一分一秒都不差的。人飞上月球，也要靠这三句话。这就是牛顿三大定律。

“下面讲第一定律：当一个物体没有受到外力作用时，它将保持静止或匀速直线运动不变。”

娃们在烛光中默默地看着他，没有反应。

“就是说，你猛推一下谷场上那个石碾子，它就一直滚下去，滚到天边也不停下来。宝柱你笑什么？是啊，它当然不会那样，这是因为有摩擦力，摩擦力让它停下来，这世界上，没有摩擦力的环境可是没有的……”

是啊，他人生的摩擦力就太大了。在村里他是外姓人，本来就没什么分量，加上他这个倔脾气，这些年来把全村人都得罪下了。他挨家挨户拉人家的娃入学，跑到县里，把跟着爹做买卖的娃拉回来上学，拍着胸脯保证垫学费……这一切并没有赢得多少感激，关键在于，他对过日子的看法同周围人太不一样，成天想的说的，都是些不着边际的事，这是最让人讨厌的。在他查出病来之前，他曾跑到县里，居然从教育局跑回一笔维修学校的款子，村子里只拿出了一小部分，想过节请个戏班子唱两天戏，结果让他搅了，愣从县里拉过个副县长来，让村里把钱拿回来，可当时戏台子都搭好了。学校倒是修了，但他扫了全村人的兴，以后的日子更难过。先是村里的电工——村长的侄子把学校的电掐了，接着做饭取暖用的秸秆村里也不给了，害得他扔下自个的地下不了种，一人上山打柴，更别提后来拆校舍的房椽子那事了……这些摩擦力无所不在，让他心力交瘁，让他无法做匀速直线运动，他不得不停下来了。

也许，他就要去的那个世界是没有摩擦力的，那里的一切都是光滑可爱的，但那有什么意义？在那边，他的心仍留在这个充满灰尘和摩擦力的世界上，留在这所他倾注了全部生命的乡村小学里。他不在了以后，剩下的两个教师也会离去，这所他用力推了一辈子的小学校就会像谷场上那个石碾子一样停下来。他陷入深深的悲哀，但不论在这个世界还是那个世界，他都无力回天。

“牛顿第二定律比较难懂，我们最后讲，下面先讲牛顿第三定律：当一个物体对第二个物体施加一个力，这第二个物体也会对第一个物体施加一个力，这两个力大小相等，方向相反。”

娃们又陷入了长时间的沉默。

“听懂了没？谁说说？”

班上学习最好的赵拉宝说：“我知道是啥意思，可总觉得说不通：晌午我和李权贵打架，他把我的脸打得那么痛，肿起来了，所以作用力不相等的，我受的肯定比他大嘛！”

喘息了好一会儿，他才解释说：“你痛是因为你的腮帮子比权贵的拳头软，它们相互的作用力还是相等的……”

他想用手比画一下，但手已抬不起来了，他感到四肢像铁块一样沉，这沉重感很快扩展到全身，他感到自己的躯体像要压塌床板，陷入地下似的。

时间不多了。

“目标编号：1033715，绝对目视星等：3.5，演化阶段：主星序偏上，发现两颗行星，平均轨道半径分别为 1.3 和 4.7 个距离单位，在一号行星上发现生命。这是红 69012 舰报告。”

碳基联邦星际舰队的十万艘战舰目前已散布在一条长一万光年的带状区域中，这就是正在建立的隔离带。工程刚刚开始，只是试验性地摧毁了五千颗恒星，其中带有行星的只有一百三十七颗，而行星上有生命的这是第一颗。

“第一旋臂真是个荒凉的地方啊。”最高执政官感叹道。他的智能场振动了一下，用全息图隐去了脚下的旗舰和上方的星空，使他、舰队统帅和参议员悬浮于无际的黑色虚空中。接着，他调出了探测器发回的图像：虚空出现了一个发着蓝光的火球，最高执政官的智能场产生了一个白色的方框，那方框调整大小，圈住了这颗恒星并把它的图像隐去了，于是他们又陷入无边的黑暗之中，但这黑暗中有一个小小的黄色光点，图像的焦距开始大幅度调整，行星的图像以令人目眩的速度推向前来，很快占满了半个虚空，三个人都沉浸在它反射的橙黄色光芒中。

这是一颗被浓密大气包裹着的行星，在它那橙黄色的气体海洋上，汹涌的大气运动描绘出了极端复杂的不断变幻的线条。行星图像继续移向前来，直到占据了整个宇宙，三个人被橙黄色的气体海洋吞没了。探测器带着他们在这浓雾中穿行，很快雾气稀薄了一些，他们看到了这颗行星上的生命。

那是一群在浓密大气上层飘浮的气球状生物，表面有着美丽的花纹，那花纹不停地在变幻着色彩和形状，时而呈条纹状，时而呈斑点状，不知这是不是一种可视语言。每个气球都有一条长尾，那长尾的尾端不时炫目地闪烁一下，光沿着长尾传到气球上，化为一片弥漫的荧光。

“开始四维扫描！”红 69012 舰上的一名上尉值勤军官说。

一束极细的波开始从上至下飞快地扫描那群气球。这束波只有几个原子粗细，但它的波管内的空间维度比外部宇宙多一维。扫描数据传回舰上，在主计算机的内存中，那群气球被切成了几亿亿个薄片，每个薄片的厚度只有一个原子那么大，在这个薄片上，每个夸克的状态都被精确地记录下来。

“开始数据镜像组合！”

主计算机的内存中，那几亿亿个薄片按原有顺序叠加起来，很快，组合成一群虚拟气球，在计算机内部广漠的数字宇宙中，这个行星上的那群生物体有了精确的复制品。

“开始 3C 级文明测试！”

在数字宇宙中，计算机敏锐地定位了气球的思维器官，它是悬在气球内部错综复杂的神经丛中间的一个椭圆体。计算机在瞬间分析了这个大脑的结构，并越过所有低级感官，直接同它建立了高速信息接口。

文明测试是从一个庞大的数据库中任意地选取试题，测试对象如果能答对其中三道，则测试通过；如果头三道题没有答对，测试者有两种选择：可以认为测试没有通过，或者继续测试，题数不限，直到被测试者答对的题数达到三道，这时可认为其通过测试。

“3C 文明测试试题 1 号：请叙述你们已探知的组成物质的最小单元。”

“滴滴，嘟嘟嘟，滴滴滴滴。”气球回答。

“1 号试题测试未通过。3C 文明测试试题 2 号：你们观察到物体中热能的流向有什么特点？这种流向是否可逆？”

“嘟嘟嘟，滴滴，滴滴嘟嘟。”气球回答。

“2 号试题测试未通过。3C 文明测试试题 3 号：圆的周长和它的直径之比是多少？”

“滴滴滴滴嘟嘟嘟嘟嘟。”气球回答。

“3 号试题测试未通过。3C 文明测试试题 4 号……”

“到此为止吧，”当测试题数达到十道时，最高执政官说，“我们时间不多。”他转身对旁边的舰队统帅示意了一下。

“发射奇点炸弹！”舰队统帅命令。

奇点炸弹实际上是没有大小的，它是一个严格意义上的几何点，一个原子同它相比都是无穷大。虽然最大的奇点炸弹质量有上百亿吨，最小的也有几千万吨，但当一颗奇点炸弹沿着长长的导轨从红 69012 舰的武器舱中滑出时，却可以看到一个直径达几百米的发着幽幽荧光的球体，这荧光是周围的太空尘埃被吸入这个微型黑洞时产生的辐射。同那些恒星引力坍缩形成的黑洞不同，这些小黑洞在宇宙创世之初就形成了，它们是大爆炸前的奇点宇宙的微缩模型。碳基联邦和硅基帝国都有庞大的船队，游弋在银河系银道面外的黑暗荒漠搜集这些微型黑洞，一些海洋行星上的种群把它们戏称为“远洋捕鱼船队”，而这些船队带回的东西，是银河系中最具威慑力的武器之一，是迄今为止唯一能够摧毁恒星的武器。

奇点炸弹脱离导轨后，沿一条由母舰发出的力场束加速，直奔目标恒星。过了不长的一段时间，这个灰尘似的黑洞高速射入了恒星表面火的海洋。想象在太平洋的中部突然出现一个半径一百公里的深井，就可以大概把握这时的情形。巨量的恒星物质开始被吸入黑洞，那汹涌的物质洪流从所有方向汇聚到一点并消失在那里，物质吸入时产生的辐射在恒星表面产生一个刺目的光团，仿佛恒星戴上了一个光彩夺目的钻石戒指。随着黑洞向恒星内部沉下去，光团暗淡下来，可以看到它处于一个直径达几百万公里的大漩涡正中，那巨大的旋涡散射着光团的强光，缓缓转动着，呈现出飞速变幻的色彩，使恒星从这个方向看去仿佛是一张狰狞的巨脸。很快，光团消失了，漩涡渐渐消失，恒星表面似乎又恢复了它原来的色彩和光度。但这只是毁灭前最后的平静，随着黑洞向恒星中心下沉，这个贪婪的饕餮者更疯狂地吞食着周围密度急剧增高的物质，它在一秒钟内吸入的恒星物质总量可能有上百个中等行星。黑洞巨量吸入时产生的超强辐射向恒星表面曼延，由于恒星物质的阻滞，只有一小部分到达了表面，但其余的辐射把它们的能量留在了恒星内部，这能量快速破坏着恒星的每一个细胞，从整体上把它飞快地拉离平衡态。从外部看，恒星的色彩在缓缓变化，由浅红色变为明黄色，从明黄色变为鲜艳的绿色，从绿色变为如洗的碧蓝，从碧蓝变为恐怖的紫色。这时，在恒星中心的黑洞产生的辐射能量已远远大于恒星本身辐射的能量，随着更多的能量以非可见光形式溢出恒星，这紫色在不断加深，这颗恒星看上去像太空中一个在忍受着超级痛苦的灵魂，这痛苦在急剧增大，紫色已深到了极限，这颗恒星用不到一个小时的时间走完了它未来几十亿年的旅程。

一团似乎吞没整个宇宙的强光闪起，然后慢慢消失，在原来恒星所在的位置上，可以看到一个急剧膨胀的薄球层，像一个被吹大的气球，这是被炸飞的恒星表面。随着薄球层体积的增大，它变得透明了，可以看到它内部的第二个膨胀的薄球层，然后又可以看到更深处的第三个薄球层……这个爆炸中的恒星，就像宇宙中突然显现的一个套一个的一组玲珑剔透的镂花玻璃球，其中最深处的一个薄球层的体积也是恒星原来体积的几十万倍。当爆炸的恒星的第一层膨胀外壳穿过那个橙黄色行星时，它立刻被气化了。其实在这整个爆炸的壮丽场景中根本就看不到它，同那膨胀的恒星外壳相比，它只是一粒微不足道的灰尘，其大小甚至不能成为那几层镂花玻璃球上的一个小点。

“你们感到消沉？”舰队统帅问，他看到最高执政官和参议员的智能场暗下来了。

“又一个生命世界毁灭了，像烈日下的露珠。”

“那您就想想伟大的第二旋臂战役，当两千多颗超新星被引爆时，有十二万个这样的世界同碳硅双方的舰队一起化为蒸气。阁下，时至今日，我们应该超越这种无谓的多愁善感了。”

参议员没有理会舰队统帅的话，也对最高执政官说：“这种对行星表面取随机点的检测方式是不可靠的，可能漏掉行星表面的文明特征，我们应该进行面积检测。”

最高执政官说：“这一点我也同议会讨论过，在隔离带中我们要摧毁的恒星有上亿颗，这其中估计有一千万个行星系，行星数量可能达五千万颗，我们时间紧迫，对每颗行星都进行面积检测是不现实的。我们只能尽量加宽检测波束，以增大随机点覆盖的面积，除此之外，只能祈祷隔离带中那些可能存在的文明在其星球表面的分布尽量均匀了。”

“下面我们讲牛顿第二定律……”

他心急如焚，极力想在有限的时间里给娃们多讲一些。

“一个物体的加速度，与它所受的力成正比，与它的质量成反比。首先，加速度，这是速度随时间的变化率，它与速度是不同的，速度大加速度不一定大，加速度大速度也不一定大。比如：一个物体现在的速度是一百一十米每秒，两秒后的速度是一百二十米每秒，那么它的加速度就是一百二十减一百一十除以二，即五米每秒。呵，不对，五米每秒的平方。另一个物体现在的速度是十米每秒，两秒后的速度是三十米每秒，那么它的加速度就是三十减十除以二，即十米每秒的平方。

看，后面这个物体虽然速度小，但加速度大！呵，刚才说到平方，平方就是一个数自个儿乘自个儿……”

他惊奇自己的头脑如此清晰，思维如此敏捷，他知道，自己生命的蜡烛已燃到根上，棉芯倒下了，把最后的一小块蜡全部引燃了，一团比以前的烛苗亮十倍的火焰熊熊燃烧起来。剧痛消失了，身体也不再沉重，其实他已感觉不到身体的存在，他的全部生命似乎只剩下那个在疯狂运行的大脑，那个悬在空中的大脑竭尽全力，尽量多尽量快地把自己存贮的信息输出给周围的娃们，但说话是个该死的“瓶颈”，他知道来不及了。他产生了一个幻象：一把水晶样的斧子把自己的大脑无声地劈开，他一生中积累的那些知识，虽不是很多但他很看重的，像一把发光的小珠子毫无保留地落在地上，发出一阵悦耳的叮当声。娃们像见到过年的糖果一样抢那些小珠子，抢得摞成一堆……这幻象让他有一种幸福的感觉。

“你们听懂了没？”他焦急地问，他的眼睛已经看不到周围的娃们，但还能听到他们的声音。

“我们懂了！老师快歇着吧！”

他感觉到那团最后的火焰在弱下去，“我知道你们不懂，但你们把它背下来，以后慢慢会懂的。一个物体的加速度，与它所受的力成正比，与它的质量成反比。”

“老师，我们真懂了，求求你快歇着吧！”

他用尽最后的力气喊道：“背呀！”

娃们抽泣着背了起来：“一个物体的加速度，与它所受的力成正比，与它的质量成反比。一个物体的加速度，与它所受的力成正比，与它的质量成反比……”

这几百年前就在欧洲化为尘土的卓越头脑产生的思想，以浓重西北方言的童音在二十世纪中国最偏僻的山村中回荡，就在这声音中，那烛苗灭了。

娃们围着老师已没有生命的躯体大哭起来。

“目标编号：500921473，绝对目视星等：4.71，演化阶段：主星序正中，带有九颗行星。这是蓝 84210 号舰报告。”

“一个精致完美的行星系。”舰队统帅赞叹。

最高执政官很有同感：“是的，它的固态小体积行星和气液态大体积行星的配置很有韵律感，小行星带的位置恰到好处，像一条美妙的装饰链。还有最外侧那颗小小的甲烷冰行星，似乎是这首音乐最后一个余音未尽的音符，暗示着某种新周期的开始。”

“这是蓝 84210 号舰，将对最内侧 1 号行星进行生命检测，检测波束发射。该行星没有大气，自转缓慢，温差悬殊。1 号随机点检测，白色结果；2 号随机点检测，白色结果……10 号随机点检测，白色结果。蓝 84210 号舰报告，该行星没有生命。”

舰队统帅不以为然地说：“这颗行星的表面温度可以当冶炼炉了，没必要浪费时间。”

“开始2号行星生命检测，波束发射。该行星有稠密大气，表面温度较高且均匀，大部为酸性云层覆盖。1 号随机点检测，白色结果；2 号随机点检测，白色结果……10 号随机点检测，白色结果。蓝 84210 号舰报告，该行星没有生命。”

通过四维通信，最高执政官对一千光年之外蓝 84210 号舰上的值勤军官说：“直觉告诉我，3 号行星有生命的可能性很大，在它上面检测三十个随机点。”

“阁下，我们时间很紧了。”舰队统帅说。

“照我说的做。”最高执政官坚定地说。

“是，阁下。开始 3 号行星生命检测，波束发射。该行星有中等密度的大气，表面大部为海洋覆盖……”

来自太空的生命检测波束落到了亚洲大陆靠南一些的一点上，波束在地面上形成了一个直径约五千米的圆形。如果是在白天，用肉眼有可能觉察到波束的存在，因为当波束到达时，在它的覆盖范围内，一切无生命的物体都将变成透明状态。现在它覆盖的中国西北的这片山区，那些黄土山在观察者的眼里将如同水晶的山脉，阳光在这些山脉中折射，将是一幅十分奇异壮观的景象。观察者还会看到脚下的大地也变成深不可测的深渊，而被波束判断为有生命的物体则保持原状态不变，人、树木和草在这水晶世界中显得格外清晰醒目。但这效应只持续半秒钟，这期间检测波束完成初始化，之后一切恢复原状。观察者肯定会认为自己产生了一瞬间的幻觉。而现在，这里正是深夜，自然难以觉察到什么了。

这所山村小学，正好位于检测波束圆形覆盖区的圆心上。

“1 号随机点检测，结果……绿色结果，绿色结果！蓝 84210 号舰报告，目标编号：500921473，第 3 号行星发现生命！”

检测波束对覆盖范围内的众多种类生命体进行分类，在以生命结构的复杂度和初步估计的智能等级进行排序的数据库中，在一个方形掩蔽物下的那一簇生命体排在首位。于是波束迅速收缩，汇聚到那个掩蔽物上。

最高执政官的智能场接收到从蓝 84210 号舰上发回的图像，并把它放大到整个太空背景上，那所山村小学的影像在瞬间占据了整个宇宙。图像处理系统已经隐去了掩蔽物，但那簇生命体的图像仍不清晰，这些生命体的外形太不醒目了，几乎同周围行星表面的以硅元素为主的黄色土壤融为一体。计算机只好把图像中所有的无生命部分，包括这些生命体中间的那具体形较大的已没有生命的躯体，全部隐去，这样那一簇生命体就仿佛悬浮在虚空之中。即使如此，他们看上去仍是那么平淡和缺乏色彩，像一簇黄色的植物，一看就知是那种在他们身上不会发生任何奇迹的生物。

一束纤细的四维波束从蓝 84210 号舰发射，这艘有一个月球大小的星际战舰正停泊在木星轨道之外，使太阳系暂时多了一颗行星。那束四维波束在三维太空中以接近无限的速度到达 84210 那所乡村小学校舍的屋顶，以基本粒子的精度对这十八个孩子进行扫描。数据的洪流以人类难以想象的速率传回太空，很快，在蓝 84210 号舰主计算机那比宇宙更广阔的内存中，孩子们的数字复制体形成了。

十八个孩子悬浮在一个无际的空间里，那空间呈一种无法形容的色彩，实际上那不是色彩，虚无是没有色彩的，虚无是透明中的透明。孩子们都不由得想拉住旁边的伙伴，他们看上去很正常，但手从他们身体里毫无阻力地穿过去了。孩子们感到了难以形容的恐惧。计算机觉察到了这一点，它认为这些生命体需要一些熟悉的东西，于是在自己的内存宇宙的这一部分模拟这个行星天空的颜色。孩子们立刻看到了蓝天，没有太阳没有云更没有浮尘，只有蓝色，那么纯净、那么深邃。孩子们的脚下没有大地，也是与头顶一样的蓝天，他们似乎置身于一个无限的蓝色宇宙中，而他们是这宇宙中唯一的实体。计算机感觉到，这些数字生命体仍然处于惊恐中，它用了亿分之一秒想了想，终于明白了：银河系中大多数生命体并不惧怕悬浮于虚空之中，但这些生命体不同，他们是大地上的生物。于是它给了孩子们一个大地，并给了他们重力感。孩子们惊奇地看着脚下突然出现的大地，它是纯白色的，上面有黑线画出的整齐方格，他们仿佛站在一个无限广阔的语文作业本上。他们中有人蹲下来摸摸地面，这是他们见过的最光滑的东西，他们迈开双脚走，但原地不动，这地面是绝对光滑的，摩擦力为零，他们很惊奇自己为什么不会滑倒。这时有个孩子脱下自己的一只鞋子，沿着地面扔出去，那鞋子以匀速直线运行向前滑去，孩子们呆呆地看着它以恒定的速度渐渐远去。

他们看到了牛顿第一定律。

有一个声音，空灵而悠扬，在这数字宇宙中回荡。

“开始 3C 级文明测试，3C 文明测试试题 1 号：请叙述你所在星球生物进化的基本原理，是自然淘汰型还是基因突变型？”

孩子茫然地沉默着。

“3C 文明测试试题 2 号：请简要说明恒星能量的来源。”

孩子茫然地沉默着。

…………

“3C 文明测试试题 10 号：请说明构成你们星球上海洋的液体的分子构成。”

孩子仍然茫然地沉默着。

那只鞋在遥远的地平线处变成一个小黑点消失了。

“到此为止吧！”在一千光年之外，舰队统帅对最高执政官说，“不能再耽误时间了，否则我们肯定不能按时完成第一阶段的任务。”

最高执政官的智能场发出了微弱的表示同意的振动。

“发射奇点炸弹！”

载有命令信息的波束越过四维空间，瞬间到达了停泊在太阳系中的蓝 84210 号舰。那个发着幽幽荧光的雾球滑出了战舰前方长长的导轨，沿着看不见的力场束急剧加速，向太阳扑去。

最高执政官、参议员和舰队统帅把注意力转向了隔离带的其他区域，那里，又发现了几个有生命的行星系，但其中最高级的生命是一种生活在泥浆中的无脑蠕虫。接连爆炸的恒星像宇宙中怒放的焰火，使他们想起了史诗般的第二旋臂战役。

不知过了多长时间，最高执政官智能场的一小部分下意识地游移到太阳系，他听到了蓝 84210 号舰舰长的声音：

“准备脱离爆炸威力圈，时空跃迁准备，三十秒倒数！”

“等一下，奇点炸弹到达目标还需多长时间？”最高执政官问，舰队统帅和参议员的注意力也被吸引过来。

“它正越过内侧 1 号行星的轨道，大约还有十分钟。”

“用五分钟时间，再进行一些测试吧。”

“是，阁下。”

接着听到了蓝 84210 号舰值勤军官的声音：“3C 文明测试试题 11 号：一个三维平面上的直角三角形，它的三条边的关系是什么？”

沉默。

“3C 文明测试试题 12 号：你们的星球是你们行星系的第几颗行星？”

沉默。

“这没有意义，阁下。”舰队统帅说。

“3C 文明测试试题 13 号：当一个物体没有受到外力作用时，它的运行状态如何？”

数字宇宙广漠的蓝色空间中突然响起了孩子们清脆的声音：“当一个物体没有受到外力作用时，它将保持静止或匀速直线运动不变。”

“3C 文明测试试题 13 号通过！ 3C 文明测试试题 14 号……”

“等等！”参议员打断了值勤军官，“下一道试题也出关于甚低速力学基本近似定律的。”他又问最高执政官，“这不违反测试准则吧？”

“当然不，只要是测试数据库中的试题。”舰队统帅代为回答，这些令他大感意外的生命体把他的注意力全部吸引过来了。

“3C 文明测试试题 14 号：请叙述相互作用的两个物体间力的关系。”

孩子们说：“当一个物体对第二个物体施加一个力，这第二个物体也会对第一个物体施加一个力，这两个力大小相等，方向相反！”

“3C 文明测试试题 14 号通过！ 3C 文明测试试题 15 号：对于一个物体，请说明它的质量、所受外力和加速度之间的关系。”

孩子们齐声说：“一个物体的加速度，与它所受的力成正比，与它的质量成反比！”

“3C 文明测试试题 15 号通过，文明测试通过！确定目标恒星 500921473 的 3 号行星上存在 3C 级文明。“

“奇点炸弹转向！脱离目标！！！”最高执政官的智能场急剧闪动着，用最大的能量把命令通过超空间传送到蓝 84210 号舰上。

在太阳系，推送奇点炸弹的力场束弯曲了，这根长几亿公里的力场束此时像一根弓起的长杆，努力把奇点炸弹挑离射向太阳的轨道。蓝 84210 号舰上的力场发动机以最大功率工作，巨大的散热片由暗红变为耀眼的白炽色。力场束向外的推力分量开始显示出效果，奇点炸弹的轨道开始弯曲，但它已越过水星轨道，距太阳太近了，谁也不知道这努力是否能成功。通过超空间直播，全银河系都在盯着那个模糊的雾团的轨迹，并看到它的亮度急剧增大，这是一个可怕的迹象，说明炸弹已能感受到太阳外围空间粒子密度的增大。舰长的手已放到了那个红色的时空跃迁启动按钮上，以在奇点炸弹击中太阳前的一刹那脱离这个空间。但奇点炸弹最终像一颗子弹一样擦过太阳的边缘，当它以仅几万米的高度掠过太阳表面上空时，由于黑洞吸入太阳大气中大量的物质，亮度增到最大，使得太阳边缘出现了一个刺眼的蓝白色光球，使它在这一刻看上去像一个紧密的双星系统，这奇观对人类将一直是个难解的谜。蓝白色光球飞速掠过时，下面太阳浩瀚的火海黯然失色。像一艘快艇掠过平静的水面，黑洞的引力在太阳表面划出了一道 V 形的划痕，这划痕扩展到太阳的整个半球才消失。奇点炸弹撞断了一条日珥，这条从太阳表面升起的百万公里长的美丽轻纱在高速冲击下，碎成一群欢快舞蹈着的小小的等离子体旋涡……奇点炸弹掠过太阳后，亮度很快暗下来，最后消失在茫茫太空的永恒之夜中。

“我们险些毁灭了一个碳基文明。”参议员长出一口气说。

“真是不可思议，在这么荒凉的地方竟会存在 3C 级文明！”舰队统帅感叹说。

“是啊，无论是碳基联邦，还是硅基帝国，其文明扩展和培植计划都不包括这一区域，如果这是一个自己进化的文明，那可是一件很不寻常的事。”最高执政官说。

“蓝 84210 号舰，你们继续留在那个行星系，对 3 号行星进行全表面文明检测，你舰前面的任务将由其他舰只接替。”舰队司令命令道。

同他们在木星轨道之外的数字复制品不一样，山村小学中的那些娃丝毫没有觉察到什么，在那间校舍里的烛光下，他们只是围着老师的遗体哭啊哭。不知哭了多长时间，娃们最后安静下来。

“咱们去村里告诉大人吧。”郭翠花抽泣着说。

“那又咋的？”刘宝柱低着头说，“老师活着时村里的人都腻歪他，这会儿肯定连棺材钱都没人给他出呢！”

最后，娃们决定自己掩埋老师。他们拿了锄头、铁锹，在学校旁边的山地上开始挖墓坑，灿烂的群星在整个宇宙中静静地看着他们。

“天啊！这颗行星上的文明不是 3C 级，是 5B 级！！！”看着蓝 84210 号舰从一千光年之外发回的检测报告，参议员惊呼起来。

人类城市的摩天大楼群的影像在旗舰上方的太空中显现。

“他们已经开始使用核能，并用化学推进方式进入太空，甚至已登上了他们所在行星的卫星。”

“他们基本特征是什么？”舰队统帅问。

“您想知道哪些方面？”蓝 84210 号上的值勤军官问。

“比如，这个行星上生命体记忆遗传的等级是多少？”

“他们没有记忆遗传，所有记忆都是后天取得的。”

“那么，他们的个体相互之间的信息交流方式是什么？”

“极其原始，也十分罕见。他们身体内有一种很薄的器官，这种器官在这个行星以氧氮为主的大气中振动时可产生声波，同时把要传输的信息调制到声波之中，接收方也用一种薄膜器官从声波中接收信息。”

“这种方式信息传输的速率是多大？”

“大约每秒 1 至 10 比特。”

“什么？！”旗舰上听到这话的所有人都大笑起来。

“真的是每秒 1 至 10 比特，我们开始也不相信，但反复核实过。”

“上尉，你是个白痴吗？！”舰队统帅大怒，“你是想告诉我们，一种没有记忆遗传，相互间用声波进行信息交流，并且是以令人难以置信的每秒 1 至 10 比特的速率进行交流的物种，能创造出 5B 级文明？！而且这种文明是在没有任何外部高级文明培植的情况下自行进化的？！”

“但，阁下，确实如此。”

“但在这种状态下，这个物种根本不可能在每代之间积累和传递知识，而这是文明进化所必需的！”

“他们有一种个体，有一定数量，分布于这个种群的各个角落，这类个体充当两代生命体之间知识传递的媒介。”

“听起来像神话。”

“不，”参议员说，“在银河文明的太古时代，确实有过这个概念，但即使在那时也极其罕见，除了我们这些星系文明进化史的专业研究者，很少有人知道。”

“你是说那种在两代生命体之间传递知识的个体？”

“他们叫教师。”

“教——师？”

“一个早已消失的太古文明词汇，很生僻，在一般的古词汇数据库中都查不到。”

这时，从太阳系发回的全息影像焦距拉长，显示出蔚蓝色的地球在太空中缓缓转动。

最高执政官说：“在银河系联邦时代，独立进化的文明十分罕见，能进化到5B级的更是绝无仅有，我们应该让这个文明继续不受干扰地进化下去，对它的观察和研究，不仅有助于我们对太古文明的研究，对今天的银河文明也有启示。”

“那就让蓝84210号舰立刻离开那个行星系吧，并把这颗行星周围一百光年的范围列为禁航区。”舰队统帅说。

北半球失眠的人，会看到星空突然微微抖动，那抖动从空中的一点发出，呈圆形向整个星空扩展，仿佛星空是一汪静水，有人用手指在水中央点了一下似的。

蓝84210号舰跃迁时产生的时空激波到达地球时已大大衰减，只使地球上所有的时钟都快了3秒，但在三维空间中的人类是不可能觉察到这一效应的。

“很遗憾，”最高执政官说，“如果没有高级文明的培植，他们还要在亚光速和三维时空中被禁锢两千年，至少还需一千年时间才能掌握和使用湮灭能量，两千年后才能通过多维时空进行通信，至于通过超空间跃迁进行宇宙航行，可能是五千年后的事了，至少要一万年，他们才具备加入银河系碳基文明大家庭的起码条件。”

参议员说：“文明的这种孤独进化，是银河系太古时代才有的事。如果那古老的记载正确，我那太古的祖先生活在一个海洋行星的深海中。在那黑暗世界中的无数个王朝后，一个庞大的探险计划开始了，他们发射了第一个外空飞船，那是一个透明的浮力小球，经过漫长的路程浮上海面。当时正是深夜，小球中的先祖第一次看到了星空……你们能够想象，那对他们来说是怎样的壮丽和神秘啊！”

最高执政官说：“那是一个让人向往的时代，一粒灰尘样的行星对先祖都是一个无限广阔的世界，在那绿色的海洋和紫色的草原上，先祖敬畏地面对群星……这感觉我们已丢失千万年了。”

“可我现在又找回了它！”参议员指着地球的影像说，它那蓝色的晶莹球体上浮动着雪白的云纹，他觉得它真像一颗来自他祖先星球海洋中的一种美丽的珍珠，“看这个小小的世界，它上面的生命体在过着自己的生活，做着自己的梦，对我们的存在，对银河系中的战争和毁灭全然不知。宇宙对他们来说，是希望和梦想的无限源泉，这真像一首来自太古时代的歌谣。”

他真的吟唱了起来，他们三人的智能场合为一体，荡漾着玫瑰色的波纹。那从遥远得无法想象的太古时代传下来的歌谣听起来悠远、神秘、苍凉，通过超空间，它传遍了整个银河系，在这团由上千亿颗恒星组成的星云中，数不清的生命感到了一种消失已久的温馨和宁静。

“宇宙的最不可理解之处在于它是可以理解的。”最高执政官说。

“宇宙的最可理解之处在于它是不可理解的。”参议员说。

当娃们造好那座新坟时，东方已经放亮了。老师是放在从教室拆下来的一块门板上下葬的，陪他入土的是两盒粉笔和一套已翻破的小学课本。娃们在那个小小的坟头上立了一块石板，上面用粉笔写着“李老师之墓”。

只要一场雨，石板上那稚拙的字迹就会消失；用不了多长时间，这座坟和长眠在里面的人就会被外面的世界忘得干干净净。

太阳从山后露出一角，把一抹金辉投进仍沉睡着的山村；在仍处于阴影中的山谷草地上，露珠在闪着晶莹的光，可听到一两声怯生生的鸟鸣。

娃们沿着小路向村里走去，那一群小小的身影很快消失在山谷中淡蓝色的晨雾中。

他们将活下去，在这块古老贫瘠的土地上，收获虽然微薄但确实存在的希望。